PETRA STEPS (Hrsg.)

Glück Auf
oje du fröhliche

TOT STATT FRÖHLICH! Der Annaberger Weihnachtsmarkt lässt einen jungen Mann zum Racheengel werden, in Schwarzenberg bahnt sich eine Katastrophe an. Das eher ruhige Bad Schlema erlebt einen undurchsichtigen Showdown mehrerer Interessengruppen. In Glashütte verschwindet eine kostbare Uhr, in Chemnitz fällt ein Nebenbuhler nicht ganz zufällig vom Dach. Ein Wolkensteiner will ein Computerprogramm überlisten. Selbst mit Oederan und dem Heilig-Ohmd-Lied haben die Schreibtischtäter kein Erbarmen.

24 Geschichten von elf gestandenen und aufstrebenden Krimi-Autoren sorgen für Spannung rund um das Fest des Friedens. Die mörderische Spur zieht sich quer durch das Erzgebirge sowie das Erzgebirgsvorland und macht auch vor Chemnitz und Zwickau nicht halt. Wie nebenbei werden Sie dabei an die schönsten Plätze der Region geführt, die unserem kriminellen Treiben den weihnachtlichen Rahmen geben.

Mit Beiträgen von Roland Spranger, Friederike Schmöe, Maren Schwarz, Susanne Ziegert und vielen anderen.

Petra Steps ist eine waschechte Vogtländerin, wurde jedoch 1959 im Kuckucksnest Zwickau geboren. Sie ist Diplomphilosophin und Hochschulehrerin, Journalistin, Herausgeberin und Autorin. Ihre Kurzkrimis finden sich in verschiedenen eigen Anthologien und Bänden anderer Herausgeber. Außerdem schreibt sie an verschiedenen Regionalia und Projekten mit. Für den Förderverein Schloss Netzschkau e.V. veranstaltet sie die KrimiLiteraturTage Vogtland.

Bisherige Veröffentlichungen im Gmeiner-Verlag:
Kurbäder im Herzen Europas (2019, mit Friederike Schmöe & Carsten Steps)
Mörderische Prachtbäder (Hrsg. 2018, mit Friederike Schmöe)
Mörderisches Erzgebirge (2017)
Lieblingsplätze zum Entdecken: Vogtland hoch Vier (2016, mit Carsten Steps)
Wer mordet schon im Vogtland? (2015, Hrsg.)
Mords-Sachsen 2 (2008, Hrsg.)
Mords-Sachsen 1 (2007, Hrsg.)

PETRA STEPS (Hrsg.)

Glück Auf – oje du fröhliche

24 kriminelle Geschichten aus dem Weihnachtsland

GMEINER SPANNUNG

Personen und Handlung sind frei erfunden.
Ähnlichkeiten mit lebenden oder toten Personen
sind rein zufällig und nicht beabsichtigt.

Immer informiert

Spannung pur – mit unserem Newsletter informieren wir Sie
regelmäßig über Wissenswertes aus unserer Bücherwelt.

Gefällt mir!

Facebook: @Gmeiner.Verlag
Instagram: @gmeinerverlag
Twitter: @GmeinerVerlag

MIX
Papier aus verantwortungsvollen Quellen
FSC® C083411

Besuchen Sie uns im Internet:
www.gmeiner-verlag.de

Im Ehnried 5, 88605 Meßkirch
Telefon 07575/2095-0
info@gmeiner-verlag.de

1. Auflage 2019

Lektorat: Claudia Senghaas, Kirchardt
Herstellung: Mirjam Hecht
Umschlaggestaltung: U.O.R.G. Lutz Eberle, Stuttgart
unter Verwendung eines Fotos von: © goldpix / stock.adobe.com
Druck: CPI books GmbH, Leck
Printed in Germany
ISBN 978-3-8392-2528-8

INHALT

1

WIR WARTEN AUF'S CHRISTKIND

ROLAND SPRANGER (BAD SCHLEMA)

»Ich hasse Weihnachtsmärkte. Ich kann keine überdimensionierten Weihnachtspyramiden mit Glühweinausschank im Erdgeschoss mehr sehen. Von Glühwein wird mir schlecht. Und von Punsch auch. Weihnachten macht mich krank. Vor allem der Geruch nach Zimt und Bratäpfeln überall.«

»Weihnachten gilt immerhin als Fest des Friedens.«

»Frieden? Bei mir erzeugt der Anblick Tausender Nussknacker und Räuchermännchen Beklemmungszustände.«

»Ich frage mich, wie Sie durch die psychologische Eignungsprüfung gekommen sind, Merkel. *Weihnachten* ist im Belastungstest immerhin eine eigene Kategorie.«

»Stimmt schon, Schröder. Ich bin ungeeignet für Weihnachten. Genau genommen bin ich davon vollkommen traumatisiert. Mein großer Bruder hat mir mit einem Nussknacker mehrere Finger gebrochen, als ich sechs Jahr alt war.«

»Schlimm. Und was hat es mit den Räuchermännchen auf sich?«

»Vor drei Jahren habe ich mit einem Einsatzteam einen Giftgasanschlag verhindert, der mittels Räuchermännchen auf einem Weihnachtsmarkt erfolgen sollte. Ein paar gute Leute sind dabei draufgegangen.«

»Klopfen Sie sich die Schuhe ab, wenn Sie ins Auto steigen, Merkel.«

»Der Schnee nervt.«

Bevor Merkel den Wagen startet, holt er eine Packung Zigaretten aus der Manteltasche.

»Sie wollen hier drin aber nicht rauchen, oder?«, fragt Schröder. »Rauchen tötet. Außerdem macht es impotent. Als Level-drei-Agent, der Angst vor Räuchermännchen hat, sollten Sie das wissen.«

»Schon gut.«

Merkel steckt die Zigarettenpackung weg.

»Sie müssen nicht die ganze Zeit raushängen lassen, dass Sie Level zwei sind, Schröder.«

»Tu ich doch gar nicht.«

Merkel startet das Auto und fährt sportlich aus der Parklücke. An der nächsten Kreuzung läuft eine Handvoll Weihnachtsmarktbesucher mit weiß-roten Zipfelmützen volltrunken auf die Straße, ohne auf den Verkehr zu achten. Merkel legt eine Vollbremsung hin.

»Weihnachten geht mir echt auf den Lebkuchen, Schröder.«

»Schön, dass Sie gebremst haben, Merkel.«

Zurück im Kurhotel Bad Schlema checkt Schröder mit seiner Anti-Wanzen-App das Hotelzimmer. Merkel legt sich auf das Bett und reinigt zuerst seine Handfeuerwaffe, dann das Scharfschützengewehr.

»Das haben Sie doch erst heute Morgen erledigt«, sagt Schröder.

Während Merkel antwortet, setzt er konzentriert seine Arbeit fort.

»Was sollen wir sonst tun? Tagelang zusammengepfercht in so einem Zimmer kriegt man ja den Lagerkoller.«

»Bitte, Merkel: Die Unterkunft ist nicht mal so schlecht. Die Einsatzleitung hat keine Kosten gescheut. Immerhin haben wir ein *Doppelzimmer Komfort*.«

»Weil die wissen, dass man in einem *Doppelzimmer Klassik* sehr viel schneller durchdreht.«

»Ich werde den Fernsehapparat anmachen.«

»Warum?«

»Um Sie aufzumuntern.«

»Wenn ›Der kleine Lord‹ läuft, zerschieße ich das Gerät.«

Stattdessen präsentiert Carmen Nebel ›Die schönsten Weihnachtshits‹. Schröder setzt sich zu Merkel aufs Bett. Während die Überlebenden von Boney M. zu ›Mary's Boy Child‹ asynchron die Lippen bewegen, schauen die beiden Agenten schweigend auf den Monitor. Als Andrea Berg auftritt, schraubt Merkel seinen Schalldämpfer auf die Pistole. Schröder drückt auf die Power-Taste der Fernbedienung. Die beiden Männer glotzen noch eine Weile auf das schwarze Display des Fernsehapparats.

»Wir könnten etwas unternehmen«, schlägt Schröder vor.

»Was unternehmen?«

»Ja. Zusammen. Wie gestern, als wir beim Hutznohmd waren.«

»Ein Abend, an dem gesungen und geklöppelt wird, reicht erst mal.«

»Heute gäbe es Country-Weihnacht im Kulturhaus ›Aktivist‹.«

»Tritt da eine Dolly-Parton-Imitatorin auf? Dann hätte ich vielleicht Interesse.«

»Soll das eine Anspielung sein?«

»Nein.«

»Laut Programmheft ist es ein *Westerntanzabend.*«

»Schon gut. Machen Sie den Fernseher wieder an.«

Andreas Gabalier singt in Lederhosen »Es wird scho glei dumpa«. An sein Mikrofon ist ein Geweih montiert.

»Wahrscheinlich gehört es zu unserem Berufsbild, dass man sich ständig erniedrigt«, sagt Merkel.

»Zumindest ist es nicht darauf ausgelegt, ständig im Rampenlicht zu stehen.«

»Wollen Sie mir nicht endlich sagen, was wir in diesem Kaff eigentlich machen?«

»Bitte. Es ist immerhin ein Kurort.«

»Wollen Sie mir nicht endlich sagen, was wir in diesem Kurort eigentlich machen?«

»Wir warten.«

»Schon klar. Und wenn wir genug gewartet haben?«

»Erhalten wir einen Datenstick. Es muss möglichst unauffällig geschehen.«

»Von wem kriegen wir den?«

»Von einem Level-Null-Agenten.«

»Wow. Und woran erkennen wir den?«

»Er wird sich zu erkennen geben, wenn es so weit ist.«

»Und was ist auf dem verdammten Stick?«

»Das interessiert uns überhaupt nicht.«

»Nein?«

»Ich habe Aufgabe, jeden zu eliminieren, der etwas über den Inhalt erfährt.«

»Scheiß drauf. So sehr interessiert es mich auch nicht.«

»Sagen Sie es.«

»Was?«

»Sagen Sie: Es interessiert mich nicht so sehr, dass ich mich deswegen mit einem Level-Zwei-Agenten anlegen würde.«

»Machen Sie den scheiß Fernseher wieder an, Schröder.«

Schröder und Merkel spazieren durch den verschneiten Kurpark.

»Glauben Sie, dass wir hier unsere Kontaktperson treffen?«, fragt Merkel.

Schröder schaut sich um.

»Wenn, dann werden wir sie jedenfalls schon von Weitem sehen. Das ist ja ein sehr aufgeräumter Kurpark.«

»Wussten Sie, dass hier im Kalten Krieg Uran für die sowjetischen Atombomben abgebaut wurde? Oberflächennah. Deshalb senkte sich die Landschaft ab, und Bad Schlemas gesamter Ortskern wurde 1952 abgerissen. Hier der renaturierte Kurpark ...«

»Woher haben Sie das Wort *renaturiert*?«

»Wikipedia.«

»Dachte ich mir.«

»Hier der renaturierte Kurpark, das waren früher Uranhalden. Das ganze radioaktive Zeug lag einfach in der Landschaft. Die Kinder warfen sich das Erz an die

Birne. Und die Leute sammelten Mutantenpilze, die dreimal so groß waren wie gewöhnliche Pilze.«

»Durch diese radioaktiven Pilzgerichte und durch die Bestrahlung bei der Arbeit unter Tage verwandelte sich ein junger Bergmann namens Elmar Schmauch in den Ostzonen-Hulk. Das wirklich grünste Monster aller Zeiten, das es später sogar in das Superheldenteam der *Sowjet-Rächer* schaffte.«

»Sehr witzig.«

»Glauben Sie nicht? Ich hätte es gar nicht erzählen dürfen. Das sind natürlich Top-Secret-Informationen, die erst ab Level zwei zugänglich sind.«

»Sie sind ein Arschloch, Schröder.«

Im »Actinon«-Bad relaxen Merkel und Schröder erst einmal im radon- und solehaltigen Wasser des Außenbeckens. Nackenduschen, Massagedüsen, Bodensprudler. Der ganze durchtrainierte Agentenkörper wird durchgeschüttelt.

Danach setzen sich Merkel und Schröder in die afrikanische Sonnensauna. Während sie bei circa 100 Grad trockener Lufttemperatur zu schwitzen beginnen, schauen sie sich die Wandbilder an. Wüste. Pyramiden. Savanne. Giraffen. Dabei lauschen sie den typisch afrikanischen Klängen von Elefanten und Löwen, dem leisen Rauschen des Savannengrases, einem Sommergewitter oder dem Zirpen der Grillen. Plötzlich werden sie von einem Blöken aufgeschreckt.

»Was war das?«, fragt Merkel.

»Eine Giraffe«, antwortet Schröder.

»Bisher wusste ich nicht mal, dass Giraffen Geräusche machen. Die kauen doch immer nur.«

»War eine junge Giraffe. Erwachsene Giraffen kommunizieren im Infraschallbereich, also so tief, dass es für das menschliche Ohr nicht hörbar ist.«

»Cool. Jetzt wird es dunkel. Es gibt sogar einen Tag-Nacht-Zyklus. Ich mag die afrikanische Sonnensauna.«

»Mir fehlen die Aufgüsse. Vor allem die mit Minze.«

»Ich würde Sie gerne mal etwas Persönliches fragen.«

»Das ist meistens keine gute Idee.«

»Sie heißen doch nicht wirklich Schröder, oder?«

»Nein. Sie heißen doch auch nicht wirklich Merkel.«

»Stimmt, ich heiße ...«

»Pssst. Besser, Sie sagen das niemandem.«

Merkel und Schröder hören noch eine Weile dem Rauschen des Savannengrases und dem Zirpen der Grillen zu. Die Sonne geht wieder auf. Das merkt man daran, dass es heller wird in der Sauna.

Danach nehmen Merkel und Schröder noch eine afrikanische Ganzkörpermassage mit Mafutaöl. Das Gewebe wird gelockert, die Blutversorgung gefördert und das Gewebe entschlackt. Stressbedingte Verspannungen und Energielosigkeit sowie Verstimmungen und Überreiztheit werden abgebaut. Man hat das Gefühl, alles im Griff zu haben.

Der Tisch ist festlich gedeckt. In einer Vase stehen Mistelzweige. Auf einem Adventskranz flackern LED-Kerzen. Merkel und Schröder schauen sich unauffällig um.

Im Restaurant des Kurhotels sitzt eine vitale Rentnerin, die sich ihrem Handy widmet. Ein mittelaltes Paar mit Rentiermützen. Und eine japanische Reisegruppe, bestehend aus zwei Damen und drei Herren, die sich flüsternd über die Speisekarten beugt.

»Erstaunlich wenig los«, stellt Merkel fest.

»Ja«, antwortet Schröder.

»Was essen wir noch mal?«

»Neunerlei. Eine Tradition zur Weihnachtszeit im Erzgebirge. Neun Speisen, die alle eine Bedeutung haben. Sauerkraut steht dafür, dass einem das Leben nicht sauer wird. Linsen sollen dafür sorgen, dass einem das Kleingeld nicht ausgeht. Bratwürste helfen Herzlichkeit und Kraft zu erhalten. Klöße …«

»Ist schon gut. Das ist so eine erzgebirgische Ayurveda-Nummer. Ich hab's begriffen.«

Als Erstes stellt der Kellner einen Heringssalat mit Rote Bete vor die Herren.

»Das ist schlimm«, sagt Merkel, »von Heringen und Rote Bete hast du nichts gesagt.«

»Du hast mich nicht ausreden lassen, aber den Japanern schmeckt's.«

»Die essen ja auch Sushi und Fischsuppe zum Frühstück.«

Während der Kellner eine Semmelmilch mit Nüssen serviert, betritt eine Frau die mit Tannenzweigen und Glaskugeln geschmückte Mini-Bühne in einem Eck des Raums. Unter einem roten Mantel mit weißem Pelzbesatz trägt sie eine rote Korsage, Strapse und rote Strümpfe. Mit einem Blick auf ihre karminroten High Heels sagt Merkel:

»Sie trägt keine Stiefel. Ein Weihnachtsmann sollte Stiefel tragen.«

Die Frau beginnt auf einer Ukulele zu klimpern und »Last Christmas« zu singen.

»Ihre Stimme ist nicht mal so schlecht.«

Schröder nickt.

»Wir müssen jetzt sehr aufmerksam sein.«

»Ich bin ja aufmerksam.«

»Ich meinte nicht ihre Titten.«

Statt einer Antwort gibt Merkel nur ein Röcheln von sich, weil er gerade von einem Rentiermützen-Träger mittels einer Klaviersaite erdrosselt wird. Schröder greift die Vase mit Mistelzweigen und schlägt sie der Frau hinter sich auf die Rentiermütze. Die Vase splittert. Der Agent zerrt die Hand, in der die Angreiferin das Kampfmesser trägt, nach vorn und klatscht sie in den Heringssalat. Dann rammt er mit aller Gewalt seine Gabel durch die Handknochen. Die Frau schreit. Merkel röchelt, während er vergebens versucht, Finger zwischen den Draht und seinen Hals zu bekommen. Immerhin denkt die Weihnachts-Strapsmaus auf der Bühne mit und feuert aus ihrer modifizierten Ukulele. Ein gezielter Schuss in die Stirn knapp unterhalb des weißen Saums der Rentiermütze setzt den Kerl außer Gefecht, der gerade dabei war, Merkel die Funktionsweise einer Garotte nahezubringen.

Schröder kippt den Tisch um. Seine Angreiferin wird mit darüber katapultiert. Und von einer Salve Kung-Fu-Sternen getroffen.

»Runter«, brüllt Schröder.

Merkel geht mit ihm hinter dem Tisch in Deckung.

Wieder schlagen Kung-Fu-Sterne ein. Einige durchstoßen das Holz.

Die Frau im Weihnachtsmann-Outfit spurtet über die Tische. Die vitale Rentnerin widmet sich nicht mehr ihrem Handy, sondern ist gerade dabei, eine Uzi aus ihrer Handtasche zu ziehen. Die Strapsmaus nimmt Anlauf, springt und der Absatz ihres rechten High Heels bohrt sich in das Auge der Dame. Der Körper zuckt. Ungesteuerte Maschinenpistolensalven zerlöchern die Decke und Lampen, bis Oma endgültig in Pension geht.

Mittlerweile nimmt ein Kellner mit einer Shotgun Merkel und Schröder unter Feuer. Große Holzsplitter werden aus dem umgekippten Tisch gestanzt und fliegen durch den Raum. Die Mitglieder der japanischen Reisegruppe rennen in Ninja-Outfits die Wände entlang und schwingen Nunchakus und Schwerter.

»Wie haben die sich so schnell umgezogen?«, keucht Merkel aus seiner malträtierten Luftröhre.

»Keine Ahnung«, antwortet Schröder, springt blitzschnell auf und erledigt mit einem gezielten Schuss den Shotgun-Berserker. Inzwischen hat sich das Weihnachts-Babe die Maschinenpistole der Oma geschnappt und holt die Ninjas mit großzügigem Beschuss von der Wand und aus der Luft.

»Sie lädt verdammt schnell nach, wenn es sein muss«, sagt Merkel anerkennend.

»Sie ist ein Level-Null-Agent«, antwortet Schröder.

Die Frau kommt auf Merkel und Schröder zu. Die Hüften bewegen sich locker hin und her. Der Weihnachtsmannmantel schwingt um sie wie ein Cape. Die High Heels klacken auf dem Fliesenboden. Einer der roten Strümpfe hat eine Laufmasche.

»Sie ist auf jeden Fall eine Agentin und kein Agent«, sagt Merkel.

Breitbeinig bleibt sie vor Merkel und Schröder stehen. Die Maschinenpistole raucht noch aus dem Lauf.

»Parole?«, fragt sie.

Schröder räuspert sich, dann sagt er sehr feierlich:

»Die Art des Gebens ist wichtiger als das Geben selbst.«

Die Agentin greift ins weihnachtlich offenherzige Dekolleté, holt zwischen ihren Brüsten einen winzigen Speicherchip hervor und gibt ihn Schröder.

»Gut, dass Sie ihn nicht verloren haben«, sagt Merkel. Sie schaut ihn verständnislos an. Merkel zuckt mit den Schultern.

»Sorry, ich mein ja nur, weil er so klein ist.«

»Ich hab ihn festgetackert.«

Grußlos geht sie aus dem Restaurant. Durch die geborstenen Scheiben des Wintergartens beobachten Merkel und Schröder, wie die Kollegin in einen Ford Mustang steigt, der in der Einfahrt wartet.

»Weißt du, wie sie heißt?«, fragt Merkel.

»Vermutlich Adenauer«, antwortet Schröder.

»Sehr witzig.«

»Lass uns weitermachen, damit wir den Stick abliefern, bevor er sich selbst zerstört.«

»Selbst zerstört?«

»Ja, ist mir schon dreimal passiert. Blöd, wenn du ihn in der Hosentasche hast.«

Merkel schaut sich um.

»Wer macht hier eigentlich sauber?«

»Das wollen wir gar nicht wissen.«

Schröder macht das Licht aus.

2

GAUNERZINKEN

MANFRED KÖHLER (SCHARFENSTEIN)

Gernot war seit Jahren nicht in Scharfenstein gewesen. Und er wäre nicht zurückgekommen, hätte er nicht gehört, dass die alte Traudel gestorben war. Ihr Haus wäre ideal für ihn.

Auch wenn das Freibad im Winterschlaf lag und das Zeiss-Planetarium heute geschlossen war, kamen Erinnerungen hoch, ganz automatisch, als Gernot, von Ehrenfriedersdorf kommend, durch Drebach und an den Schildern nach Venusberg vorbei Richtung Scharfenstein tippelte. Aber der Schmerz fühlte sich alt und verschorft an.

Und noch etwas hatte sich geändert: Burg Scharfenstein war für ihn immer ein Ort kämpferischer, Freiheitsgefühle aufwühlender und revolutionärer Gedanken gewesen. Die Legende vom Stülpner Karl hatte sein

Leben von Kind an geprägt, als er die erste Burgführung mit einem der Wilderer-Darsteller mitgemacht hatte.

Aber jetzt, da er unfreiwillig etwas geworden war wie ein Stülpner dieser Zeit, wenn auch eine rein aufs Negative beschränkte und unheldenhafte Version des Volkshelden, hasste er es. So wollte er nicht sein.

Gernot schaute hoch zur Burg und sah einen Lastwagen den Burgberg herabfahren. Vermutlich wurde da oben gerade der Weihnachtsmarkt abgebaut, nach einem letzten Besucheransturm am zurückliegenden vierten Adventswochenende. Nun freuten die Leute sich auf den Heiligabend.

Der Gedanke weckte Aufbruchstimmung. Etwas musste geschehen. Gernot wusste nicht, was, aber war entschlossen, die Heimkehr zu nutzen, um wieder in die Spur zu kommen.

Allerdings musste er erst mal die Nacht überleben und die nächsten Tage. Dafür musste er es schaffen, die Unterkunft zu beziehen, wegen der er sich auf den Weg gemacht hatte, und sich ein bisschen Geld besorgen. Eine Idee hatte er schon. Brauchte er nur noch ein Opfer.

Es war die Frau, die sich um Gernot kümmerte.

Der Mann hätte ihn vermutlich verletzt liegen gelassen.

»Jetzt hol doch mal Verbandszeug. Der arme Kerl blutet!«

»Die Polizei sollte ich rufen!«

»Wir wissen doch noch gar nicht, was passiert ist.«

Gernot sah den Moment gekommen, sich zu erklären:

»Drei jugendliche Punks wollten Ihren Briefkasten abfackeln. Als ich sie verjagt hatte und das Feuer löschen wollte, ist plötzlich was explodiert.«

»Punks. Hier in Scharfenstein. In einem bürgerlichen Wohngebiet.«

Der Mann kontrollierte trotz seiner lautstark geäußerten Zweifel sofort den Briefkasten.

»Verdammter Mist! Da hat es wirklich gebrannt.«

»Ich muss aufstehen. Die Kälte. Entschuldigung.«

Die Frau ließ nicht von seiner verletzten Hand ab, half ihm aber schließlich umständlich mit hoch. Es hatte ihn wirklich ganz schön aufs Steißbein gesetzt vor Schreck. Und der Chinaböller hätte ihm fast den Zeigefinger abgerissen. Die Wucht hatte er anders in Erinnerung gehabt. Eher wie einen festen Schlag. Nicht mit einer solchen zerstörerischen Sprengkraft.

»Wir stehen tief in Ihrer Schuld«, sagte die Frau.

»Blödsinn!«, fuhr ihr der Mann ins Wort. »Die Geschichte stinkt.«

»Hören Sie nicht auf ihn. Sollen wir Sie wirklich nicht ins Krankenhaus fahren?«

»Nein, nein, danke. Es hat auch schon aufgehört zu bluten.«

»Können wir sonst irgendwas für Sie tun? Haben Sie Obdach, heute … am Heiligabend?«

Die Betonung aufs letzte Wort schleuderte sie ihrem Mann entgegen. Der fauchte zurück:

»Lass dir bloß nicht einfallen, den zu uns einzuladen!«

»Aber eine finanzielle Anerkennung bekommt er.«

Sie sagte das ihrem Mann zugewandt mit besonderem Trotz.

»Dann aber von deinem Taschengeld. Ich hab keinen Cent für dieses Affentheater übrig.«

»So ein Geizhals. Bitte entschuldigen Sie. Machen Sie es sich mal besonders schön heute Abend.«

Sie zog 50 Euro aus ihrem Geldbeutel. 30 Euro mehr als Gernot maximal erwartet hätte. Der Mann geriet außer sich.

»Das war lauter Werbemist. Nur leicht angekohlt. Der Böller hätte gar nichts gemacht.«

»Du kannst dir heute deinen Gänsebraten selbst zubereiten«, sagte die Frau, lächelte Gernot verschwörerisch zu, als er sich schon schleunigst davonmachen wollte, und rief noch: »Gesegnete Weihnachten. Und alles Gute für Ihre Hand.«

Gernot hatte es sich in seinem gerade bezogenen Häuschen so weihnachtlich-gemütlich gemacht wie es nur ging ohne Strom, Heizung und fließendes Wasser. Er war es seit Jahren gewohnt so, in immer wieder anderen Bruchbuden. Früher kannten die Leute es gar nicht anders, als überwiegend kalt und mühevoll zu wohnen, das Wasser von draußen hereinzuschleppen. Ganz bewusst suchte er sich leer stehende, einsame Häuser mit Kamin aus und alten Kohleherden, sodass er wenigstens mit Holz aus dem Wald ein bisschen Wärme hereinbekam und auch mal was kochen konnte. Traudels Haus war dafür ideal. Wasser holte er aus dem Bach, genug Licht kam an diesem Abend von den Weihnachtskerzen auf dem ebenfalls im Wald geschlagenen Baum. Die Kerzen waren bezahlt, der Baum natürlich nicht.

An einen richtigen Weihnachtsbraten war nicht zu denken gewesen ohne Backofen. Aber aus der Not war eine echte Tugend geworden, als er den Spirituskocher auf dem Speicher des Häuschens fand. Mit einem alten, gründlich gereinigten Topf, einer Flasche Sonnenblumenöl, diversem plastikverpacktem Billigfleisch, Ketchup und drei Brötchen zauberte er sich ein Fondue, das ihm seine besseren Tage wirklich zurückbrachte, statt nur an sie zu erinnern. Woran auch das Sixpack Weizenbier gehörig Anteil hatte. Wenn Gernot eines drauf hatte, dann das Beste aus allem zu machen. Anders wäre ein Leben wie seines auch gar nicht so lange möglich gewesen.

Seine zweite Überlebenseigenschaft war sein Instinkt. Als es nebenan leise quietschte und gleich darauf etwas knarrte, hatte er sich das alte Brotmesser schon unters Hosenbein in den Socken geschoben, ehe ihm die Widersinnigkeit klar wurde.

Jemand war ins Haus eingedrungen. Gequietscht hatte die Eingangstür, geknarrt eine der alten Dielen im Flur. Das Kerzenlicht war durch den Türspalt zu sehen. Entweder verdrückte er sich in den dunklen Nebenraum und dort notfalls durchs Fenster – oder er trat dem Eindringling mit gezücktem Messer entgegen.

Gernot ließ es, denn sein Instinkt war dem Verstand auch diesmal voraus. Zum Verdrücken war es zu spät, die Tür vom Flur her ging bereits auf; und ein gezücktes Messer hätte ihn dieser einzigen Waffe umgehend beraubt, wenn nicht gleich das Leben gekostet. Denn der Eindringling schob eine langstielige Axt voraus. Und seine hasserfüllte Fratze ließ keinen Zweifel an der nötigen Entschlossenheit, sie ohne jede Rücksicht zu gebrauchen.

»Nette Nummer am Briefkasten«, sagte der Mann. »Wundert mich, dass du nicht gebührender feierst.«

»Das Geld muss eine Weile reichen«, antwortete Gernot. Ehrlichkeit schien ihm in dieser plötzlichen Gefahrenlage noch die sicherste Bank.

»Ach ja, wofür denn?«

Der Mann schaute sich angewidert in dem kargen ehemaligen Wohnraum um, der seit Gernots Einzug zumindest kein Lost Place mehr war. Von Wohnlichkeit war die Bude dennoch weit entfernt. Die Leere des Raumes stand in rührendem Kontrast zu dem kleinen Weihnachtsbaum, dessen einziger Schmuck die Kerzen waren. Und das auch nur, weil Gernot Kerzenhalter auf dem Dachboden gefunden hatte. Kaufen wäre nicht drin gewesen.

»Essen«, antwortete Gernot verspätet auf die provozierende Frage.

»Und saufen«, warf ihm der Mann mit Blick auf die Bierdosen vor. Eine war geöffnet, die anderen fünf hingen noch am Trageriemen.

»Eine pro Abend. Mein einziger Luxus.«

»Denk bloß nicht, dass ich auf die Mitleidsmasche reinfalle!«

»Ich sag bloß, wie es ist«, blieb Gernot fest. Die plötzliche Wut des Mannes verebbte, er räumte ein:

»Wie ein Säufer siehst du wirklich nicht aus. Sonstige Drogen?«

Gernot schüttelte stumm den Kopf.

»Hattest irgendwann mal ein normales Leben, oder?«

Dem Mann waren die wenigen Besitztümer aufgefallen, die Gernot von Haus zu Haus mit sich führte, darunter ein kleiner Bilderrahmen mit einem typischen gestellten Familienfoto, der auf dem Kaminsims stand.

»Aber jetzt lebst du illegal in fremden Häusern und bescheißt Leute. Wem gehört die Bude hier?«

Gernot räusperte sich.

»Traudel, einer alten Frau«, antwortete er schließlich. »Sie ist kürzlich gestorben und hatte keine Erben, also ist das Haus an den Staat gefallen.«

»Dem Staat liegst du also hier auf der Tasche. Da weiß ich doch gleich, wie ich dir eins auswischen kann.«

»Ihre Frau hat mir das Geld gegeben. Was wollen Sie also von mir?«

»Na was wohl? Deine Herausforderung annehmen. Außerdem war das mein Geld. Die Alte ist doch nur Hausfrau.«

»Welche Herausforderung denn?«, fragte Gernot und hätte zu gern noch was zum Thema Ausbeutung einer Hausfrau mit schäbigem Taschengeld gesagt. Aber mit dem Typen eröffnete er mal lieber keine Nebenkriegsschauplätze.

»Dass du diese Nummer abziehst, du Arsch. Trotz der deutlichen Warnung am Haus.«

»Ich weiß wirklich nicht, was Sie meinen.«

Gernot hatte die ganze Zeit weiter am Tisch gesessen und beobachtet, wie der Mann durchs Zimmer schlurfte, immer mal schmerzvoll das Gesicht verzog und alles genau anglotzte. Als er nun einen der modrigen Vorhänge zur Seite schob, um nach draußen zu spähen, wollte Gernot aufstehen und sich in eine strategisch günstigere Position bringen.

»Schneit noch«, sagte der Kerl, fuhr herum und hob drohend die Axt. »Hocken bleiben!«

»Schon gut.«

Gernot setzte sich wieder, schob aber den Stuhl ein Stück zurück, um nicht so am Tisch eingekeilt zu sein.

»Was ich meine?«, fragte der Kerl. »Den Gaunerzinken natürlich.«

Gernot glaubte, nicht richtig zu hören. Der wusste von dem Zeichen! Was wurde hier bloß gespielt? Er beschloss, sich nun doch besser dumm zu stellen.

»Von so was hab ich keine Ahnung. Ihr Briefkasten brannte …«

»Die drei angeblichen Punks, jaja. Solche Geschichten kannst du dämlichen Gutmenschen wie meinem Hausdrachen auftischen. Ich weiß da besser Bescheid. Also?«

»Hören Sie, ich hab noch etwa 35 Euro übrig. Den Rest kann ich Ihnen …«

»Ich will das Scheißgeld nicht!«

Der Kerl holte unvermittelt aus und zertrümmerte mit einem einzigen Axthieb den alten Wohnzimmertisch. Das heiße Öl aus dem Kochtopf spritzte durchs Zimmer und verbrühte Gernots rechten Arm, mit dem er nach dem Messer in seinem Socken hatte greifen wollen. Die linke Hand war noch vom zu stark gewählten Böller außer Gefecht. Somit war er praktisch wehrlos.

»Scheißdreck!«, fluchte der Mann, als der umgekippte Spirituskocher den Boden in Brand setzte. Hektisch trampelte er die Flammen aus und sorgte dabei für zusätzliche Verwüstung. Die kleine Weihnachtswelt, die Gernot sich mit wenig Geld und viel Liebe geschaffen hatte, war zerstört.

»Betrachte das als erste kleine Strafe«, sagte der Typ, als er sich wieder beruhigt hatte. Er zog sich den zweiten Stuhl heran, der in der anderen Ecke des Raumes hinter der Tür gestanden hatte, und nahm die Axt auf den Schoß. Nicht zum ersten Mal fiel Gernot auf, wie schief der Kerl die Schulter hielt – im Sitzen noch stärker als im Stehen.

»Wie fing das bei dir an?«, fragte er.

»Was?«

»Du weißt schon, das Klauen.«

»Ich klaue nicht. Niemals. Ich … na ja, nehme Geschenke an.«

»Haha. Geschenke, die aufgrund von Täuschung und Betrug gegeben werden. Als ob die was anderes wären als Diebesgut.«

»Es gibt Grauzonen.«

»Gibt es nicht.«

»Na gut. Nehmen wir an, im Supermarkt wird Ihnen falsch rausgegeben. Auf 50, obwohl Sie mit 20 gezahlt haben. Was tun Sie?«

»Dasselbe, als wenn's umgekehrt wäre. Das Richtige.«

»Nehmen wir zweitens an, bevor Ihnen das passiert, haben Sie den Getränkebon im Automaten stecken lassen. Für um die 100 Flaschen. Jemand anders hat ihn eingelöst.«

»Selbst schuld.«

»Sie wurden geblitzt an einer Stelle, wo sonst nie eine Radarfalle steht. Ihr Nachbar hat Ihnen beim Schneiden seiner Hecken auch gleich noch Ihre geliebten Beerensträucher bis zum Boden abgeratzt. Und ein Idiot blockiert Ihren Parkplatz, Sie müssen über Nacht woanders stehen, wo dann ein Marder reingeht. Über 200 Euro Reparaturkosten weg.«

»Na und?«

»Das sind nur ausgedachte Beispiele. In Wirklichkeit kann das Leben noch viel grausamer sein.«

»Noch mal: Na und!«

»Das Leben nimmt, und das Leben gibt. So hab ich das sehen gelernt. Und dabei geht es niemals gerecht zu. Nach menschlichen Maßstäben.«

»Alle Gauner legen sich das so zurecht.«

»Nein. Es ist einfach nicht richtig, die Geschenke des

Lebens zurückzuweisen. Die ungerechtfertigten Hiebe und Ohrfeigen muss man ja auch einstecken.«

»Blödsinn. Du willst doch bloß Stunk machen. Was ist mit dem Gaunerzinken? Deswegen hast du mich doch ausgesucht.«

Gernot musste lächeln und resignierte.

»Na gut, das stimmt.«

»Und deswegen bin ich hier. Herausforderung angenommen.«

»Welche Herausforderung denn?«

»Leg dich nicht mit den Leuten in diesem Haus an. Das bedeutet der Gaunerzinken. Wer es doch tut, kriegt die Axt.«

Gernot schaute ihn ungläubig an, musste grinsen und verbiss es sich, als er die Wirkung sah. Der Typ begann sofort wieder auszuflippen.

»Mach dich nicht auch noch über mich lustig, du Arschloch!«

»Mach ich nicht, wirklich. Wenn, dann …«

»Was? Raus damit!«

»Dann hat das der Typ gemacht, von dem Sie den Gaunerzinken verpasst bekommen haben. Dass Sie überhaupt davon wissen, also … und dann so völlig falsch über die Bedeutung informiert sind.«

»Was ist denn die Bedeutung deiner Meinung nach? Ich hab das Zeichen extra gelassen, um geschützt zu sein.«

»Die Bedeutung ist: Die da drin sind leichte Beute. Ein Wunder, dass nicht längst so richtig bei Ihnen eingebrochen wurde.«

»Woher willst du wissen, dass nicht?«

»Weil, na ja – das stünde dann da auch.«

Der Typ machte das blödeste Gesicht, das Gernot je gesehen hatte. Das befeuerte seinen Heiterkeitsausbruch, der wohlkalkuliert zum Einsatz kam. Der Eindringling reagierte wie erwartet. Und jetzt wusste Gernot auch, warum er die Axt links hielt, obwohl er sich beim Briefkastenöffnen als Rechtshänder erwiesen hatte. Die Schulterhaltung ließ sich lesen wie ein offenes Buch.

In einer fließenden Bewegung zog Gernot das Messer aus dem Socken, verbiss sich die Schmerzen am verbrühten Arm und trat seinem Widersacher die Axt aus der Hand. Der hatte es nicht mal geschafft, zur Gegenwehr aufzuspringen. Gernot drückte ihm das Messer an die Kehle und sah wie in Zeitlupe eine Schweißperle auf der Stirn des Bedrohten aus der Haut hervortreten.

»Was machst du beruflich?«, fragte Gernot. Ganz bewusst ging er zum Du über. Das Kommando hatte gewechselt.

»Verwaltungs…fachangestellter«, krächzte der Mann.

»Und in deiner Freizeit folterst du Landstreicher, oder wie?«

»Nein! Bitte, ich hätte Ihnen nie was getan, wirklich. Ich war nur so … extrem verärgert über Ihre Betrugsmasche, deshalb bin ich Ihnen nachgeschlichen.«

»Halt die Klappe. Ich weiß, was Revierverhalten ist. Wie steht dein Bildschirm?«

»Was? Bildschirm?«

Zwei weitere Schweißperlen rannen dem Mann über die Stirn. Gernot wusste, das verkrampfte Gesicht kam nicht nur von der Angst.

»An deinem Arbeitsplatz. Steht dein Bildschirm direkt vor dir oder hältst du den Kopf beim Arbeiten schräg? Und nach welcher Seite?«

»Links«, sagte der Mann nach einer kurzen Bedenkpause.

»Alles klar.«

Gernot nahm sein Messer von der Kehle des Mannes, warf es beiseite, packte blitzschnell den fremden Kopf mit beiden Händen und renkte den völlig verspannten Nacken ein.

Der Gesichtsausdruck veränderte sich total. Fassungslos verdaute der Mann den Einrenkungsschmerz und begriff dabei, dass seine langjährigen Dauerschmerzen weg waren. Und damit auch seine mürrische Griesgrämigkeit, seine Angriffslust, Streitsucht und hoffentlich sein Menschenhass. Den Trick, in Jahren verhärtete Fehlstellungen mit einem einzigen Ruck zu korrigieren, hatte Gernot bei einer Chiropraktiker-Fachtagung in einem kleinen Hotel am Bodensee gelernt und seit Jahren nicht angewandt. Es tat so gut, es nun endlich mal wieder umgesetzt zu haben.

»Gehen Sie«, sagte er streng. »Die Axt bleibt hier. Behandeln Sie Ihre Frau ab jetzt freundlicher. Und platzieren Sie Ihren Bildschirm frontal zur Sitzhaltung.«

Der Mann stand auf, wackelte ungläubig mit dem Kopf, schien noch etwas sagen zu wollen, aber ließ es. In der nächsten Sekunde war er draußen im Flur, in der übernächsten fiel die Haustür ins Schloss.

Gernot fügte im Schein des herunterbrennenden Kaminfeuers den zertrümmerten Tisch wieder einigermaßen zusammen. Er hob den lädierten kleinen Christbaum vom Boden, stellte ihn zurück auf seinen ursprünglichen Platz, erneuerte die Kerzen und zündete sie an. Den Stuhl rückte er so zwischen Kamin und Christbaum, dass er den Schneeflocken draußen beim Tanzen vor dem nachtblauen Himmel zusehen konnte.

Zum ersten Mal, seit seine damals vierjährige Tochter überfahren worden war, seit seine Frau ihn im gegenseitigen Trauer-Terror verlassen hatte und er wegen zunehmender Depressionen aus der eigenen Praxis geflogen war, fühlte er so etwas wie Hoffnung und Freude auf ein neues Jahr.

3

NACH TRADITIONELLER ART

MAREN SCHWARZ (SCHNEEBERG)

Obwohl Anita schon lange kein Kind mehr war, wärmte der Gedanke an das bevorstehende Weihnachtsfest ihr Herz. Sie liebte die Zeit der Pfefferkuchen, des Stollens und des Kerzenscheins. Nicht zu vergessen, des Räucherkerzchendufts, der in ihrer Heimat, dem Erzgebirge, genauso zur Weihnachtszeit gehörte wie Glühwein und gebrannte Mandeln. Wenn sie, umhüllt von all diesen Düften, über den Schneeberger Weihnachtsmarkt schlenderte und dabei der Schnee wie Puderzucker aus dem Himmel über die Stadt rieselte, konnte sie sich dem Zauber der Weihnachtszeit kaum noch entziehen. Egal, wie trostlos ihr Leben ansonsten auch sein mochte.

Dabei war es jedes Jahr dasselbe. Während die einen es kaum erwarten konnten, dass die Regale in den Supermärkten wieder mit Plätzchen und Schokoladenweihnachtsmännern gefüllt waren und sie auf Geschenkejagd gehen konnten, wurden andere von den bevorstehenden Festtagen regelrecht überrumpelt. Dann wurden Einkaufszentren und Weihnachtsmärkte gestürmt, um noch in letzter Minute ein Geschenk für seine Liebsten zu ergattern. Wenigstens muss ich mir darum keine Sorgen mehr machen, schoss es Anita durch den Kopf. Schon deshalb nicht, weil es, von ein paar wenigen Freunden abgesehen, niemanden mehr gab, den sie hätte beschenken können. Dafür gab es aber auch niemanden, von dem sie ein Geschenk zu erwarten hatte. Der Gedanke stimmte Anita traurig. So traurig, dass sie die Weihnachtsfeiertage am liebsten aus ihrem Kalender gestrichen hätte. Daran konnten auch all die lieb gewonnenen Traditionen nichts ändern, die sich für sie mit diesem Fest verbanden. Beginnend mit dem alljährlichen Aufstellen der Weihnachtsdekoration bis hin zum Krippenspiel am Heiligabend und den Metten am Morgen des ersten Weihnachtsfeiertages. Bräuche waren schließlich dazu da, um gepflegt zu werden. Ein weiterer, der mittlerweile nicht mehr aus ihrem Leben wegzudenken war, bestand darin, ihrer alten Schule einen Besuch abzustatten. Immer, wenn am zweiten Adventswochenende die Fakultät für Angewandte Kunst in Schneeberg zum Tag der offenen Tür einlud, war Anita zur Stelle, um Erinnerungen an ihre leider viel zu kurze Studienzeit aufzufrischen. Obwohl seither schon ein paar Jahre vergangen waren, traf sie auf ihrem Rundgang durch die Werkstätten jedes Mal wieder auf vertraute Gesichter. So auch heute. Anita liebte es, sich mit ehemaligen Kommilitonen oder Lehrkräften über aktuelle Trends in der Textilbranche auszutauschen. Wenn sie dazwischen mal eine kleine Stärkung brauchte, lenkte sie ihre Schritte in das liebevoll dekorierte Café im Textilhaus, wo es neben einer Tasse Kaffee immer auch ein Stück Kuchen gab. Selbst gebackenen noch dazu. Von den Studentinnen aus dem siebten Semester. Darauf freute Anita sich schon das ganze Jahr. Genauso wie auf das für den Nachmittag auf dem Plan stehende Theaterstück. Dasselbe galt für die Modenschau, auf der sie sich ein Bild von den neuesten Entwürfen der Modedesignstudenten machen konnte.

Danach ging es für Anita in der bereits anbrechenden Dunkelheit zum Lichtelfest auf den Marktplatz. Auf dem Weg dahin konnte sie nicht umhin, all die hell erleuchteten Fenster zu bestaunen. Das Licht, das sie verbreiteten, war von jeher ein Symbol des Lebens. Ein Brauch, der noch aus der Zeit herrührte, in der die Bergmänner das Tageslicht kaum zu Gesicht bekamen. Ihr Arbeitstag begann und endete im Dunklen. Aus diesem Grund stellte man auch geschnitzte Engel und Bergmannsfiguren ins Fenster, die eine Kerze in der Hand hielten. Ihr Schein sollte die unter Tage arbeitenden Männer wohlbehalten nach Hause bringen und ihnen den Weg erhellen. Daraus entstand im Laufe der Zeit eine Tradition, die von Generation zu Generation weitergegeben wurde.

Es war gegen 18 Uhr, als Anita den Marktplatz erreichte. Direkt vor dem Rathaus, das in hellem Lichterglanz erstrahlte, befand sich eine Bühne, auf der die Schneeberger Bergbrüderschaft Aufstellung genommen hatte. Für den musikalischen Rahmen sorgte das Musikkorps der Bergstadt. Während des anschließenden Turmblasens bahnte Anita sich ihren Weg zwischen den Buden entlang in Richtung der Sankt-Wolfgangs-Kirche. Aus den mit Menschen überfüllten Gassen duftete es nach Bratwurst und Glühwein. Neben all diesen Köstlichkeiten gab es auch Fahrgeschäfte für die ganz Kleinen. Darunter eine Eisenbahn, die inmitten des Marktplatzes ihre Kreise zog. Das Sortiment in den dicht aneinander gereihten Buden reichte von erzgebirgischer Volkskunst über Schals und Mützen bis hin zu Kerzen und sonstigen für den Gabentisch geeigneten Geschenken. Anita hatte sich gerade an dem Stand, der vom russischen Spezialitätenladen betrieben wurde, nach einer wärmenden Suppe angestellt, als sie ihn sah. Ihn, von dem sie sich inzwischen wünschte, ihm niemals begegnet zu sein. Daran konnte auch die Tatsache nichts ändern, dass sein Anblick ihr Herz noch immer zum Rasen brachte. Allerdings nicht mehr vor Verlangen – diese Zeit war schon lange vorbei –, sondern vor Wut.

Er kam aus einem am Marktplatz gelegenen Schuhladen. Neben ihm, in einen Fuchspelzmantel gehüllt, stand seine jetzige Frau – ihre ehemals beste Freundin. Sie hatte sich bei ihm eingehängt und strahlte über das ganze Gesicht. Kein Wunder bei all den Tüten und Taschen, die sie wie Trophäen vor sich hertrug. Wahrscheinlich hatte sie gerade wieder ein neues Paar Schuhe abgestaubt. Oder ein edles Designerteil aus der benachbarten Boutique. Und das alles von ihrem, Anitas Geld. Heißer Hass loderte in ihr hoch, als sie an den perfiden Plan dachte, den die beiden geschmiedet hatten, um an ihre Ersparnisse zu kommen. Dabei hatte alles so verheißungsvoll begonnen. Ihre Gedanken wanderten zurück zu der Zeit, als sie und Darius sich auf der Geburtstagsfeier ihrer damals noch besten Freundin begegnet waren. Darius sah nicht nur umwerfend gut aus. Er hatte ihr auch jeden Wunsch von den Augen abgelesen. Fast jeden, korrigierte Anita sich. Was wohl auch daran lag, dass sie keine allzu großen Ansprüche stellte. Von ihren Eltern hatte sie gelernt, jeden Cent zweimal umzudrehen, bevor sie ihn ausgab. Was nicht heißen sollte, dass sie geizig war. Eher sparsam. Das hatte ihr zusammen mit dem Erbe ihrer Eltern zu einem stattlichen Vermögen verholfen. Ein Vermögen, das Darius ihr ohne mit der Wimper zu zucken abgenommen hatte. Während sie in der eisigen Winterkälte nach einem Teller Suppe anstand, fragte sie sich, wie sie nur so blöd gewesen sein konnte, ihm das ganze Geld einfach so zu überlassen. Ohne Schuldschein, geschweige denn einer Quittung. Dabei wusste sie genau, warum. Weil sie ihm in ihrer Verliebtheit blind vertraut hatte. Ihm und seinem Wort. Dem Wort eines Hochstaplers und Betrügers. In ihrer grenzenlosen Naivität hatte sie auf seine Bitte hin sogar noch einen Kredit auf ihr Elternhaus aufgenommen, um ihm seinen Traum vom eigenen Fitnessstudio zu ermöglichen. Als Dank hatte er sie postwendend mit ihrer besten Freundin betrogen. Nachdem Anita ihn daraufhin zur Rede gestellt und ihr Geld zurückgefordert hatte, hatte er ihr gegenüber zum ersten Mal sein wahres Gesicht gezeigt. Das Gesicht eines Menschen, dem nichts heilig war. Schon gar kein Versprechen. Nachdem sie einsehen musste, dass ihn weder Flehen noch Drohen dazu bewegen konnten, ihr das Geld, das er sich von ihr geliehen hatte, zurückzugeben, hatte sie sich an einen Anwalt gewandt. Doch der konnte ihr auch nicht weiterhelfen. Es gab schließlich nichts, womit sich ihre Ansprüche einklagen ließen. Die Einzige, die neben Darius um die Zusammenhänge wusste, war ihre ehemalige Freundin. Doch die dachte nicht im Traum daran, ihr zu helfen.

So hatte Anita am Ende nicht nur ihre große Liebe, sondern obendrein auch ihr ganzes Geld verloren. Sie stand von heute auf morgen vor einem riesigen Scherbenhaufen. Er war so groß, dass sie noch nicht einmal den auf ihr Elternhaus aufgenommenen Kredit zurückzahlen konnte. Anita war pleite. Deshalb musste sie auch ihr Studium aufgeben und sich einen Job suchen. Inzwischen fristete sie ihr Dasein als Kassiererin in einem Supermarkt. Ihr Elternhaus, das von der Bank als Sicherheit für das von ihr aufgenommene Darlehn einbehalten worden war, hatte sie gegen eine bescheidene Einraumwohnung getauscht. Seither verging kein Tag, an dem Anita nicht darüber nachdachte, wie sie sich an den beiden rächen konnte. Zumal sie inzwischen wusste, dass dem Ganzen ein von langer Hand vorbereiteter Plan zugrunde lag. Ausgeheckt von Darius und ihrer ehemals besten Freundin. Aus einem von Anita zufällig belauschten Gespräch zwischen den beiden war hervorgegangen, dass sie schon geraume Zeit nach einem passenden Opfer gesucht hatten, das sie ausnehmen konnten. Nach jemandem wie ihr, die dumm genug war, einem Ganoven wie Darius nicht nur ihr Herz, sondern auch ihr gesamtes Vermögen anzuvertrauen.

»Was darf's sein?«, riss die Stimme des Verkäufers sie aus ihren Gedanken. »Einen Teller Borschtsch«, sagte Anita, obwohl sie eigentlich gar keinen Appetit mehr darauf verspürte. Kurz darauf trat sie den Heimweg an. Zurück in eine Wohnung, in der sie von niemandem erwartet wurde. Abgesehen von ein paar wenigen Ausnahmen wie dem heutigen Weihnachtsmarktbesuch hatte sich ihr Leben auf Essen, Schlafen und Arbeiten reduziert. Wenn am Montagmorgen der Wecker klingelte, würde sie wie immer aufstehen, um danach eine weitere Woche hinter der Kasse im Supermarkt zu verbringen. Kein Wunder, dass bei diesem immer gleichen Trott ein Tag dem anderen glich. Ehe Anita es sich versah, stand das Weihnachtsfest vor der Tür. Gefolgt von einem neuen Jahr, dem sich ein neuer Frühling und irgendwann auch ein neuer Winter anschloss.

Ein Winter, der Anitas Leben diesmal eine ganz neue Richtung geben sollte. Auch wenn sie das damals nicht ahnen konnte. Es war in der Woche vor dem ersten Advent gewesen. Der in der Nacht gefallene Schnee hatte alles unter einer dicken weißen Decke begraben. Anita wollte gerade auf Arbeit gehen, als sie den silbergrauen Jaguar bemerkte. Hinter dem Steuer saß ihre ehemals beste Freundin. Automatisch trat Anita einen Schritt zurück, um nicht von ihr gesehen zu werden. Inzwischen war der Wagen vor der ihrem Haus gegenüberliegenden Bäckerei zum Stehen gekommen. Kurz darauf öffnete sich die Fahrertür. Hinter einer hohen Hecke verborgen beobachtete Anita, wie ihre ehemalige Freundin ausstieg und auf mörderisch hohen Absätzen zum Kofferraum stakste. Sie hatte schon immer eine Schwäche für extravagantes Schuhwerk gehabt. Nachdem sie die Kofferraumklappe geöffnet hatte, entnahm sie ihm eine mit einem Tuch abgedeckte Schüssel und verschwand damit im Laden. Wenig später kam sie wieder heraus, setzte sich hinters Steuer und fuhr mit aufheulendem Motor davon. Madame bevorzugte nicht nur extravagante Kleidung, sie hatte auch eine Schwäche für imposante Auftritte. Wer einen solchen Schlitten fuhr, wollte schließlich auch damit gesehen werden. Wobei Anitas Augenmerk in diesem Moment weniger dem Auto als vielmehr der Frage galt, wie sie die soeben gemachte Beobachtung für ihre Zwecke nutzen konnte. Und tatsächlich brachte es sie auf eine Idee, für deren Umsetzung es jedoch einer gewissen Vorbereitungszeit bedurfte. Ihr Plan würde schließlich nur dann aufgehen, wenn es ihr gelang, sich das Vertrauen der Bäckersfrau zu erschleichen. Und das, wenn möglich, noch vor dem nächsten Weihnachtsfest. Anita war sich dabei durchaus bewusst, dass sich das nicht nur allein durch Geduld und Ausdauer bewerkstelligen ließ. Es setzte auch ein gewisses Maß an Charme voraus. Kein Wunder, dass Anita in den nächsten Tagen und Wochen keine Gelegenheit verstreichen ließ, um vor allem Letzteres unter Beweis zu stellen. Ihr Plan schien auch tatsächlich aufzugehen. Jedes Mal, wenn sie in den kommenden Monaten den Laden betrat, huschte ein Lächeln über das Gesicht der Bäckersfrau. Anita kam schließlich nicht nur zum Einkaufen vorbei, sondern machte auch gerne mal einen kleinen Schwatz. Ihre Gesprächigkeit brachte ihr nicht nur das Wohlwollen der Bäckersfrau ein. Sie verschaffte ihr auch wichtige Einblicke. In einer Bäckerei gab es schließlich nicht nur frisches Brot und Brötchen aus eigener Herstellung zu kaufen, sondern auch noch viele andere leckere Dinge. Anita dachte dabei insbesondere an die hier nach alter Tradition gefertigten Stollen, die in diesen Tagen wie warme Semmeln über den Ladentisch gingen. Womit sie auch schon bei ihrem Lieblingsthema angelangt war: Den auf Kundenwunsch abgebackenen Stollen. Ein Service, der nur noch von wenigen Bäckereien angeboten wurde. Es gab schließlich kaum Kunden, die dieses Angebot nutzten. Dabei war es früher gang und gäbe gewesen, seinen zu Hause vorbereiteten Teig zum Abbacken beim Bäcker vorbeizubringen. Dort wurde er nach dem Abwiegen auf sogenannten Stollenblechen in Form gebracht und wanderte danach in den Backofen. Um Verwechslungen zu vermeiden, wurden die Stollen nach dem Ausformen mit Stollenschildern markiert. Diese wurden mitgebacken und erst zu Hause entfernt.

Anita konnte sich gut daran erinnern, wie sie als Kind mit ihrer Mutter die fertigen Stollen mit dem Handwagen nach Hause gefahren hatte. Ganz vorsichtig hatte sie dabei sein müssen, damit nur ja keiner der in Tücher gehüllten Stollen zerbrach. Denn das brachte Unglück. Der Aberglaube besagte, dass dann jemand aus der Familie starb. Es verstand sich von selbst, dass Anita die Stollen wie rohe Eier behandelt hatte. Nur hatte ihr das nicht viel genützt. Gestorben wurde trotzdem. Nach der Wende war dieser Brauch nahezu in Vergessenheit geraten. Die Leute kauften ihren Stollen beim Bäcker ihres Vertrauens oder buken ihn im heimischen Herd.

Das mit dem Stollenbacken verbundene Ritual brachte Anita zum Ausgangspunkt zurück. Und damit zu ihrem Plan. Dank der Redseligkeit der Bäckersfrau wusste sie inzwischen, was sich in der Schüssel ihrer Freundin befunden hatte: Stollenteig. Anita hatte es gleich vermutet. Auch wenn es ihr schwerfiel, sich ihre ehemalige Freundin in Küchenschürze und mit bemehlten Händen vorzustellen. Wahrscheinlich hatte sie es nur Darius zuliebe getan. Wobei ihr das letzten Endes auch egal sein konnte. Für Anita zählte nur eins. Und das war die Frage, wie sie sich dieses Wissen zunutze machen konnte, um Darius damit zu schaden. Denn nur darum war es ihr die ganze Zeit über gegangen. Der Gedanke förderte eine längst schon vergessen geglaubte Erinnerung zutage. Darius hatte sie zum Weihnachtsessen zu sich nach Hause eingeladen. Alles, was dabei auf den festlich geschmückten Tisch kam, war von erlesener Qualität gewesen. So war es immer und würde es immer sein. Egal, ob es sich dabei um den von ihm zubereiteten Gänsebraten oder den Weihnachtsstollen handelte. Für Darius war immer nur das Beste gut genug gewesen. Wobei genau das ihm nun zum Verhängnis werden sollte. Es gab schließlich nichts, was er nicht schon einmal verkostet und auf seinen Geschmack hin getestet hatte. Nichts bis auf …

Der Gedanke elektrisierte Anita und rief ihr ihren bereits im Vorjahr gefassten Plan in Erinnerung, von dem sie hoffte, ihn nun endlich in die Tat umsetzen zu können. Morgen schon, wenn nichts dazwischenkam. Denn morgen würde ihre ehemalige Freundin wieder zum Stollenabbacken kommen. Genauso, wie sie es schon seit Jahren, immer in der Woche vor dem ersten Advent, getan hatte. Was das betraf, war sie so berechenbar wie ein Schweizer Uhrwerk. Nachdem es Anita in einem unbeobachteten Moment gelungen war, einen Blick in den in der Backstube ausliegenden Terminplan zu erhaschen, kannte sie nicht nur das Datum, sondern auch die Uhrzeit. Der Rest war ein Kinderspiel. Endlich war ihre Stunde gekommen! Die Stunde, der sie schon so lange entgegengefiebert hatte. Am Ende konnte sie es kaum erwarten, bis es so weit war: bis ihre ehemalige Freundin ihren Stollenteig am nächsten Tag in der Bäckerei abgeliefert hatte. Sobald Anita sie hinter dem Steuer ihres Wagens wusste, gab es für sie nur noch eine letzte Hürde zu überwinden. Und die bestand darin, die Bäckersfrau, mit der sie inzwischen eine tiefe Freundschaft verband, davon zu überzeugen, noch zwei zusätzliche Stollen einzuschieben. Was ihr dank ihrer guten Beziehungen auch nicht allzu schwerfiel. Um ihrer Bitte Nachdruck zu verleihen, hatte sie sich zuvor eine anrührende Geschichte ausgedacht. Sie hatte von einem defekten Küchenherd gehandelt und mittels guten Zuredens dazu geführt, dass die Bäckersfrau sich ihres mitgebrachten Teiges erbarmte. Während sie damit beschäftigt war, ihn abzuwiegen und in Form zu bringen, hielt Anita nach den Stollen ihrer ehemaligen Freundin Ausschau. Sie erkannte sie anhand der mit Darius Initialen geprägten Stollenmarken. Sobald ihre beiden Stollen neben denen ihrer ehemaligen Freundin Platz gefunden hatten, musste sie die Bäckersfrau nur noch in ein Gespräch vertiefen und dabei heimlich die Stollenmarken vertauschen. Schließlich sollte ihre ehemalige Freundin ja die richtigen Stollen mit nach Hause nehmen. Die von Anita zubereiteten. Sie unterschieden sich nur in einem winzigen Detail von denen ihrer ehemaligen Freundin. Ansonsten hatte Anita sich penibel an das Rezept gehalten, das sie noch aus der Zeit besaß, als Darius und sie ein Paar waren. Es stammte von seiner Großmutter, die es wiederum an seine Mutter weitergegeben hatte. Und er hatte es seiner zukünftigen Frau ausgehändigt. Zumindest hatte Anita das damals geglaubt. Inzwischen wusste sie, dass er sie damit nur in Sicherheit wiegen wollte. Genauso wie mit all den anderen Rezepten, die er ihr bei dieser Gelegenheit gleich mit übergeben hatte. »Es wäre schön, wenn du uns hin und wieder etwas davon kochen oder backen könntest«, hatte er gesagt. »Nur Erdnüsse darfst du keinesfalls verwenden. Auf die reagiere ich allergisch. So allergisch, dass schon geringste Spuren davon ausreichen, um bei mir einen allergischen Schock auszulösen.« Diese damals so leichtfertig von ihm dahingesagten Sätze hatten sich Anita unauslöschlich eingeprägt. Wer wollte es ihr verdenken, dass sie sich dieses Wissen nun zunutze gemacht hatte?

Die Einzige, um die es ihr leidtat, war die Bäckersfrau. Sie hatte fast einen Herzinfarkt erlitten, als die Polizei ein paar Tage später bei ihr aufgekreuzt war, um sie im Zusammenhang mit Darius plötzlichem Ableben wegen der Stollen zu befragen, die seine Frau zum Abbacken bei ihr abgegeben hatte. Nachdem sich die Polizei davon überzeugt hatte, dass damit alles seine Richtigkeit hatte, war ein Haftbefehl an Darius' Ehefrau ergangen. Sie war schließlich die Einzige, die von seiner Erdnussallergie wusste. Wobei in ihrem Fall nicht nur das Wissen zählte, sondern auch die Möglichkeit, sich dieses Wissen zunutze zu machen. Allein die Vorstellung, wie Darius sich voller Wonne über den Weihnachtsstollen hergemacht und welch böse Überraschung er dabei erlebt hatte, erfüllte Anita mit Genugtuung. Endlich war ihre Schmach gesühnt. Zur Feier des Tages gönnte sie sich ein Stück Stollen. Diesmal nach dem richtigen Rezept. Auch wenn das in ihrem Fall keine Rolle spielte.

4

BLUTIGE LOIPE

FRANCIS MOHR (ALTENBERG)

Kommissar Kafka wurde von seinem Chef Tanker aus dem Kommissariat gejagt.

»Nun hauen Sie endlich ab. Ihr Eifer ist unerträglich«, hatte Tanker geknurrt, als er Kafka am Kopierer traf. Kafka hatte so ganz unversehens ein paar Tage Urlaub und sich entschieden, im beschaulichen Altenberg ein Pensionszimmer mit Frühstück und Abendbrot zu buchen.

Zwischen den Fenstern der Pension leuchteten Schwibbögen. Auf Anrichten, den Tischen, in den Schränken und in Wandregalen war eine Armee von Nussknackern, Räuchermännchen, Engeln, Nachtwächtern, Weihnachtsmännern, Rehen und Eulen aus Holz aufmarschiert, und selbst geblasene Glaskugeln blinzelten auf den schmatzenden Gast, dem es mit jedem Löffel Kartoffelsuppe mit Blutwurst anheimelnder in der kleinen Gaststube wurde. Ein grüner Kachelofen beheizte die Klause. Nach der Mahlzeit trank man Altenberger Heimaterde. Kafka mochte solch eine kitschige und ehrliche Enge. Aber ebenso zog es ihn hinaus in die kalten und trockenen Winde, über die schneebedeckten Felder und Schneisen. Ihn reizten die Loipen und die wuchtigen Fichten und Kiefern, die sich unter der Last der weißen Pracht bogen und zu brechen drohten.

Er schlürfte seinen Blimlkaffee aus und winkte der robusten Wirtin zum Abschied zu. Vor der Pension schulterte er seine Langläufer und stakste durch den Schnee zum Campingplatz am Großen Galgenteich. Circa drei Stunden würde er sich über die Loipen schieben, um von Altenberg am Pöbelknochen vorbei zum Kahleberg und von dort zurück zur Pension zu kommen. Es war bedeckt, der Sonne gelang kein Durchbruch. Kafka freute sich, denn es roch nach Schnee. Gestern Abend hatte er die Ski gewachst und dabei auf die Tipps der Wirtin gehört. So flutschten die Skier über die präparierten Loipen der Wiesen und des Dammes. Linker Hand erhob sich der Kahleberg. Der Weg führte leicht bergauf in den Wald und später ohne Höhenunterschiede über den schmalen Seifenweg. Kafka genoss das Knirschen der Ski im Schnee. Die Mühsal der letzten Tage im Kommissariat verloren sich im kühlen Weiß der Bäume – Kafka fühlte eine befreiende innere Leere, die ihn immer dann einholte, wenn er es mit Sport versuchte. Und er war glücklich, völlig allein auf Tour zu sein. Ihm kam niemand entgegen und keiner folgte ihm. Erst übermorgen, mit dem Start ins Wochenende, steppte hier der Bär.

Denn dann jagten die Pistenhirsche über die verschneiten Wege.

Nach fünf Kilometern tauchte an einer Kreuzung eine Schutzhütte auf. Er hatte ein gutes Drittel der Gesamtstrecke bereits hinter sich. An der Hütte hielt er an und kramte aus dem Rucksack heißen Tee und geschmierte Brötchen hervor. Als er in das weiche Brötchen biss, hörte Kafka in der Ferne ein Knall, der ihn an einen gelösten Schuss erinnerte. Der Appetit auf die Leckerei verdrängte aber weitere Überlegungen. Er genehmigte sich aus der Thermoskanne einen Schluck Pfefferminztee und setzte seine Wanderung auf den Brettern fort. Es war diesig geworden und die Sicht reichte nur noch auf 100 Meter. Er konzentrierte seinen Blick auf die Skispur vor sich, die mit störrischer Konstanz vor ihm lag. Plötzlich erschien rechts der Spur eine Kuhle im Schnee. Kafka hielt an. Es sah aus, als ob dort jemand pausiert hätte. Ein Paar Handschuhe lag verlassen im Schnee, der rot getränkt war. Kafka zog seinen rechten Handschuh aus, beugte sich hinunter und tippte mit dem Zeigefinger in das Rot. Blut! Frisches Blut. Er schaute sich um. Niemand war zu entdecken. Allerdings schoben sich von der Kuhle weg zwei Paar Skispuren wieder auf die Hauptloipe. Rasch streifte er sich den Handschuh wieder über. Er folgte der Loipe, ohne sie zu nutzen. Parallel schob er sich an ihr vorbei. Auffällig war, dass die Loipe in regelmäßigen Abständen mit Blutstropfen beträufelt war. Nach 200 Metern entdeckte er in der Ferne ein dunkles Objekt auf der Loipe. Je näher er ihm kam, desto deutlicher wurden die Umrisse eines im Schnee liegenden Menschen. Hastig und vorsichtig, ohne das Gelände aus dem Blick zu verlieren, rutschte er auf den Körper zu. Vor ihm lag ein junger Mann im Schnee mit noch angeschnallten Skiern, in hellblauer Wintermontur, mit offenen Augen gen Himmel starrend. Der Schnee um ihn herum war rosarot. Kafka drückte seine Skier aus der Bindung und näherte sich dem Mann so, dass er selbst wenig Spuren verwischte. Der Mann atmete nicht mehr. Kafka legte seinen Zeigefinger an dessen Puls und stellte fest, dass der nicht mehr pochte und dass die Haut des Mannes ausgekühlt war. Er hob die Arme des Mannes, dessen Hände ohne Handschuhe waren. Die Arme waren nicht steif und glitten in den Schnee zurück, als er sie fallen ließ. Das Blut war aus der Jacke des Mannes gesickert, die einen Einschuss im Bauchbereich preisgab. Alles deutete darauf hin, dass der Mann erst vor Kurzem hier zusammengebrochen und zu Tode gekommen war. Eine Schusswaffe war nicht zu entdecken.

Kafka erhob sich wieder, trat einige Schritte zurück und fingerte nach seinem Handy. Er drückte die Tasten, bekam aber keinen Empfang. Er war nunmehr ganz auf sich gestellt. Dem Mann konnte er nicht mehr helfen. Rasch stellte er sich wieder auf die Bretter und preschte los. Wenn da noch wer war, dürfte der nicht allzu weit vor ihm sein. Inzwischen war ein leichter Wind aufgekommen, der den Schnee über den Weg wehte und die Sicht verkürzte. Der Kahleberg war linker Hand nicht mehr zu erkennen. Kafka drückte die Stöcke noch kräftiger in den Schnee, um an Tempo zu gewinnen und die leichte Steigung bergauf zu schaffen.

Nach zehn Minuten tauchte eine Gestalt vor ihm auf. In 50 Metern Entfernung. Kafka legte nochmals zu und kam dieser näher. Die Person vor ihm blieb stehen, schaute sich um, schien Kafka zu entdecken und hastete mit Karacho weiter. Kafka verlor an Metern. Plötzlich strauchelte die Person, rutschte aus der Loipe und stürzte zu Boden. Kafka holte auf und war nur noch 20 Meter hinter ihr. Er rief ihr zu, dass sie auf ihn warten möge. Doch die Person rappelte sich wieder auf. Aber Kafka kurvte geschickt an ihr vorbei und bremste mit einem Schlenker vor deren Skispitzen ab.

Eine junge Frau mit zerzaustem Haar schaute ihn erschrocken an. Sie war Mitte 20, hatte ein schweißrotes Gesicht und steckte in einem Skianzug. Unübersehbar waren Blutspritzer an der Frontseite ihrer Jacke und an der Hose. Sie ruckte nochmals an, um an Kafka vorbeizukommen, aber Kafka stellte sich auf die Spitzen von ihren Skiern und löste rasch seine Bretter von den Schuhen. Dann baute er sich vor der Frau auf und hielt ihr seinen Dienstausweis vor die Nase.

»Kriminalpolizei. Mein Name ist Kommissar Josef Kafka. Ich bin rein zufällig auf der Piste. Außer Dienst. Zumindest glaubte ich das. Warum sind Sie vor mir geflohen?«

Die junge Frau ließ die Schultern hängen und schaute wirr in den Schnee. Sie war sichtlich erschöpft und schien nicht antworten zu wollen.

»Haben Sie etwas mit dem Mann zu tun, der hinter uns tot im Schnee liegt?«, hakte Kafka nach.

»Ich … ich …«, stockte sie. »Ganz plötzlich knallte es und dann kippte mein Kumpel zur Seite. Ich half ihm hoch. Wir gingen in Deckung und rappelten uns wieder auf. Mein Freund war getroffen. Er schleppte sich weiter hinter mir her. Ein weiterer Schuss ertönte, dann brach er endgültig zusammen. Ich habe solche Angst.« Dabei schaute sie bange in die Ferne.

»Aus welcher Richtung kamen denn die Schüsse?«, fragte Kafka.

Sie wies nach rechts.

»Uns war so, als folgte uns jemand. Wir hatten die gesamte Strecke ein ungutes Gefühl. Einmal sahen wir auch jemanden dort oben«, wobei sie auf einen Waldrand wies. »Bitte helfen Sie mir.«

»Nun schnallen Sie erst einmal die Skier ab. Ich glaube kaum, dass uns etwas geschehen wird.«

Kafka verlor die Frau und insbesondere ihre Hände nicht aus dem Blick, wenngleich sie Handschuhe trug. Sie hockte sich in den Schnee und stellte ihren Rucksack neben sich. Wenn sie es gewollt hätte, dann hätte sie längst auf Kafka zielen können. Aber all das war ausgeblieben. Sie schien also nicht bewaffnet. Aber Kafka blieb skeptisch und schlussfolgerte laut:

»Ihre Geschichte scheint mir nicht plausibel. Sie sprachen von zwei Schüssen. Es gab aber nur einen Knall. Und Ihr Freund ist eher durch einen Nahschuss als aus der Ferne getroffen worden. Also, wer hat ihn aus der Nähe erschossen?«

»Der Schuss kam von dort oben.« Sie zeigte in die Ferne.

»Ich habe schon viele Schussverletzungen gesehen, die von den Tätern aus vielerlei Entfernungen abgegeben wurden. Wenn mich mein erster Eindruck nicht getäuscht hat, hatte Ihr Kumpel neben dem Blut auch Schmauchauflagerungen und Pulvereinsprengungen an der Kleidung rund um die Einschussstelle am Bauch. Der helle Stoff der Jacke war dazu noch leicht versengt. Verursacht durch Mündungsfeuer. Der Bauchschuss ermöglichte es ihm, verzögert handlungsfähig zu sein, bis er dann wenig später tödlich zusammenbrach«, skizzierte Kafka.

»Aber das spricht doch nicht gegen meine Aussagen«, verteidigte sich die Frau.

»Doch! Die Schusswunde unter der Kleidung habe ich mir nicht näher angeschaut. Das ist eine Aufgabe für den Schusssachverständigen und den Kriminaltechniker. Aber meine Blickobduktion täuscht mich nicht. Bei einem Fernschuss gibt es keine Schmauch- oder Pulverspuren an der Kleidung oder der Haut des Getroffenen. Der Schuss wurde aus unter einem halben Meter abgegeben.«

Die Frau wurde immer nervöser und rang mit sich.

»Glauben Sie etwa, dass ich es …?«

»Ich glaube gar nichts. Kriminalistische Arbeit ist kein Gottesdienst, sondern eine Faktensammlung und deren Sortierung. Kann ich mal Ihre Hände anschauen?«

»Was soll das bringen?« Zögerlich streifte die Frau ihre Handschuhe ab und hielt Kafka ihre Hände hin. Der roch zuerst an den Handschuhen, wiederholte das an ihren blanken Fingern und resümierte.

»Sie haben weder Backspatter, also kleine Blutspritzer, die durch das Zurückschleudern des Blutes entstehen können, noch Schmauchspuren an einer Ihrer Hände. Ihr Freund ist Linkshänder. Zumindest beim Schießen. Als ich ihn vorhin untersuchte, entdeckte ich an seiner linken Hand Blutspritzer. Die können auch vom Berühren der Wunde kommen. An Daumen, Mittelfinger und im Handteller erkannte ich Schmauchspuren und zwischen dem Daumen und dem Zeigefinger hatte er zwei zarte Schnitte. So etwas nennen wir Schlittenverletzungen. Die entstehen meist, wenn Anfänger unsachgemäß das Verschlussstück einer Pistole zurückziehen. Und dann wären da noch die Handschuhe. Ich gehe davon aus, dass die Handschuhe am Tatort, oder wie auch immer wir ihn nennen wollen, von Ihrem Freund stammen und er diese ausgezogen hatte, bevor er sich in den Bauch geschossen hat. Mit dicken Wollhandschuhen schießt es sich nicht so bequem.«

Kafka machte eine Pause, während die Frau mit ihren Händen im Schnee scharrte und nach unten starrte.

»Was haben Sie denn da eigentlich in Ihrem Rucksack? Ich darf doch?« Kafka wartete ihr Einverständnis gar nicht erst ab, sondern öffnete den Sack und schaute hinein. Böller, Zigarettenstangen, mehrere Schachteln Munition und kleinere Plastikpäckchen entdeckte er.

»Sie haben Silvesterknaller, Zigaretten und Drogen geschmuggelt. Sie sind von Cinovec, also Böhmisch Zinnwald, rübergekommen. Oder? Und wozu brauchte es die Munition?«

Die Frau legte die Hände ins Gesicht, zitterte am ganzen Körper und fing an zu weinen.

»Wir, wir … hätten diese beschissene Waffe nicht kaufen sollen. Wozu sollte sie auch gut sein? Außerdem haben wir keine Ahnung, wie das Ding funktioniert.«

Sie gestand, dass sie eine kurze Rast gemacht hätten, um die Pistole auszuprobieren. Ihr Freund hätte nach dem Aufladen des Magazins einige Zielübungen gemacht. Beim Herumalbern hätte sich dann plötzlich ein Schuss gelöst. Ihr Kumpel wäre zusammengesackt und habe gestöhnt. Da sie keinen Handyempfang bekommen konnten, entschieden sie sich, sich bis Altenberg durchzukämpfen. Aber für den Freund war es dann zu spät. Sie habe in Angst und Verzweiflung die Pistole in hohem Bogen in den Wald geworfen und die Flucht ergriffen.

Den Rest kenne der Kommissar, da er dann hinter ihr aufgetaucht sei.

Kafka versuchte nochmals, sein Handy auf Empfang zu schalten. Der Wind hatte sich beruhigt, an einer Stelle riss die Wolkendecke sogar auf. Die raschen Wetterwechsel waren ein Markenzeichen der Region. Kafka hatte Glück. Er forderte die Männer seiner Abteilung an. In weniger als einer Stunde würden sie hier sein.

»Welche Strafe werde ich dafür bekommen, Herr Kommissar?«, schluchzte die Frau.

»Das juristische Urteil dürfte Sie kaum berühren. Ich vermute, dass Sie durch den Tod Ihres Kumpels bestraft genug sind.«

Noch am gleichen Abend hockte Kafka in der gemütlichen Schankstube seiner Pension und tat sich gütlich an einem »Falschen Hasen«. Der Hackbraten und das dazu servierte Kartoffelpüree lagen ihm locker auf der Zunge. Die weiteren Ermittlungen hatte er auf ausdrücklichem Befehl von Tanker an seine Kollegen delegieren müssen. Morgen würde er eine neue Runde auf den Skiern drehen. In der Hoffnung, dass die Loipen dann glänzend weiß blieben, genoss er den Blick auf die hölzerne Figurenparade um sich herum und nippte einen Vogelbeerlikör, der ihm herb-fruchtig den Gaumen kitzelte.

5

GEGEN DAS VERGESSEN

PETRA STEPS (POBERSHAU)

»Ich habe sie gefunden.«

Das sind Adinas letzte Worte, bevor der Videoanruf abbricht. Oli schaut auf sein Handy und weiß, warum: Noch immer zählt eine stabile Internetverbindung an etlichen Stellen des Erzgebirges zu den Glückstreffern. Und hier in seiner Annaberger Wohnung, die auch zu Adinas Domizil auf Zeit geworden ist, hat ihn das Glück gerade verlassen.

Adina hat ihre Entdeckung nicht bis zum Schluss schildern können. Doch Oli weiß auch so, was sie gefunden hat. Er kennt den Grund für ihre Reisen. Sie haben mit dem Weihnachtsausflug zu tun, bei dem sie im vergangenen Jahr eine Schnitzausstellung besuchten. Die Tour hatte zum Programm gehört, das Oli seiner neuen

Flamme vorgeschlagen hatte. Der Kriminalhauptkommissar aus Annaberg und die Journalistin aus Berlin waren bei einer Pilzsuche mit tödlichem Ausgang aufeinandergetroffen und hatten sich unsterblich ineinander verliebt. Seitdem verbringt Adina mehr Zeit in ihrer Wahlheimat als in der Hauptstadt.

Schnitzausstellungen sind im Erzgebirge Alltag, vor allem in der Vorweihnachts- und Weihnachtszeit. Doch das, was die Galerie »Die Hütte« in Pobershau an Schätzen verbirgt, war für das junge Paar einzigartig und zumindest für Adina überraschend gewesen. Oli scheint es, als waren sie erst gestern dort.

Als sie die Tür zum Kassenraum öffneten, gerieten beide in eine merkwürdige Szene. Ein Sektkorken knallte. Sie erblickten drei Damen mit leeren Gläsern, die darauf warteten, dass die Frau mit der Flasche einschenkte.

»Wozu darf man denn gratulieren?«, hatte Adina gefragt.

Nach einem Moment des Schweigens erfuhr sie den Grund für den Sektempfang, wenn auch nur zögerlich und auf mehrere Nachfragen hin:

»Wir haben heute besondere Post erhalten. Damit hatten wir nicht gerechnet.«

Adina wollte wissen, ob das Museum unverhofft an einen Gönner geraten war, der das Haus mit einer größeren Summe unterstützen wollte. Im Erzgebirge soll so etwas ja manchmal vorkommen, wobei die edlen Spender eher weiblichen Geschlechts waren.

Die Museumsleiterin dachte kurz nach. »So kann man das nicht sagen. Uns ist ganz plötzlich etwas zugeflogen, das wir schon als unwiederbringlichen Verlust betrachtet hatten«, antwortete sie.

Adina war unerbittlich und Olis Jagdinstinkt geweckt. In diesem Moment begriff er, dass zwischen seiner Tätigkeit als Kriminalkommissar und der eines Journalisten gar nicht viel Unterschied bestand. Er begab sich auf Spurensuche, wenn ihm ein Fall übertragen worden war, Adina wollte einer Sache auf den Grund gehen, die sie gepackt hatte. Und dort im Foyer hatte die Neugier sie fest im Griff.

»Gehen Sie zuerst in die Sonderausstellung. Dort können Sie den Film über Gottfried Reichel anschauen und bekommen einen guten Überblick über sein Leben und sein künstlerisches Schaffen. Oben in der Ausstellung erkläre ich Ihnen alles«, versprach die Frau mit dem dunklen, halblangen Haar und nahm Oli den Eintritt ab.

Adina und Oli wählten ihren Platz im Veranstaltungsraum. Die Mitarbeiterin schaltete den Fernseher ein, das Video startete. Oli sah, wie sich Adinas Blick beim Betrachten der Bild- und Tonaufnahmen veränderte. Die junge Frau, aus der es sonst wie aus Gießkannen sprudelte, wurde immer ruhiger, während Gottfried Reichel über seine Kriegserlebnisse und die Motivation für seine Schöpfungen aus Holz sprach.

»Lebt der Mann noch?«, fragte Adina die Frau an der Kasse, die zuvor den Film eingelegt hatte.

»Nein, er ist 2015 gestorben. Da war er 90 Jahre alt«, antwortete die Mitarbeiterin.

»Wir sind wohl leider ein paar Jahre zu spät dran.« Adina seufzte, drehte sich um und nahm die Stufen in den ersten Stock, immer zwei auf einmal, als fürchte sie, noch einmal zu spät zu kommen. Oli hatte keine Mühe, ihr zu folgen, obwohl er ein wenig später gestartet war. An der oberen Stufe waren beide wieder gleichauf.

Im großen Ausstellungsraum betrachteten Oli und Adina die biblischen Szenen, den Turmbau zu Babel, den Tanz um das Goldene Kalb, die Kreuzigung Jesu. Plötzlich standen sie vor Gottfried Reichels in Holz gemeißelte Menschengestalten aus dem Warschauer Getto. Adina schien wie gelähmt zu sein. »Guck mal, diese Gesichter! Als ob sie lebendig sind«, flüsterte sie in Olis Richtung. Sie blätterte in dem Buch mit den Fotos eines deutschen Soldaten, das dem Künstler als Vorlage gedient hatte. Dann begann sie, die jeweils passende Skulptur zur Fotografie zu suchen und zuzuordnen. Am liebsten hätte sie Seite für Seite aus dem kopierten und abgegriffenen Ansichtsexemplar herausgerissen und vor die dazugehörenden Holzfiguren gelegt. Zum Beispiel den alten Mann mit der typischen Kopfbedeckung, die Männer im osteuropäischen Schtetl trugen, dem traditionellen Wohnort der jüdischen Bevölkerung.

»Kennst du das Musical ›Der Fiedler auf dem Dach‹ aus dem fiktiven Schtetl ›Anatevka‹? Mit Tevje, dem Milchmann, der seinen Traum von einem kleinen Vermögen in Bariton-Tonlage dahinschmachtet, wohl wissend, dass dieser Reichtum, über dessen Verteilung er sich Gedanken macht, niemals über ihn hereinbrechen wird?«, hatte Adina Oli gefragt und vom einzigartigen Flair dieser polnischen, russischen oder galizischen Dörfer geschwärmt.

»Das findet man heute höchstens noch in Jerusalem, wenn man durch den Ortsteil Mea Shearim mit seinen orthodoxen Juden wandelt. Deren Vorfahren haben ein Stück Osteuropa ins damalige Palästina gerettet«, klärte Oli auf.

Adina schaute ihn überrascht an. »Woher weißt du das?«

»Es gibt ein Austauschprogramm für Polizisten. Und Israel muss man gesehen haben, um es wenigstens ansatzweise zu begreifen. Ich war zweimal dort, kann aber nicht behaupten, dass ich viel kenne.«

»Ich war auch schon in Israel, und mir geht es genauso«, erwiderte Adina.

Wieder eine Gemeinsamkeit, die sie an Oli entdeckt hatte.

Während Adina immer noch Figuren und Fotos zueinander sortierte, traf die Museumsleiterin an der Stirnseite des Raumes mit der Gettoszene ein. In der Hand hielt sie die Skulptur eines sitzenden Mädchens. Sie stellte das geschnitzte Kind zu der Gruppe, ganz behutsam, als habe sie Angst, ihr wehzutun.

»Der Paketbote brachte sie heute. Sie war acht Monate lang verschollen«, sagte sie.

Adina und Oli blickten beide auf, Oli, weil er eine kriminelle Handlung vermutete und Adina, weil sie neugierig war.

»Sie haben aber schon Anzeige erstattet?«

»Oli, warte doch erst einmal ab, wie die Geschichte weitergeht. Du siehst hinter jedem Baum einen Ganoven«, bremste ihn Adina.

Liebevoll strich die Museumsleiterin über den Kopf des Mädchens mit den unförmigen Fußlappen und dem viel zu großen Kopftuch, bevor sie den beiden Besuchern ihren Blick wieder zuwandte.

»Hier habe ich den Brief, der in dem Päckchen lag«, sagte sie und trug den Text fast flüsternd vor:

»Sehr verehrtes Museumsteam, sicher haben Sie bemerkt, dass eine der 36 Figuren aus dem Zyklus vom Warschauer Getto fehlt. Heute erhalten Sie unsere

Kathinka zurück. Unsere – nicht, weil die Schnitzerei uns gehört, sondern weil Kathinka die Tochter unseres Großvaters war. Er hat das Getto überlebt, aber seine Tochter verloren. Im vergangenen Jahr war mein Bruder mit einer Gruppe in Ihrer Ausstellung und brachte ihm ein Buch mit, in dem die Schnitzereien abgebildet waren. Unserem Großvater ging es damals schon sehr schlecht. Jeden Tag hat er vom Getto erzählt, vom Aufstand, der so sinnlose Opfer forderte und den er dennoch für unvermeidbar hielt, egal, wie die Einschätzungen heute lauten. Dann schaute er das Buch an. So wie in diesem Moment hatten wir ihn nie schreien gehört. Noch immer bekomme ich eine Gänsehaut, wenn ich an diesen einen Augenblick denke. ›Ich will sie im Arm halten, nur ein einziges Mal‹, hatte er weinend gekrächzt und uns die Geschichte seiner während des Aufstandes verschollenen Tochter erzählt. Wir wussten bis dahin nichts von ihr. Wie die Figur aus Ihrem Museum verschwand und zu Großvater gelangte, bleibt unser Geheimnis. Unser Großvater hat die Puppe in den Arm genommen und zärtlich geküsst. Er stellte sie neben sein Bett und schlief friedlich ein – für immer. Dank Kathinka konnte er endlich loslassen. Ich hoffe, Sie verstehen uns und ziehen Ihre Anzeige zurück, die Sie sicher erstattet haben. Wir mussten das tun und sind froh, dass es gelang. Jetzt brauchen wir Kathinka nicht mehr. Sie kehrt zu Ihnen zurück, denn sie gehört zu den Menschen aus dem Getto, deren Vermächtnis Sie in Ihrer Ausstellung bewahren. Jetzt hat eine von ihnen ihren Namen zurückerhalten. Wir werden Großvaters Geschichte aufschreiben und Ihnen eine Kopie schicken. So lernen Sie eine der Skulpturen Ihrer Ausstellung näher kennen. Bis dahin verbleiben wir als Ihr Alex und Itzik.«

Oli wusste nicht, wie lange Adina schon weinte. Er sah die Tränen in ihren Augen, als die Museumsleiterin die Grußformel vortrug. Sie sprachen über die Menschen aus dem Warschauer Getto, bei denen der Schnitzer Gottfried Reichel anders als bei den biblischen Gestalten seine ganze Schnitzkunst in Mimik, Körperhaltung und andere Details gelegt hatte, um das Leid der jüdischen Kinder, Frauen und Männer wiederzugeben.

»Wenn ich die Fußlappen und das Kopftuch sehe, ist mir nur noch kalt«, offenbarte Adina.

»Sie werden doch Ihre Anzeige zurückziehen, auch wenn das öffentliche Interesse an einer Aufklärung nicht zu leugnen ist?«, hakte Adina nach. Dann blickte sie zu Oli auf. Komm erst gar nicht auf die Idee, sagte ihr Blick. Doch Oli schien es die Sprache verschlagen zu haben. Er versuchte gar nicht erst, auf Recht und Gesetz hinzuweisen, wie er es sonst gern tat.

»Natürlich, ich habe vorhin gerade im Polizeirevier angerufen. Aber so einfach ist die Sache nicht. Die Skulptur fällt nicht unter geringwertige Sachen. Ich muss die Beamten überzeugen und die Einstellung des Verfahrens erreichen. Alles andere würde mir das Herz zerreißen. Und der Staatsanwalt hat auch noch ein Wörtchen mitzureden«, antwortete die Museumsleiterin mit tränenerstickter Stimme. Adina war in zwei Schritten bei der Frau. Dann lagen sich beide in den Armen und weinten hemmungslos. Oli stand daneben, ohne sich zu rühren.

»Ich muss wieder nach unten, falls noch Besucher kommen. Haben Sie vielen Dank«, sagte die Frau nach einer gefühlten Ewigkeit.

Adina harrte noch eine Weile in der Ausstellung aus,

kaufte Buch und Video über Gottfried Reichel und verabschiedete sich.

»Ich werde Sie auf jeden Fall wieder besuchen«, versprach sie an der Kasse.

Oli und Adina waren auf dem Rückweg in der Gaststätte »Zum alten Muff« eingekehrt, doch richtige Stimmung wollte nicht aufkommen. Dabei mochte sie die erzgebirgische Küche und das für seine Schwammesupp' im Brottopf bekannte Lokal. So schweigsam hatte Oli seine Freundin noch nie erlebt. Adina war in Gedanken weit weg, in Polen, in Israel und bei den Schnitzereien von Gottfried Reichel.

»Ich werde ihnen ihre Namen und ihre Geschichte zurückgeben. Mit den 36 Menschen aus Pobershau beginne ich, das heißt, eigentlich sind es jetzt ja nur noch 35. Kathinka haben wir ja schon kennengelernt. Es muss auch nicht beim Warschauer Getto bleiben«, kündigte Adina während des Frühstücks mit Oli an.

Sie musste die ganze Nacht wach gelegen, nachgedacht und recherchiert haben, denn am Morgen war sie eine andere als am Abend zuvor. Oli hatte seine lebhafte Adina wieder, die er im Greifenstein-Wald kennengelernt hatte. Und doch war sie nicht dieselbe.

»Im Norden Israels, zwischen Akko und Naharija, liegt der Kibbuz Lochamej HaGeta'ot. Er wurde von Juden gegründet, die das Warschauer Getto überlebt haben. Dort befindet sich auch ein Museum der Gettokämpfer und ein spezielles Haus für die Kinder aus dem Getto. Nach Yad Vaschem muss ich auch«, sprudelte es aus ihr heraus, »dort finde ich vielleicht Hinweise zu den Fotos und zu den Gettobewohnern. Die haben dort ein Projekt zur Wiederbelebung der Namen von Schoah-Opfern, ich will aber mehr, nicht nur Namen, sondern Gesichter und die Menschen, die zu den Namen gehören.«

Von da an waren die Schoah-Opfer sowie Adinas Reisevorbereitungen tägliches Gesprächsthema. Warschau und Yad Vaschem in Jerusalem standen zuerst auf dem Plan. Nach kaum zwei Wochen war Adina nicht mehr zu bremsen.

»Kommst du mit? Ich möchte die Flüge so schnell wie möglich buchen«, kündigte sie an.

Adina hatte es tatsächlich geschafft, eine große Zeitung für ihr Vorhaben zu begeistern. Das entspannte die Reisekasse ein wenig. Vor dem Abflug war sie noch zweimal in Pobershau gewesen und hatte ihre Pläne mit der Museumsleiterin besprochen. Zumindest die moralische Unterstützung war ihr sicher. Oli konnte seinen Dienst nicht tauschen, um sie zu begleiten.

»Du wirst erfolgreich sein«, sagte er ihr zum Abschied auf dem Flughafen.

Oli war sich sicher, auch wenn das Internet während des Gespräches mit Adina zusammengebrochen war: Sie hatte Kathinka gefunden und vielleicht sogar Hinweise zu ihren Verwandten, zu Alex und Itzik, die den Brief an die Ausstellung in Pobershau unterschrieben hatten. Und sie würde noch andere Opfer finden und ihnen ihre Namen und damit ein Stück ihres Lebens zurückgeben. Zumindest auf dem Papier, denn die Verbrechen von damals konnte sie nicht wiedergutmachen. Aber sie wollte daran erinnern. Wider das Vergessen. Oli war froh, dass sie ihn an ihren ersten Erfolgen teilnehmen ließ.

6

WEIHNACHTSMANNJAGD

SUSANNE ZIEGERT (SCHWARZENBERG)

Die erste Nachricht kam eine Woche vor Beginn des Schwarzenberger Weihnachtsmarktes. Bruno hatte gerade den Transporter vor seinem Antiquitätenladen an der Unteren Schloßstraße abgestellt und trug Kartons herein, die er aus dem Nachlass eines Schnitzers erstanden hatte. Er hatte die Ware abgesetzt, sich die Stirn getrocknet und las:

»Der Weihnachtsmarkt darf nicht stattfinden, oder es gibt eine Katastrophe.«

Die SMS von einer unbekannten Nummer war nicht unterschrieben.

»Diese Nummer ist vorübergehend nicht erreichbar«, sagte eine Computerstimme, als er zurückrief. Doch er wäre der Letzte, der sich von irgendwelchen Spinnern aus der Ruhe bringen ließ. Er dachte nicht weiter darüber nach. Hunderte Holzfiguren waren auszupacken und mit Preisen zu beschriften. Für andere Menschen war der Advent eine besinnliche Zeit, für ihn begann die Hochsaison. In den kleinen Gässchen der Altstadt unter dem hoch auf dem Berg thronenden Schloss und der barocken Georgenkirche drängten sich dann die Menschenmassen. Sein Laden »La vie est belle« war in den Reiseführern vermerkt, manchmal zwängten sich komplette Busgruppen in seine kunstvoll gestaltete Verkaufskulisse. Die Einheimischen kamen zum »Franzosen«, um originelle Geschenke zu finden. Aber zehn Tage Stress im Jahr waren erträglich. Ansonsten genoss Bruno, der als Austauschstudent im Erzgebirge hängen geblieben war, die schönen Seiten des Lebens.

»Ein Bonvivant, wie er im Buche steht«, spottete Sophie, seine Exfrau und die Mutter seines jüngsten Sohnes Philippe. Bruno sah das nicht so eng. Für ihn war sie Familie, ebenso wie Charlotte und Erika, die Mütter seiner Töchter Isabelle und Marie. Alle sechs halfen im Dezember im Laden. Wenn der Markt zu Ende war, bereiteten sie sich auf das gemeinsame Weihnachtsessen vor. Im hinteren Ladenbereich stand der Weihnachtsbaum, unter dem die Geschenke lagen, davor die Tafel für den Festschmaus, den Bruno selbst zubereitete.

Daran dachte er, als er die Schnitzfiguren in seinen Verkaufsregalen platzierte. Mit großen Augen betrachteten seine Töchter Marie und Isabelle, die mit elf und 13 Jahren noch recht umgänglich waren, die Vielfalt verschiedenster Artikel, die praktisch jeden freien Platz in seinem Laden bedeckte. »Ein Wimmelbild«, freute sich Marie.

Er begann mit den Engelgruppen, kleine Orchester von

pausbäckigen Figuren, die Trompete bliesen, die Trommel schlugen oder Geige spielten. In einem gläsernen Regal standen geschnitzte Tiere verschiedener Größe. Auf dem Tisch in der Mitte verteilte er blau-weiß gepunktete Bürgeler Keramik, Meißner Porzellan, Eierbecher und Geschirr aus der DDR, Münzen, Mineralien.

Bruno besah sein Werk und dekorierte die freien Flächen an den Wänden mit Kerzenengeln, Nussknackern und Räuchermännchen, die zwischen Blechdosen, Puppen, Körben und Zinngeschirr ihren Platz fanden. An der Decke befestigte er Sterne und Kerzenleuchter. In der Nacht vor dem Markt arbeitete er durch, im hinteren Verkaufsraum nahm er die Türen aus den Schränken, um kostbare Sammlerstücke ins Licht zu setzen. Da kam die zweite SMS.

»Stoppt den Weihnachtsmarkt, oder es gibt Tote!«

Bruno hatte seine Dekoration begutachtet und am Korken einer Flasche Rotwein aus Cahors gerochen. Er wollte sich gerade den köstlichen Tropfen aus seiner Heimat einschenken und den letzten ruhigen Moment genießen. Nun fragte er sich, ob man diese Drohung ernst nehmen sollte. Er beschloss, seine Freunde zu treffen, die sich wie jedes Jahr am letzten Abend vor Weihnachtsmarktbeginn in der »Drachenschänke« trafen, einem Gewölbekeller in der Nebenstraße. Er ging die steilen Stufen in die Kneipe hinab. Seine Freunde saßen an ihrem Stammplatz, wo sie ihre Namen in die Tischplatte graviert hatten.

»Ah, der Bruno. So spät: Arbeit oder Amour?«, scherzte seine Exfrau Sophie. »Die Arbeit erledigt, mit viel Amour«, entgegnete Bruno.

»Auf die nächsten zehn Tage.« Sein Freund Stefan hob sein volles Bierglas. Er hatte bis zuletzt Engelsfiguren geschnitzt, die er nebenan in seinem Laden verkaufte. Eigentlich war er Bildhauer, Kettensägenfiguren waren seine Leidenschaft, doch in der Vorweihnachtszeit war vor allem das klassische Schnitzhandwerk gefragt. Bruno war die Lust zum Anstoßen vergangen. Er nahm sein Telefon aus der Tasche und las die Nachricht vor.

»A bleeder Aff«, sagte Stefan.

Klaus, der Türmer, zuckte gelangweilt mit den Schultern. »Hab ich auch bekommen, Kinderkram.« Den Musiker und Herrn der Glocken im Schwarzenberger Rathaus und dem berühmten Glockenspiel in der Altstadt schien diese Drohung am wenigsten zu beunruhigen.

Freddy, der Galerist und Wirt schimpfte »irgendaa frustrierter Depp«. Sophie sah nachdenklich aus und schwieg.

»Was meint ihr denn, was sollen wir tun?«, fragte Bruno.

»Füße stillhalten. Bloß kaane schlaafenden Hund wecken«, riet Stefan, der ebenso wie er die wichtigsten Geschäftstage des Jahres erwartete. »Dann kummt a Trottel und alles wird abgesagt. Dann bin ich erledigt«, sagte er. Freddy, dessen Familie auf dem Markt einen Imbissstand und Glühweinausschank betrieb, nickte.

»Wo ist eigentlich Henry?«, fragte Bruno nach dem aktuellen Lebensgefährten seiner Exfrau, der auch zu ihrer Runde zählte. Doch Sophie tippte nur auf ihrem Telefon herum, dann ging sie und winkte kurz.

»Sie hat ihn rausgeschmissen, hat sich bei den Proben in den Solisten vom Weihnachtsoratorium verguckt«, flüsterte ihm Stefan zu, als sie gegangen war. Bruno bedauerte, dass der Maler in ihrer Runde fehlte. Am Ende saß er nur noch mit Stefan am Tisch, der ihm einschärfte: »Bruno, vergiss den Quatsch.«

Am Morgen quälte sich Bruno mit Kopfschmerzen aus dem Bett und bereitete das Frühstück vor. Auch das war eine Familientradition am ersten Tag des Marktes. Nach und nach trafen seine drei Kinder und deren Mütter ein, jede hatte etwas mitgebracht. Er hatte den Wundertisch ausgezogen, einen seiner Ladenhüter. Das war ein unansehnlicher runder Tisch, der sich auf rund sechs Meter verlängern ließ. Nach dem Frühstück übernahm jede der Mütter einen eigenen Verkaufsraum, die Kinder halfen beim Verpacken und waren mit Feuereifer bei der Sache.

Am Nachmittag fand die feierliche Eröffnung auf der Bühne vor dem Rathaus statt, die Kinder zeigten ein Theaterstück und der Bläserchor der Kirche trat auf. Doch davon bekam Bruno nichts mit. Fast mechanisch nannte er Preise, schüttelte den Kopf, wenn jemand feilschen wollte, wickelte Engel, Nussknacker, Porzellantassen und Bilder ein, lächelte, erzählte, wie er dieses oder jenes Objekt gefunden hatte. Dann kam Sophie auf ihn zugelaufen und sah blass aus wie ein Tischtuch. »Was ist denn los, Chérie?«

»Ein junges Mädchen ist auf dem Weihnachtsmarkt zusammengebrochen. Sie ist im Krankenhaus.«

Brunos Herz raste. Warum nur hatten sie nichts getan? »Was ist passiert?«

»Wahrscheinlich K.-o.-Tropfen, sagt der Arzt.« Als Lokaljournalistin bekam seine Ex die Informationen immer aus erster Hand. Dann zeigte sie ihm ihr Handy.

»Das Mädchen war der erste Streich. Beendet den Weihnachtsmarkt, oder es gibt eine Katastrophe.«

Bruno fand die gleiche Nachricht und rief Stefan an, der sie auch erhalten hatte. Er legte auf und sah sich nach

Sophie um. Dann rannten sie zu dem Streifenwagen an der Bahnhofstraße. Den jungen Polizisten, der am Steuer saß und mit geschlossenen Augen zu einem klassischen Musikstück nickte, kannte er vom Sehen.

»Ich möchte Anzeige erstatten.« Dann reichte er ihm sein Handy.

Der Polizist las die Botschaft. »Ein Erpresser. Das hat uns ja noch gefehlt!«

Sophie fragte aufgeregt: »Beenden Sie jetzt den Markt?«

Der junge Mann nickte: »Wahrscheinlich. Muss der Chef entscheiden.«

Kurze Zeit darauf reichte sein massiger Kollege zwei Bratwürste in den Wagen, ließ sich auf den Beifahrersitz fallen und drehte die Musik ab.

»Wir haben einen Erpresser«, sagte der junge Polizist und deutete auf das Telefon.

Der Kommissar strich sich über den Schnurrbart: »Das wird ja immer verrückter!«

»Sie müssen den Markt absagen, ein Opfer reicht doch«, schrie Sophie.

»Das werden Sie bestimmt nicht entscheiden. Welches Opfer überhaupt?«

»Das schreibt der Erpresser, er hat doch dieses Mädchen vergiftet.« Sie fuchtelte mit dem Handy vor ihm herum.

Der beleibte Polizist schüttelte den Kopf. »Ach was. Die jungen Leute hauen sich Drogen ein und trinken dann noch Alkohol. Ein Trittbrettfahrer! Hier gibt es keine Erpresser!«

Sophie protestierte, doch der Kommissar fuhr sie an. »Wir haben hier alle Hände voll zu tun, das junge Mädchen hat sich mit dem Glühwein irgendwelche Pillen eingeworfen.« Dann schloss er die Tür des Streifenwagens und machte sich über seine Rostbratwurst her.

Bruno legte Sophie den Arm um die Schultern und sie eilten zurück in den Laden, der brechend voll war. In der Vorweihnachtszeit gingen nicht nur Räuchermännchen und Nussknacker, die Kunden kauften Sammeltassen und Zinnkrüge, interessierten sich für die unverwüstlichen Haushaltsgeräte aus der DDR-Zeit. Historische Teddybären, Porzellanpuppen, Bernsteinketten und Gemälde waren ohnehin beliebt. Sogar der Knurrengel fand ein neues Zuhause. So hatten die Kinder eine Engelsfigur getauft, die seit fünf Jahren wie Blei in einer Vitrine stand. Das Besondere war der böse, fast verkniffene Blick ganz im Widerspruch zu einem hellblauen Kleid und den goldenen Flügeln. Verzückt drückte eine Amerikanerin die Holzfigur an ihren Busen, sie verhandelte nicht einmal den Preis. Die Kinder schauten dem Exponat sprachlos hinterher. Philippe hatte sogar einen Schulaufsatz über Knurri verfasst.

Da kam Stefan in den Laden gestürzt, sein Gesicht war rot, er keuchte. Es musste etwas geschehen sein, wenn der Bildhauer während eines solchen Ansturms seinen Laden verließ.

»Bruno, du musst kommen, du hattest recht«, er schien völlig durcheinander. Bruno rannte dem Freund hinterher. Auf dem Platz am Glockenspiel standen Rettungswagen. Menschen drängten sich heran, er sah, wie mehrere junge Leute auf Tragen in die Wagen befördert wurden. Eines der Mädchen erkannte er an den um den Kopf gewundenen Zöpfen. Das war eine Freundin von seiner Tochter Isabelle. Der Notarzt hatte keine Zeit, auf Fragen zu antworten. Wieder piepste sein Handy.

»Ich habe euch gewarnt. Eure Kinder werden sterben.«

Bruno rannte in den Laden zurück und suchte Sophie, die gerade eine original Volkspolizisten-Mütze und einen Marx-Kopf einwickelte und ihn angrinste. Auch das waren Ladenhüter, die DDR-Polizeiuniformen waren gerade gar nicht gefragt. Ein japanisches Pärchen wartete kichernd auf die Mitbringsel und versuchte verschiedene Posen für Selfies. Dann berichtete er Sophie, was er beobachtet hatte, und sie rief ihre Kontaktperson im Krankenhaus an.

»Sie haben drei Pärchen mit Verdacht auf Drogenmissbrauch eingeliefert.« Eines der Mädchen war Laura, Isabelles Freundin. Niemals, so schwor Isabelle, würde diese Drogen nehmen, denn sie besuchte die Sportschule. Sie beriefen eine Krisensitzung mit den Freunden in der »Drachenschänke« ein. Sophie kam als Letzte und hatte Neuigkeiten:

»Die jungen Leute sind außer Lebensgefahr, aber noch nicht vernehmungsfähig. Ich konnte aber mit Laura sprechen. Sie kann sich an nichts erinnern, außer, dass sie einen kostenlosen Glühwein von einem Weihnachtsmann bekommen hat.«

»Hoffentlich machen die jetzt nicht den Markt dicht«, kommentierte Stefan.

»Das ist alles, was dich interessiert? Das könnten unsere Kinder sein. Und die Polizei tut nichts«, schrie Sophie.

Bruno versuchte zu beschwichtigen. »Wir müssen das selbst in die Hand nehmen. Wir werden diesen Weihnachtsmann aus dem Verkehr ziehen.«

Freddy nickte: »So viele Frustrierte, die gegen den Weihnachtsmarkt kämpfen, gibt es ja nicht. Ich tippe auf Wein-Harry.« Er hat keinen Stand mehr bekommen, angeblich ging es um Steuerschulden.

Doch der Türmer Klaus schüttelte den Kopf: »Der Harry ist nach Annaberg umgezogen und nach wie vor sein bester Kunde.«

»Dann gibt es noch diese Hitler-Karikatur, die immer die rechten Demos anmeldet und dauernd Lärmbeschwerden macht, wenn auf der Bühne am Markt etwas stattfindet«, fiel Bruno ein.

»Für eine solche Aktion fehlt dem armen Würstchen doch die Vorstellungskraft«, widersprach Stefan, der bei den Feierlichkeiten für die »Freie Republik Schwarzenberg« mit dem Rechten aneinandergeraten war. »Dem fühle ich mal auf den Zahn!« Kurze Zeit später war er zurück. »Ausgeflogen, der Naziverschnitt. Der liegt in Ägypten am Strand.«

»Komisch, im Urlaub hat er nichts gegen Ausländer«, lästerte Klaus, der Türmer.

»Und wie sollen wir nun die Kinder schützen?« Sophie wirkte verzweifelt.

»Wir überwachen den Markt, wir sind ja strategisch gut verteilt. Vermutlich tarnt sich der Erpresser als Weihnachtsmann«, schlug Bruno vor. Die Freunde nickten. Sie mussten diesen Verbrecher selber fassen. Am nächsten Tag war die Märchenparade geplant, einer der Höhepunkte des Jahres. Die Schwarzenberger Kinder bereiteten sich darauf monatelang vor. Der Zug wurde jedes Mal vom Ritter Georg angeführt, der nach einer alten Sage Schwarzenberg von einem gefährlichen Drachen befreit hatte. Wie hatte er sich gefreut, als seine Kinder in diesem Jahr bei dem Malwettbewerb die Rollen des Ritters, seines Schimmels und des Drachen gewonnen hatten. Das hieß, dass sie den Zug anführen würden – Bruno hatte dabei kein gutes Gefühl. »Ihr nehmt nichts von Fremden an und geht euch keine jungen Hunde ansehen«, schärfte er ihnen ein.

»Papa, Mensch, wir sind keine Kleinkinder«, protestierte Isabelle in ihrem Ritterkostüm.

Sie waren gerade fertig mit ihrer Verkleidung, da sah er ihn: roter Mantel, langer weißer Bart und einen Sack, in dem wer weiß was steckte. Er betätigte die Glocke, Sophie würde eine Nachricht an alle schicken, und er rannte los. Er erwischte den Weihnachtsmann im Gedränge vor der Bühne und packte ihn an seinem Mantel, brachte ihn zum Stehen und riss ihm den Bart runter. Erstaunt sah ihn der Schuldirektor an, der der offizielle Weihnachtsmann der Stadt war. »Bruno, hast du getrunken?«

Doch Bruno ließ sich nicht beeindrucken, die Freunde kamen ihm zu Hilfe. Sie nahmen sich den Sack vor, rissen die Geschenke auf, darin befanden sich Stifte, Malbücher, Kinderbücher. Am Ende schüttelten sie den Kopf. Der Direktor war wütend: »Habt ihr völlig den Verstand verloren?«

Sie erklärten ihm, was geschehen war, und er beruhigte sich. »Ich gehe nach Hause, ich habe nichts zum Verschenken und meinen Bart habt ihr auch ruiniert.« Beleidigt trottete der Stadtweihnachtsmann davon. Bruno ging zurück auf seinen Beobachtungsposten. Sein Handy piepte wieder und er las:

»Jetzt wird Ritter Georg sterben.« Er rief nach Sophie, beide rannten los, um die Kinder zu suchen. Sie fanden die Märchenkinder mitten in den Vorbereitungen im beheizten Zelt am Beginn der Bahnhofstraße. Isabelle setzte ihrem Bruder gerade seine Drachenmaske auf. Marie hatte eine Kakaotüte in der Hand und knabberte an einem Pfefferkuchen. Bruno riss ihr beides aus der Hand. »Woher habt ihr das?«

Marie gab ihm eine Plastiktüte voller eingepackter Geschenke. »Na vom Weihnachtsmann, das haben alle Kinder erhalten.«

»Wo ist der Weihnachtsmann?«

Philippe zeigte mit seinem grünen Drachenarm aus dem Fenster, wo Bruno einen roten Schatten vorbeihuschen sah, er rannte hinterher. Beinah hätte er ihn eingeholt, er war nur noch drei Meter entfernt, dann steckte er hinter einem Rollstuhlfahrer in der Menge fest. Als sich endlich eine Lücke bildete, konnte er den Weihnachtsmann nicht mehr sehen. Er hatte ihn in der Menschenmenge verloren. Doch den Kindern ging es gut, das war die Hauptsache.

»Morgen Kinder wird's was geben, danach ein gelbes Giftzeichen und ein kleiner Ritter mit Pferd«, erschien auf seinem Telefon.

Wortlos zeigte er Sophie sein Display, auch sie hatte die Botschaft bekommen. »Der will es morgen wieder versuchen und die Kinder vergiften. Jetzt müssen sie den Markt dicht machen«, war sie überzeugt. Sie wollte mit der Drohung zur Polizei gehen, während Bruno die Kinder nicht aus den Augen lassen sollte.

»Keine Absage, im Kakao war nichts. Die haben das untersucht«, erklärte Sophie, als sie von dem Revier zurückkam. Dann ging es dem Täter vielleicht vor allem darum, ihnen Angst einzujagen. Aber immerhin waren mehrere junge Menschen unter Drogen gesetzt worden, sie mussten das ernst nehmen.

»Dann müssen wir die Dinge weiter selbst regeln«, erwiderte Bruno. In der Nacht hatte er schreckliche Albträume von Weihnachtsmännern, die höhnisch lachten, wenn sie seinen Kindern Kakao oder Kuchen gereicht hatten. Er wachte davon auf, dass er schrecklich schrie und seine Beine wie gelähmt waren, als er einem Weihnachtsmann zusehen musste, wie er seine leblosen Kinder in einen Schlitten verlud. Er war völlig gerädert. Dann fiel ihm ein, dass der Weihnachtsmann im Traum hellbraune Cowboystiefel mit einem darauf geprägten Muster getragen hatte. Solche hatte auch der Weihnachtsmann angehabt, den er verfolgt hatte. Da dachte er an letztes Weihnachten, und plötzlich war ihm alles klar.

Er bat Sophie, den Beobachtungsposten zu übernehmen, dann ging er die Bahnhofstraße hinab und nahm dort einen steilen Pfad hangaufwärts. Dort befand sich das kleine Holzhaus mit dem Atelier. Er öffnete die Tür.

»Schön, dass du mich auch mal besuchst«, lallte Henry, der mit einem hysterischen Lachen dabei war, seine Bilder mit einem Messer zu zerschlitzen. Leere Flaschen bedeckten den Boden, eine geöffnete Flasche Goldbrand stand auf dem Tisch. »Willst du ’n Schluck?«

»Was soll der Scheiß, Henry, warum?«

»Alles Schrott, und ich bin so ein Idiot!«

»Das mag ja sein, aber warum vergiftest du Unschuldige?«

Henry sah ihn mit blutunterlaufenen Augen an. »Ich vergifte nur mich selbst. Sophie hat mich mit der Klöppellehrerin der Mädchen gesehen. Wir haben nur geknutscht, aber sie ist völlig ausgeflippt.«

»Wo ist eigentlich dein Weihnachtsmannkostüm?«, wollte Bruno wissen.

»Meine Sachen sind bei Sophie, vielleicht nimmt sie mich zurück«, dann fing er an zu schluchzen: »Kannst du ein gutes Wort für mich einlegen?« Bruno versprach es, dann stieg er nachdenklich die steile Stiege hinab. Henry konnten sie von der Liste streichen, er hatte weder ein Motiv, noch war er derzeit zu solchen Taten in der Lage.

Als er den Streifenwagen an der historischen Krauß-Pyramide sah, klopfte er. »Was gibt es Neues?«, fragte er den Kommissar.

Sein junger Kollege sagte, »ich gehe mal eine rauchen«, und stieg aus. Da sah er sie: die Cowboystiefel, die der Weihnachtsmann getragen hatte. Er suchte die letzte Nachricht des Erpressers heraus und tippte auf »Rückruf«. Dieses Mal hatte er Glück. Das Telefon des jungen Polizisten spielte das »Jauchzet, frohlocket« des Weihnachtsoratoriums. Er entwand ihm sein Mobiltelefon und übergab es dem beleibten Kommissar: »Ihr Kollege war es, warum auch immer. Von diesem Handy kamen die Erpressernachrichten.« Der junge Polizist versuchte nicht zu fliehen.

»Ich habe es einfach nicht mehr ertragen, dieses dämliche Fest der Liebe. Der Sänger Hartmut Schönlein gehört zu mir, wir lieben uns. Doch er hat mich einfach eingetauscht gegen diese Frau.« Seine Stimme brach. »Ich musste Überstunde um Überstunde machen und mir ansehen, wie die beiden Händchen haltend und turtelnd über den Weihnachtsmarkt liefen. Das war einfach zu viel!«

»Mensch, da hätte auch jemand sterben können«, schrie ihn Bruno an. Der Kommissar legte seinem Kollegen die Handschellen an, mit Blaulicht fuhr der Wagen davon. Erleichtert ging Bruno nach Hause und berichtete den anderen, die sich im Laden versammelt hatten, was geschehen war. Er verschwand kurz und kam mit einer Flasche Champagner zurück. »Auf die Liebe«, sagte Bruno, als sie anstießen. Dann inspizierte er sein Gesamtkunstwerk, hier einen Engel und da ein Räuchermännchen zurechtrückend.

7

DIE NACKTE WAHRHEIT

CHRISTOPH KRUMBIEGEL (EIBENSTOCK)

Sascha sah kurz auf Rubroweits käsegrauen Hintern und fragte sich, wo all die Jahre hingegangen waren, die er nun schon mit diesem Arsch auf Streife fuhr. Er gab sich einen Ruck und zog den Slip herunter. Etwas lässig und beiläufig hatte er es wirken lassen wollen, verfing sich aber dabei mit zwei Zehen in der Trikotage und stürzte krachend in seinen Spind. Rubroweit zeigte sich zwar schon erfolgreich entblättert, starrte aber dafür die ganze Zeit wehmütig auf das Halfter mit seiner Dienstwaffe, drehte es nachdenklich in den Händen und schien ernsthaft in Erwägung zu ziehen, es unter dem Saunatuch zu tragen. Sascha zischte leise und schüttelte unmerklich den Kopf, als Rubroweit ihn kurz ansah. Sie stopften sich alles Notwendige in die Taschen ihrer Bademäntel und klappten entschlossen ihre Spinde zu. Es war klar, dass sie diese Ermittlung noch gehörig ins Schwitzen bringen würde.

Oliver Schleckermann war ohne Zweifel ein interessanter Mensch. Monatelang hatte sich eine ganze Kommission beinahe rührend um die Zielperson gekümmert, ohne dabei viel mehr in Erfahrung bringen zu können, als dass Schleckermann gelegentlich bei Alter und Gewicht schummelte und seinen zweiten Vornamen – Hieronymus – in offiziellen Dokumenten konsequent unterschlug, was die Ermittler unter Berücksichtigung der regionalen Sprachkultur ironischerweise verständlich gefunden hatten. Dem mageren Ermittlungsergebnis zum Trotz galt es jedoch im ganzen Westerzgebirge als offenes Geheimnis, dass sich Oliver Schleckermann seit mehr als 15 Jahren mit Kreativität und großem unternehmerischen Geschick auf den Feldern räuberische Erpressung, Vorteilsnahme und besonders schwerer Diebstahl engagierte. Die nebulösen und teils haarsträubenden Legenden, die in der Bevölkerung kursierten, störten Schleckermann keineswegs, sondern schienen ein Teil seines vielschichtigen Marketingkonzeptes zu sein. Vor allem aus den Großstädten hinzugezogene Beamte zeigten sich immer wieder überrascht von dem Minimum an tatsächlich ausgeübter Gewalt, mit dem Schleckermann seine augenscheinlich beeindruckenden Erlöse zu generieren vermochte. Sie hatten seine Telefone abgehört, elektronische Korrespondenz abgefangen, den Müll von neun Wochen unter ultraviolettem Licht durchwühlt – und selbst dieser hatte einen pieksauberen Eindruck hinterlassen. Tatsächlich fanden sich im Zuge der Ermittlung bisher weit mehr Begründungen für einen Bürgerpreis als für eine Ordnungsstrafe, was selbst bei den erfahrensten Mitgliedern der Soko mittlerweile ernstzunehmende Anzeichen der Demoralisierung auslöste. Einmal hatte Schleckermann sogar die Dreistigkeit besessen, den verdeckt observierenden Kollegen eine regionale Kartoffelspezialität ans Auto liefern zu lassen, und ihnen über den verschlüsselten Polizeifunk guten Appetit gewünscht. Es war mittlerweile gar nicht mehr klar, wer hier eigentlich wen abhörte.

Vor dem Einchecken in der Saunawelt waren Sascha und Rubroweit im Dienstwagen noch einmal die wichtigsten Fakten durchgegangen – wie Oliver Schleckermann aussah, was Oliver Schleckermann Illegales trieb und wie verheerend die Borussia in der ersten Halbzeit wieder im Mittelfeld eingebrochen war. Dann hatte Sascha seinem Kollegen einen leicht eingedrückten Nikolaus aus Pfefferminzschokolade überreicht und noch einmal alle strategischen Details für die bevorstehende Sonderaktion eingeschärft. Rubroweit wirkte etwas eingeschüchtert, und auch Sascha selbst spürte eine viel stärkere Nervosität als gewöhnlich. Für Alleingänge wie diesen gab es in der Dienststelle weder Verständnis noch Legitimation, und Handke von der Staatsanwaltschaft würde sie grillen wie kleine Wachteln, wenn er von der Sache Wind bekommen sollte, bevor sie ihm Schleckermann überhaupt würden liefern können. Es hieß nun mehr denn je, den Arsch zusammenzukneifen, aber das war leicht gesagt, denn nirgendwo auf der Welt sah so etwas blöder aus als hier, splitternackt in der Saunalandschaft von Eibenstock.

Die Weihnachtsdekoration im Gebäude und auf dem Außengelände war sehr dezent gewählt, Engel aus rohem Holz, Sterne, Lebkuchen und Kerzen. Wahrscheinlich waren die Badegärten gerade im Advent auch ein Fluchtpunkt für jene, denen der künstliche Schnee und der Weihnachtskommerz an sich seelische Schmerzen bereitete. Rubroweit kostete heimlich von einem der Lebkuchen in der Dekoration, spuckte etwas Pappmaché in eine Klangschale und probierte dennoch ungläubig einen weiteren. Sascha seufzte leise und trat seinem Kollegen ruppig in den Hintern, nachdem er sich vergewissert hatte, dass es keine Zeugen für diese Tätlichkeit geben würde. Die ersten beiden Durchgänge dienten im Wortsinne dem Warmwerden der beiden Ermittler. Zwischen den Runden gelang ihnen die erste Sichtung der Zielperson, die sich mutmaßlich auf dem Weg zur Abkühlung im Badesee befand. Schleckermann wurde von einem Begleiter mit annähernd quadratischen Umrissen flankiert. Wie dieser Gorilla in einen der hauseigenen Bademäntel passte, sollte Sascha ein Rätsel bleiben. Im Ruheraum checkte er noch mal das winzige Aufnahmegerät mit dem Chipspeicher. Es war geformt wie ein dicker Füllfederhalter. Er klemmte die Batterie ein und drehte die Hülse zwischen den Fingern. Unter der Achsel könnte es schwierig werden. Sascha hatte beim Bestellen übersehen, dass man das Gehäuse extra hätte anklicken müssen. Unter dem Arm würde der kleine Rekorder jedenfalls absaufen wie die Titanic, das war klar. Rubroweit riss ihn mit der Forderung nach einem Cocktail aus den Gedanken. Man sei ja schließlich nicht zum Spaß hier, frotzelte Saschas Kollege noch übermütig.

Die Mitte des Restaurants der Badegärten bildet ein nach beiden Seiten offener Lavasteinkamin. Man kann dort seine Beine hochlegen und das Feuer selbst oder durch das Feuer hindurch andere Saunagäste beobachten. Rubroweit orderte die Getränke und warf gleichzeitig die Handtücher beinahe quer durch den Raum auf die Sessel vor der Feuerstelle, um zwei Senioren, die sich ebenfalls für diese Plätze interessiert und bereits Kurs darauf genommen hatten, kaltblütig auszubooten. Er ließ sich in den Sessel fallen und wollte wohl gerade eine arrogante Bemerkung über seine eigene Person loswerden, als er auf der anderen Seite des Kamines etwas entdeckte, was ihn trotz aller eingeübten Professionalität verstummen und für einen Moment den Faden verlieren ließ. Sascha war es klar, noch bevor er über den Rand der Speisekarte hinweg durch die Scheibe auf die Gegenseite des Kamines blickte. In den Rohrstuhlsesseln direkt gegenüber entspannten sich Schleckermann und sein Begleiter von den Strapazen ihres verbrecherischen Tuns. Schleckermann las in einer Börsenzeitung, der Gorilla übte ein dämliches Gesicht. Als Rubroweits Bestellung serviert wurde, sah Schleckermann kurz zu ihnen herüber, dann auf die Uhr rechts neben ihm und schließlich wieder in die Zeitschrift auf seinen Beinen. Der Gorilla kratzte sich wie im Zoo. Sascha war sich nicht sicher, ob diese Situation alles gefährden oder begünstigen konnte. Es musste aber nicht zwingend von Nachteil sein, wenn sie sich beim entscheidenden Aufguss nicht zum allerersten Mal begegnen würden. So jedenfalls hatten sie die beiden zumindest gut im Blick, dachte Sascha und sog an seinem Strohhalm.

Ihr Plan war heikel, missachtete unzählige Dienstvorschriften und grundlegende Menschenrechte – aber er war auch ein bisschen genial. Rubroweit hatte beim Studium der Bewegungsmuster mitbekommen, dass Oliver Schleckermann sehr regelmäßig in den Badegärten Station machte, meist mittwochs oder donnerstags, wenn die Schutzgelder der Wochenendveranstaltungen eingetrieben und verbucht waren. Bei diesen Saunabesuchen begleitete ihn in der Regel eine weitere Person, entweder sein schwindsüchtiger Buchhalter Grosche oder einer der Personenschützer. Selten waren sie zu dritt, niemals aber kam Schleckermann alleine hierher. Rubroweit, selbst ein Saunafuchs, schwadronierte eines Nachts während einer besonders öden Observierung über diese verfahrene Situation, Schleckermann nichts nachweisen zu können, und regte an, dass man ihn einfach mal abfangen und mit Hilfe eines Wahrheitsserums »so richtig ausquetschen« solle. »Vielleicht als Aufguss in der Sauna«, hatte er noch launig angefügt. Danach hatten Sascha und er ein paar Sekunden lang durch die leicht beschlagenen Scheiben ihres Dienstwagens ins Nichts gestiert und schließlich gleichzeitig »Das isses…« gemurmelt. Rubroweits Eingebung hatte jedenfalls eine Kaskade in Gang gesetzt, an deren bisherigem Ende sie sich nun mit bestenfalls dürftig bedeckten Intimzonen und außerhalb jeglicher gesetzlichen Norm vor einem künstlichen Kamin wiederfanden, die Bademanteltaschen gefüllt mit 14,5 Gramm eines uralten Hypnotikums, das aus gutem Grund bereits seit den 80ern in ganz Europa geächtet wurde. Reflexartig tastete Sascha nach den zwei Röhrchen. Alles war an seinem Platz. Die Party konnte beginnen.

Unverhofft ergab sich einige Augenblicke später die perfekte Gelegenheit wie von selbst. Eine Lautsprecherdurchsage kündigte die Tagesattraktion der Saunawelt, den großen Showaufguss, an. Während sich daraufhin die meisten Restaurantgäste erhoben und wie Mönche zur großen Banja strömten, blieben Schleckermann und sein Primat noch sitzen. Sie erhoben sich aber wenig später, um dem leicht zeitversetzten und nunmehr spärlich besuchten Minzfrische-Aufguss in der finnischen Sauna beizuwohnen. Sascha und Rubroweit hatten nicht eine Sekunde gezögert und waren ihnen die Treppe hinab gefolgt. Während Schleckermann und sein Gefährte mit geschmeidigen Bewegungen die Bademäntel abstreiften und hinter der wuchtigen Holztür verschwanden, machten sich die Ermittler langsam und umständlich auf dem Vorplatz der Sauna nackig. Rubroweit behielt die Zugänge im Blick und schickte zwei nachkommende Besucher mit einer Notlüge quer über das Gelände. Weitere Gäste und somit auch Zeugen blieben aus. Als sich Sauna-Toni, der Aufguss-Meister für diese Runde, vom oberen Ende der Treppe her näherte, geschahen drei Dinge ziemlich schnell. Rubroweit öffnete die Holztüre zur Lüftung, wie vor Aufgüssen üblich, klebte aber an ihre untere Außenkante einen speziellen Silikonkeil, der, wenn die Türe erst einmal wieder geschlossen worden war, das Verlassen des Innenraumes um einiges erschweren würde. Sascha nahm den Voicerekorder vorsichtig zwischen die Zähne und versuchte mit mäßigem Erfolg, den Speichelreflex zu unterbinden, den dieser augenblicklich auslöste. Als Sauna-Toni schließlich vor ihnen stand, lenkte ihn Rubroweit mit einer belanglosen Frage ab, während Sascha die kompletten zwei Röhrchen mit dem gepulverten Methaqualon in den hölzernen Aufgusstrog, den Toni mit sich führte, entleerte. Dann schoben sie sich an ihm vorbei in die Hitze.

Es dauerte einige Sekunden, bis sich Saschas Augen an das dämmrige Licht gewöhnt hatten. Als er so routiniert wie möglich sein Handtuch auf dem Holz ausbreitete, rammte ihm Rubroweit durch seinen breitbeinigen Fortbewegungsstil dessen Zehennagel von hinten derart in die Achillesferse, dass Sascha vor Schreck jenes kleine Aufnahmegerät, das er zwischen den Zähnen eingeschmuggelt hatte, irgendwo ins Dunkel fallen ließ. Da es lautlos aufgeschlagen war, vermutete er es auf seinem Saunatuch, konnte aber, um kein Misstrauen bei Schleckermann zu schüren, nicht danach suchen, sondern drehte sich um und nahm, mit beiden Händen die Oberfläche des Frottees neben sich befühlend, zwischen Rubroweit und dem bereits feucht glänzenden Gorilla Platz. Letzterer hatte offensichtlich vergessen, sich draußen seiner Badeschuhe zu entledigen, was er nun, eine dünne Spur aus Schweiß auf den Boden tropfend, nachholte. Jetzt erst bemerkte Sascha das Pärchen rechts oberhalb des Ofens. Der schmale rothaarige Mann und seine etwa halb so alte Begleiterin hatten der Sanduhr neben ihnen zufolge schon einen halben Durchgang hinter sich. Sie rückten ein wenig voneinander weg, als er kurz zu ihnen hochsah. Die beiden stellten ohne Zweifel eine Komplikation dar, aber die Aktion war jetzt nicht mehr zu stoppen, jedenfalls nicht ohne aufzufliegen, ohne vom Gorilla bearbeitet und vom Staatsanwalt gegrillt zu werden. Darüber konnten sich Sascha und Rubroweit gerade noch mit einem kurzen

Augenkontakt abstimmen, bevor der berufsmäßig gut gelaunte Sauna-Toni die Stille brach.

Toni stellte sich kurz vor, erläuterte die Besonderheit seiner speziellen Minze der fünf kommenden Aufgussrunden und wünschte allen viel Vergnügen. Während der Einleitung zog Sascha der Bequemlichkeit halber ein Bein an den Körper und rückte noch ein paar Zentimeter zurück. Es gelang ihm gerade noch, einen spitzen Schrei zu unterdrücken, als er spürte, dass er dabei sein Gesäß direkt auf einen länglichen Gegenstand platziert hatte, der daraufhin zu einem großen Teil in ihm verschwand. Allem Anschein nach hatte er das Aufnahmegerät wiedergefunden. In genau diesem Moment zischte der erste Schwall aus der hölzernen Kelle auf den glühenden Steinen.

Eine alles durchdringende Frische flutete die Kammer. Dieser erste tiefe Atemzug des minzigen Dampfes fühlte sich trotz der Hitze kühl und klar an. Für einen kurzen Augenblick vergaß Sascha darüber sogar die Erwartung ihrer geheimen Spezialzutat und den Fremdkörper in seinem Rumpf. Aber unmittelbar nachdem das Zischen aufgehörte hatte, folgte ein leicht stechender Geruch wie von schmorendem Kunststoff. Sechs Sekunden später kippte der Rothaarige auf der obersten Bank mit dem Kopf voran in den Schoß seiner Begleiterin. Niemanden im Raum schien das zu stören, am wenigsten die Begleiterin selbst. Überhaupt wurden binnen eines Wimpernschlages alle Insassen irgendwie anders. Sascha bekam Schluckauf, Schleckermann streichelte seltsam lächelnd seine eigenen Knie und Sauna-Toni schwang die Kelle für die zweite Runde wie ein Samurai. Es zischte abermals, und aus den Augenwinkeln konnte Sascha verfolgen, wie sich auf Rubroweits Gesicht ein triumphierendes Grinsen breitmachte und dieser damit begann, unruhig auf dem Saunatuch hin und her zu rutschen. Sascha ahnte, dass sich irgendetwas Unheilvolles in seinem Kollegen Bahn brach, aber es schien nunmehr unaufhaltsam. »Ätsche – Wir haben eine Wahrheitsdroge in den Aufguss gemischt«, platzte Rubroweit mit kindlichem Stolz heraus und schickte ein belustigtes Kichern hinterher. Schleckermanns Gorilla konterte umgehend und auf einer identischen psychosozialen Entwicklungsstufe. »Das gibt's doch nicht – wir auch! Haben wir bei den Tschechen besorgt. Wir wollten mal wissen, was ihr so vorhabt.« Einen stillen Augenblick lang schienen alle Beteiligten diesen Aspekt der multiplen Intoxikation zu überdenken.

»Ich hab nur Nana-Minze reingemacht«, murmelte Sauna-Toni wahrheitsgemäß und leicht enttäuscht über die plötzliche Gewöhnlichkeit seiner Zutat. Da alle Beteiligten mit ihren Beimengungen ähnlich verschwenderisch umgegangen waren wie Sauna-Toni mit seiner Minze, breitete sich in der Schwitzgruppe rasch eine unkritische und übernatürlich offene Grundstimmung aus. »Ich habe sogar einen Voicerekorder«, gab Sascha freimütig zu, »aber der ist sozusagen im Arsch. Also – richtig drin, meine ich.« Alle johlten, nur der Rothaarige blieb still, weil er ab und zu ein bisschen bewusstlos wurde. So ging es weiter, immer, wenn die durch das Substanzgemisch hervorgerufene Euphorie nachließ, legte Toni mit einer neuen Portion nach. Dazwischen redeten alle wild durcheinander. Rubroweit diskutierte mit Schleckermann, die Begleiterin des Rothaarigen krabbelte eine Stufe abwärts zum Gorilla und Toni sang ein Lied von Hans Albers. Es hätte für alle noch ewig so weitergehen können, wenn Toni im Überschwang der Gefühle nicht darauf verfallen wäre, die gute restliche Hälfte seines Eimers auf einen Schlag über die Steine zu gießen. Eine mächtige letzte Dampfwolke hüllte ihn ein, teilte sich an der niedrigen Decke und füllte den Raum von oben herab. Tonis Holzeimer schlug auf den Steinboden. Aber zu diesem Zeitpunkt war hier bereits niemand mehr bei Bewusstsein.

»Sie hatten ein Scheißglück.« Mit einem Ruck riss der Rettungsassistent die Blutdruckmanschette von Saschas Arm. »Die anderen mussten wir einweisen. Den Saunameister haben sie sogar nach Leipzig geflogen. War das irgendein dämlicher Wettbewerb? Sie müssen fast eine Stunde in dieser Hitze gewesen sein. Abgesehen davon«, der Sanitäter sah sich kurz um und fuhr flüsternd fort, »habe ich ein Reagenzglas in Ihrem Popo gefunden. Wissen Sie, wie man sich bei solchen Spielchen auszahlen kann? Seien Sie doch vernünftig, es gibt heutzutage das ganze Arsenal superdiskret zu bestellen.« Er schüttelte den Kopf und verstaute seine Utensilien im Koffer. Sascha nickte mechanisch. »Der Notarzt musste schon den Transport begleiten – bleiben Sie besser noch eine Weile hier oder lassen Sie sich von jemandem abholen. Trinken Sie mindestens einen Liter. Ich schicke Ihnen jemanden vom Hausteam, der eine Weile auf Sie aufpasst. Guten Tag dann!« Noch ehe der Sanitäter am Ende des Ganges verschwunden war, wand sich Sascha bäuchlings auf seinem Sitzplatz in der finnischen Sauna und versuchte verbissen, seine Hände zwischen den Holzlatten hindurchzuschieben. Wenn das, was sich in seinen Hintern verirrt hatte, nur eines der leeren Pulvergläser gewesen war, dann musste der verdammte Rekorder doch noch irgendwo … »Na bitte!«, seufzte Sascha erleichtert.

Es dauerte über acht Stunden, bis er die wichtigsten Fakten aus der Audiodatei extrahiert hatte, obwohl sie gerade mal 34 Minuten dauerte. Sascha selbst hatte für die Zeitspanne zwischen dem ersten Aufguss und dem Rüffel vom Sanitäter einen astreinen Blackout. An manchen Stellen hatte Toni so laut und schrecklich gesungen, dass eine Rekonstruktion lediglich aus dem Kontext heraus möglich war, gegen Ende der Aufnahme überlagerten eigenartige Grunzlaute des Gorillas die Stimmen von Schleckermann und Rubroweit. Dennoch war es Saschas Kollegen durch seine neugierige und herausfordernde Art gelungen, das ganze System Schleckermann aus dessen Erfinder herauszukitzeln. Sie würden nicht einmal eine Aussage brauchen, auf Saschas Zettel war ein komplettes Organigramm entstanden – die Verteiler, die Eintreiber, Kontakte in den Behörden. Jetzt wurde auch klar, weshalb sie bei den Ermittlungen keinen Fuß auf den Boden bekommen hatten, Schleckermann lachte sich beim Erzählen selber tot. Nun aber waren sie in der Lage, sein Imperium innerhalb weniger Stunden auseinandernehmen zu können. Mit roten Augen und vollkommen übernächtigt hörte sich Sascha immer wieder die letzten Sekunden der Aufnahme an. Toni johlte einen letzten Refrain, der Holzeimer polterte und Körper sackten schwer auf die Planken. Kurz vor der endgültigen Stille konnte man Rubroweits vernuschelte Stimme hören: »Seit wir zusammen fahren, bin ich in dich verknallt, vm erstn Tag. Schlibbedchchch Sscha …« Dann schlug etwas dumpf auf das Holz. Sascha spulte neun Sekunden zurück, hielt kurz inne und löschte den Schluss. Das mit der Wahrheit, das war zuweilen so eine Sache, fand er und ging erst einmal duschen.

8

DAS WEIHNACHTSEI

BETTINE REICHELT (GEYER)

»Das Ei ist weg!«

»Aha.«

Rüdiger Zerberonski sah nicht einmal von seiner Zeitung auf. Wozu auch. Es genügte vollkommen, wenn er diesen Ausbruch zur Kenntnis nahm. So war seine Frau eben. Sie neigte gelegentlich zu vollkommen unnachvollziehbaren Ausbrüchen wie diesem. Das ging vorbei, wenn man sich …

Vor dem Fenster leuchtete weihnachtlich der Baum. Auch in diesem Jahr hatte seine Frau diesen Baum geschmückt. Sehr zum Ärger von Rüdiger Zerberonski. Konnte man sich nicht an einer Stelle, an dieser einen Stelle, von den Nachbarn unterscheiden? Einfach kein Baum vorm Haus? Nein, man konnte nicht. Und in allen Fenstern, natürlich auch in den ihren, leuchteten die Schwibbögen. Überall standen Räuchermänner, Engel. Auch in ihrer Wohnung und selbstverständlich ein Engel, ein Bergmann im Fenster. Ein Sohn, eine Tochter. Als ob das die Nachbarn nicht eh wüssten. Es war nicht zum Aushalten. Immerhin konnte er mit seiner Weihnachtseisammlung einen kleinen Erfolg in der ewig gleichen Weihnachtswelt vorweisen. Es kam nicht so sehr auf das einzelne Ei an. Mehr darauf, dass es sie überhaupt gab. Weihnachtseier im Erzgebirge. Auf diese Idee war er stolz.

»DAS Ei ist weg.«

Doch kein Glück. Rüdiger Zerberonski riskierte einen vorsichtigen Blick über die Zeitungskante. Was sollte er tun? Eine Frage stellen? Das war gefährlich. Der Ausbruch konnte dann länger dauern. Viel länger.

Aber seine Frau fixierte ihn. Er würde nicht entkommen. Also gut:

»Welches denn?«

»Nun, weißt du das denn nicht mehr? Das eine. Dieses schöne.«

Rüdiger Zerberonski dachte nach. Sie besaßen mehrere Hundert Eier. Und je nach Tagesstimmung waren sie alle schön. Und besonders. Sollte er eine weitere Frage stellen? Und riskieren, dass sie sofort wusste, dass er nicht wusste?

Er entkam. Seine Frau setzte mit einem nur milde verärgerten Blick ihre Erklärung fort.

»Das eine, das uns Tante Alma geschenkt hat.«

Auch diese Erklärung half Rüdiger Zerberonski nicht weiter. Er erinnerte sich mit Mühe an Tante Alma. Aber an ihre Eier? Weder im Allgemeinen noch im Besonderen.

»So.«

Mehr fiel ihm dazu nicht ein.

Irgendwann, an einem herrlichen Sommertag, an dem er auf der Terrasse hätte sitzen können, seine Zeitung lesen und nichts tun, als über den Garten blicken, hatte er Tante Alma zu einer Veranstaltung an den Steinen begleitet. Naturtheater, freier Himmel, beißende Sonne, die einem die Haut versengte. Aber, so erinnerte sich Rüdiger Zerberonski, es war überraschend schön gewesen. Obwohl es eine Kinderveranstaltung war. Tante Alma hatte das Kindsein nie ganz abgelegt. Ja, es war schön gewesen. Sie saßen neben den alten Steinen im Halbrund, sahen dem Märchenspiel zu. Ging es dabei nicht auch um ein Ei? Ein goldenes? Das des Kolumbus? Irgendein Ei hatte eine Rolle gespielt, das wusste er ganz genau. Und dieses Ei hatte ihn an die Weihnachtseisammlung erinnert. Und diese wiederum fand seine Tante damals durchaus bemerkenswert.

»Ja, weißt du es denn wirklich nicht mehr?«

Seine Frau war entsetzlich. Er begann sich gerade zu erinnern. Aber jetzt hätte er *Nein* sagen müssen, damit er endlich in Ruhe Zeitung lesen konnte. Auch diesmal entkam er nicht. Seine Frau war bereits in Fahrt und tischte ihm die ganze Geschichte auf.

Rüdiger Zerberonski legte die Zeitung zur Seite und griff nach seiner Kaffeetasse. Das entspannte Sonntagsfrühstück war zu Ende. Jetzt hieß es aufpassen. Denn es war nicht empfehlenswert, nicht zuzuhören. Seine Frau würde es merken, spüren wie einen kalten Luftzug. Und dann Gnade ihm Gott.

»Jenes, du erinnerst dich jetzt sicher, das sie uns damals aus Ägypten mitgebracht hat. Dieses mit wunderbaren Ornamenten. Ein Pfauenei, meinte sie damals. Ich weiß es nicht, ob das wahr ist. Es ist so unglaublich schön. Mit diesem Stein, diesem herrlichen roten Stein.«

Roter Stein? Rüdiger Zerberonski wurde unruhig. Sie meinte doch nicht etwa dieses eine?

Die meisten Eier ihrer Sammlung waren aus Holz, schlicht und schön und etwas anderes als diese Holzköpfe, die sonst gesammelt wurden und die man sogar in einer Werkstatt direkt vor Ort kaufen konnte. Seit 1872. Seit beinahe fünf Generationen arbeitete die Holzbildhauerwerkstatt – oder wie die nun genau hieß. Rüdiger Zerberonski kam es in solchen Momenten erstaunlich vor, dass er es nicht früher gemerkt hatte: Seine Frau war ein hoffnungsloser Fall von Ortspatriotismus. Alles, was aus der Gegend kam, war gut, ja außergewöhnlich. Die Eisammlung duldete sie, mochte sie vielleicht auch. Aber erst die Kunst aus dem Ort, die Schnitzereien und Drechseleien, die liebte sie. Er musste damals sehr verliebt gewesen sein, dass ihm nicht aufgefallen war, wie gefährlich diese Mischung war: Er ein Großstädter mit Leib und Seele – und dann das hier: Ein kleiner Ort, weit ab vom Schuss. Winzig nahm sich das aus. Gegen seine Stadt. Selbst wenn sich der Ort auch Stadt nannte. Und so ruhig, wie seine Mutter immer wieder betonte. Ja, scheußlich ruhig hier.

Es gab wenig von Wert in Rüdiger Zerberonskis Besitz. Oder in dem seiner Frau. Oder auch in ihrem gemeinsamen. Sie besaßen kein Haus, keinen Hof, keine Werkstatt. Einen kleinen Garten. Das war alles. Dieses Ei dagegen. Dieses mit dem roten Stein …

»Du meinst«, fragte Rüdiger Zerberonski nun wirklich interessiert, »doch nicht etwa jenes, das ich letztens beim Juwelier hatte? Damit wir es schätzen lassen?«

»Doch, genau dieses meine ich. Das Ei von Tante Alma. Weißt du nicht mehr, wie sie uns besucht hat im Sommer? Wir waren in der Naturbühne Greifensteine, wir gingen an die Binge. Du bist sogar den Rundweg mit ihr gegangen. Und sie war fasziniert. Vom Schicksal der Stadt, dem Wald. Du weißt schon. Geschichte war immer ihrs. Und dass der Einbruch eines Bergwerks solche Auswirkungen haben kann. Nein, das hätte sie nicht gedacht. Der Niedergang besiegelt – und doch wiedererstanden, doch wieder so wunderschön unsere Stadt.« Seine Frau triumphierte.

Er erinnerte sich an das Ei.

Rüdiger Zerberonski saß kerzengerade am Tisch. Den Stein würde man verschmerzen. Einen Rubin konnte man beinahe überall bekommen. Sogar in dieser Größe. Aber der Inhalt! Der Inhalt! Vielleicht wäre es doch vorübergehend unter dem Wilden Mann besser gewesen? Oder in der Laurentius-Kapelle? Kirchen reinigte man sicher nicht oft und sicher nicht besonders gründlich. Es hätte sicher eine Lösung gegeben. Dass er *das* zu Hause behalten hatte. Zu dumm.

Oder im Engel im Fenster? Tochter und Sohn waren außer Haus. Wenn man ihn geschickt ausgehöhlt hätte … Seine Tochter hätte gelacht. Seine Frau hätte davon nichts bemerken dürfen. Gar nichts.

Ein ausgehöhlter Engel, das war eigentlich seine Frau. Früher mal wirklich attraktiv, mit diesen roten Wangen, die er nur von Leuten aus dem Dorf kannte. Dabei galt doch Geyer als Stadt. Und mit dieser witzigen Sprache, die man nicht verstehen musste, nur lieben. Damals hätte er den Leuten hier zugestimmt, dass dr Engl und dr Bargma zammen ghörten, und er eben dr Bargma wurde, auch wenn er natürlich Großstädter und von weit her und überhaupt nicht zugehörig war. Damals.

Beinahe wäre Rüdiger Zerberonski weich geworden. Nun aber sah er seine Frau prüfend an. Wusste sie etwas davon? Sie sah ihn noch immer triumphierend an.

Es war nicht eben leicht, etwas vor ihr geheim zu halten. Aber dass das Ei hohl war. Und dass es seit Kurzem eine Füllung enthielt. Eine besondere Füllung. Das konnte sie nicht wissen. Sie wusste ja nicht einmal von diesem Mechanismus. Er hatte es ja selbst erst vor einiger Zeit entdeckt. Und so ein Zufall, dass er gerade zu dieser Zeit einen sicheren Ort brauchte. Damit ließe sich neu anfangen. Der Juwelier hatte gemeint: Er sei ein Vermögen, ein kleines Vermögen.

»Jedenfalls« – seine Frau genoss ihren Sieg – »habe ich das Ei von Tante Alma gestern in die Anrichte gestellt, poliert und geputzt. Es war ja ganz abgegriffen nach der Aktion beim Juwelier. Und eben, als ich dir den Kaffee holte, habe ich es gesehen: Das Ei ist weg.«

An ein gemütliches Sonntagsfrühstück mit Zeitung und Brötchen war für Rüdiger Zerberonski nun gar nicht mehr zu denken. Er stand auf und ging, so langsam wie es ihm möglich war, aus dem Frühstückszimmer ins Wohnzimmer zur Anrichte.

Und dort sah er, wie es zu erwarten war, nichts, abgesehen von Wendt und Kühn, den Engeln mit grünen Flügeln, darauf elf weiße Punkte, und einem nackten Hintern. Oder doch eigentlich mehr als nichts: zwischen den Goldrandtassen einen leeren Platz. Sogar diesen unfassbar hässlichen Eierständer, den Tante Alma für unverzichtbar gehalten hatte, hatten sie mitgenommen.

Rüdiger Zerberonski stützte die Hände an der verzierten Kante ab. Was sollte er jetzt tun? Was um Himmels willen sollte er denn jetzt tun?

Es gab nur wenige Menschen, die vom Inhalt wussten. Seine Frau gehörte selbstredend nicht dazu. Der Juwelier wusste von der Mechanik. Otto, sein geschickter Freund, Modellbauerfreund Otto, kannte freilich die ganze Geschichte. Ihn musste er einweihen. Und Marja.

Für Otto legte er seine Hand ins Feuer. Sie kannten sich schlicht zu lang.

Blieb noch Marja. Abgesehen von seiner Frau. Marja, die schöne Marja. Seine Marja.

Rüdiger Zerberonski dachte nach. Nein, seine Frau konnte unmöglich etwas ahnen. Sie kannte sich mit Putzen aus. Sie staubte natürlich auch die die Ei-Sammlung ab. Wie eben den Besuch irgendeiner Tante. Mehr war von ihr nicht zu erwarten. Nach 20 Jahren Ehe wusste man so etwas. Als Mann. Bald würde das ohnehin der Vergangenheit angehören. Endlich.

Marja, dieses Luder, hatte keinen Grund ihn zu hintergehen. Jedenfalls jetzt noch nicht. Sie würde eine Zeit lang dazugehören. Natürlich. Sie war im Bett nicht zu verachten. Aber eben doch zu jung, zu unerfahren. Aber im Augenblick wollte er sie bei sich haben.

Rüdiger Zerberonski musste eine Entscheidung treffen. Das Ei musste wieder her. Und seine Frau musste verschwinden. Das war das Beste.

»Ich fahr zu Otto!«, rief er seiner Frau zu.

Dann ging er aus dem Wohnzimmer durch die zweite Tür in den Flur. Seine Frau stand in der anderen Tür des Frühstückszimmers, die ebenfalls in den Flur führte.

»Denkst du, Otto weiß, wo das Ei ist?«

»Nein, natürlich nicht. Woher soll er das wissen!«

»Warum willst du dann zu ihm?«

»Er hat immer sehr gute Ideen.«

»Wenn du meinst … Aber ausgerechnet Otto.«

»Davon verstehst du nichts. Das ist Männersache.«

Seine Frau zuckte die Achseln, drehte sich um und setzte sich wieder an den Frühstückstisch.

Sie sah aus dem Fenster. Ein leichter Schneefall setzte ein. Es würde in diesem Jahr tatsächlich weiße Weihnacht geben. Die Straße verwandelte sich weiter und weiter in eine Ruschelbahn. Neuschnee konnte ja so tückisch sein.

»Ich fände es ja besser, wir würden nach dem Ei suchen.«

»Suchen?«

»Ja, suchen.«

Rüdiger Zerberonski hatte eben den Autoschlüssel vom Schlüsselbrett nehmen wollen. Stattdessen trat er nun erneut ins Frühstückszimmer.

»Das ist doch mal wieder typisch für dich! Über Nacht wird ein Ei gestohlen. Und du denkst an Suchen! Gestohlen, meine Liebe, ist gestohlen. Da hilft kein Suchen.«

»Dann sollten wir die Polizei verständigen.«

»Ach, wie naiv. Es ist zum Herzerwärmen! Glaubst du wirklich, die scheren sich um deine Eier-Sammlung? In der Weihnachtszeit? Nein, ich rede mit Otto. Wir müssen den Mistkerl finden, der in der Weihnachtszeit, gerade dann, wenn der Schnee zertrampelt ist und man nichts mehr sieht, in ein Haus einsteigt und ein Ei klaut. Irgendwer, glaub mir, irgendwer hat was gesehen. Und das werden sie sogar einem Zugereisten sagen.«

»Wir haben noch immer Advent.« Seine Frau klang ernstlich verstimmt.

Dass es um einen Diebstahl ging, schien sie nicht zu hören. Weihnachten und Advent zu vereinen kam für sie nicht infrage. Das war ein Frevel, der war wichtiger, sogar als das Ei.

Rüdiger Zerberonski seufzte. Er hatte genug. Er trat zurück in den Flur, schlug die Tür hinter sich zu, nahm den Autoschlüssel, ließ die Haustür geräuschvoll ins Schloss fallen.

Erst zu Otto. Dann zu Marja. Dann sah man weiter.

Er schloss die Fahrertür auf, setzte sich auf den weichen Sitz, lehnte sich zurück, startete und ließ den Motor aufheulen. 16 Zylinder. Was für ein herzerwärmender Klang. Es war ja nicht ganz wahr, dass sie nichts besaßen. Dieses Auto war schon seinen Preis wert gewesen. Und dann könnte das eine oder andere dazukommen, wenn er nur den Inhalt des Eis wiederbekam. Diese Steinchen, dass er die sich genommen hatte, das war ein solches Glück.

Ein Blick in den Rückspiegel hätte ihn vielleicht zögern lassen. Aber er sah nicht zurück. Das tat er nie.

Am Fenster stand seine Frau und hob die Hand. Wie zum Gruß. Oder als ob sie sich ein letztes Mal verabschieden wolle.

Der Wagen sprang geradezu von der Auffahrt und die Straße hinunter. Der Wald hinter ihm schien sich drohend zu erheben. Wie ein Verteidiger wachte er über die Stadt und die Bewohner, die sie wahrhaft liebten.

Rüdiger Zerberonski nahm es nicht wahr. Ihn interessierte nur das Ziel. Auf den wenigen Kilometern gab es keine Blitzer.

Frau Isabella Zerberonski, geborene Meinel, verwitwete Mayer schaltete das Radio ein, entzündete die zweite

Kerze am Adventskranz, setzte einen Räucherkegel in das Räuchermännchen, nahm dann wieder am Frühstückstisch Platz und begann in der Zeitung zu lesen.

Die Meldung kam recht spät. Vielleicht waren am Sonntag nur wenige Verkehrshubschrauber unterwegs. Vielleicht hatte der Neuschnee die Polizei an anderer Stelle beschäftigt.

Frau Isabella, geborene Meinel, verwitwete Mayer, nun auch verwitwete Zerberonski lehnte sich zurück. Jetzt musste nur noch Otto anrufen. Und Marja würde zum Tee kommen. Und dann würden sie überlegen, was mit dem Inhalt des Weihnachtseis zu tun wäre. Dann wäre das Leben endlich perfekt. Aus ihrer Küchenschürze nahm sie die Steinchen. Woher auch immer diese Brillanten kamen. Jetzt gehörten sie ihnen. Ihnen ganz allein.

GLÜCK AUF, DER STEIGER STIRBT

BEATE WERNER (FREIBERG)

»Gerade mal eine Lagerhalle, eine Lagerhalle ist alles, was man mir für meine Misswahl in Freiberg zur Verfügung gestellt hat. Mir, der Misswahlen auf Mallorca, in Prag, am Goldstrand in Bulgarien veranstaltet. Stell dir das mal vor!« Ja, drittklassige Veranstaltungen, dachte Heiner Bach und blickte seinem Gegenüber in die vom Alkohol glasigen Augen. »Die Idee mit der Wahl zur Miss Barbara ist auch mehr als …

»Was willst du sagen – hä?« Bedrohlich erhob sich Günter Klar und schwankte. »Lass mal gut sein, du bist der Größte!«, Vollidiot, dachte Bach sich nur und schleppte den volltrunkenen König der Misswahlen auf sein Zimmer.

Zur gleichen Zeit hatten sich in der Cafeteria der Bergakademie die Stadträte und Mitglieder des Vorstandes des Dachverbandes aller Bergmannsvereine Sachsens getroffen und debattierten, wie sie die in sämtlichen Medien groß angekündigte Wahl zur »Miss Barbara« noch verhindern können. Auf keinen Fall sollten halbseidene Missen die Bergmannstradition aufweichen und zur traditionellen Bergparade am Samstag vor dem zweiten Advent mitmarschieren. Das Ergebnis aller Recherchen war ernüchternd. Die Stadt hatte keine Handhabe gegen die Misswahl, da es eine private Veranstaltung war und alle notwendigen Genehmigungen seitens der einzelnen Behörden vorlagen. Einziger Pluspunkt war, dass die Veranstaltung vor den Toren Freibergs in einem Gewerbegebiet stattfand. Der Landesverband konnte die künftige Miss Barbara und den Veranstalter von der Parade ausschließen, aber leider nicht verhindern, dass die Bergparade durch deren Auftritte gestört würde.

Die Aufrufe und Ausschreibungen zur Wahl waren vor langer Zeit vom Büro des Günter Klar herausgegeben worden. Kandidatinnen meldeten sich jedoch nur schleppend, stellte Heiner Bach fest. Seine Aufgabe war es, aus den Damen die geeigneten auszuwählen.

Während Klar sich jeden Abend volllaufen ließ, schwitzte Bach Blut und Wasser. Er kannte seinen Boss, der duldete kein Nein. Und wenn er etwas überhaupt nicht ertrug, so waren das Absagen von Gemeinden und Veranstaltungsorten für seine Misswahlen. Hingegen liebte er es, wenn sich reichlich junges Fleisch für seine ebenfalls trinkfreudigen und jedes Klischee erfüllenden Juroren meldeten.

Ein paar waren auch immer willig, je nach der vorher verabreichten Alkoholmenge.

Dieses Freiberg bereitete Bach Kopfschmerzen. »Der Alte mag es nicht, wenn er nicht am Ende des Abends mit seinen schmierigen Händen einer Schönheit eine Krone aufsetzen kann. Hier müsste es von Zusagen wimmeln. Hunderte, ja Tausende Studentinnen und kaum eine will ›Barbara, die Erste‹ werden.« Seine Gedanken kreisten um das am Horizont aufziehende große Scheitern.

Wenn Bach etwas anpackte, dann wurde es auch was, die Misswahl stand. Am Freitag vor dem ersten Advent konnte Günter Klar, diesmal etwas weniger alkoholisiert, einige Dutzend Zuschauer begrüßen und 20 Mädchen und junge Frauen vorstellen, die sich überreden lassen hatten, als Kandidatin aufzutreten.

Unter den Zuschauern saß Karl-Heinz Werner, ehemaliger Wismutkumpel und begeistertes Mitglied im Bergmannsverein. Es hatte viel Überzeugungsarbeit durch die Vereinskameraden gekostet, dass er sich das antat. Schöne junge Frauen anzuschauen, war das eine, das Angenehme, aber die heilige Barbara so zu verunglimpfen, das war ein Sakrileg.

Günter Klar trug eine fantasievolle Bergmannsuniform mit allen Ehrenzeichen eines Steigers und hatte für sein Erscheinen auf der Bühne das Steigerlied einspielen lassen. Karl-Heinz kippte den Krug Bier in einem Zug hinunter. »Das durfte alles nicht wahr sein!«, dachte er.

Die potenziellen Missen reihten sich vor der Jury auf. Sie trugen schwarze Bikinis mit goldenen Borten und Posamenten, einen Fahrhut und Grubenlampen und hatten, um die Grausamkeit zu vollenden, auch noch ein kleines Arschleder umgebunden.

Zu weihnachtlichen Klängen tippelten die Mädchen über die Bühne und beantworteten mehr oder weniger intelligent Fragen zum Bergbau. Die Juroren durften in den Pausen das eine oder andere der Mädels näher befragen, zumindest wurde das von Günter so genannt. Dass danach einige »ihre Kandidatur zurückzogen« war weniger schlimm. Hauptsache, nach Mitternacht stand Barbara fest.

Karl-Heinz Werner hatte genug gesehen und sich schon vor der Krönung aus der Halle verabschiedet. »Das darf es nicht geben!«, knurrte er. Dieser Klar hatte doch allen Ernstes behauptet, dass Barbara die Bergparade anführen würde. »Nur über meine Leiche!«, brummte Karl-Heinz.

Am Bergmannstammtisch wurde er bereits sehnsüchtig erwartet. Nicht nur seine Vereinskollegen harrten des Berichtes, auch Freunde aus anderen Vereinen hatten sich dazu gesellt. Karl-Heinz kippte drei Schnäpse und ließ dann alle an seinen Erlebnissen teilhaben.

»Nun, das geht überhaupt nicht. Unser Habit ist nicht irgendeine Spaßuniform, das ist gelebte Tradition! Barbara, unsere Schutzheilige, werden wir dieses Mal beschützen!« Bernd Pastor erhob sich. »Auf Barbara!«

»Auf Barbara!«, antworteten die anderen und spülten ihren Frust hinunter.

Die Nacht nach der Wahl war kurz, und Günter Klar machte seinem Namen keine Ehre. Er torkelte, gestützt von der Drittplatzierten und Bach, zu seinem Wagen. »Wir fahren jetzt in meine Suite und genießen dann die Nacht. Du wirst schon sehen, Süße!«

Bach verstaute seinen Chef im Fond des in die Jahre gekommenen Mercedes und sagte zur Süßen: »Mädel, nimm die Beine unter die Arme und geh nach Hause.«

»Aber, er …« »Glaub mir, es ist besser für dich. Geh!«

Die Nacht verbrachten Klar und Bach nicht in der Suite, ihrem Pensionszimmer, sondern erst einmal im Auto. Jemand hatte alle vier Reifen zerstochen, aber keiner der beiden Notdienste kam.

Die Bergbrüder um Karl-Heinz Werner überlegten, wie der Auftritt von Barbara unter allen Umständen zu verhindern sei. »Das Mädel kann nichts dafür, die hat keine Ahnung, was sie da anstellt, der Klar aber …«

»Wir haben eine Woche, um diesen Spuk zu verhindern. Eine Woche!«

»Der Vorsitzende vom Landesverband hat den Meldeschluss schon so gelegt, dass sie nicht mehr teilnehmen können.«

»Der hat aber der Kleinen hoch und heilig versprochen, dass sie vorne weg marschiert. Der soll ihr sogar ein Habit anfertigen lassen.«

»Ein Habit, und wie soll das aussehen? Sag nichts, hier muss eine Lösung her. Auf Barbara!«

»Auf Barbara!«

Gegen 15 Uhr, zwei Stunden vor Beginn der Bergparade, hüpften, der Kälte trotzend, drei leicht bekleidete Damen zu Klängen von Bergmärschen auf der Bühne des Christmarktes herum. Publikum hatten sie wenig, wer sah, was da ablief, ging umgehend weiter. Günter Klar stand in seinem »Habit« am Mikrofon und kündigte unter Trommelwirbel Barbara an. Kaum jemand nahm Notiz davon. Entweder wollte man einen Platz in einem warmen Café oder suchte sich ein gutes Plätzchen für die Parade.

Mit dem Glockenschlag um 17 Uhr marschierten die Bergmannsvereine in Richtung Albertpark. Eine dicke Schneedecke dämpfte die Schritte, leichter Schneefall sorgte zusammen mit den zahlreichen Fackeln für die weihnachtliche Stimmung. Der Zug bewegte sich entlang des Parks zum Schloss, wo die Zuschauer der Aufwartung der Bergleute gespannt entgegensahen. Karl-Heinz Werner trug eine der Fackeln und hielt Ausschau nach Barbara und ihrem Anhang.

Da standen sie, Barbara mit einem Umhang und Günter Klar in seiner Spaßuniform. Ein Junge zog am Stiel der Barte und fragte: »Aus welchem Revier bist'n du? Deine Uniform hab ich noch gar nicht gesehen!«

»Aus dem Ruhrgebiet. Und nimm die Finger von meiner Axt!« Karl-Heinz Werner hatte Klar entdeckt.

Bernd Pastor marschierte heute aus gesundheitlichen Gründen nicht mit. Er stand in der Nähe vom falschen Bergmann. Trotz der Aufregung um Barbara ergriff ihn wie immer die heilige Ehrfurcht, als das Steigerlied erklang und alle Bergleute und Besucher gemeinsam sangen.

Jetzt musste alles schnell gehen. Bernd steckte dem Jungen einen Zehner zu: »Beschäftige den mal noch ein paar Minuten!«, und zeigte auf Klar. Dann ging er zur falschen Barbara: »Guten Abend! Ich soll Sie zu Ihrem Auftritt geleiten. Folgen Sie mir bitte!«

»Aber, Günter …«

»Günter brauchen wir erst später. Sie sollen der strahlende Höhepunkt sein, dazu werden Sie noch einmal von unserer Stylistin zurechtgemacht.«

»Oh, das ist gut, der Schnee …« Bernd hörte das muntere Geplapper nicht und konzentrierte sich auf den Weg.

Bei der Stylistin angekommen, blickte diese verzweifelt auf Barbara und schüttelte den Kopf.

»Das dauert, bis ich das wieder hinbekomme. Ein Gläschen für die Wartezeit!«

»Oh, gerne!« Bernd und die Stylistin, Karl-Heinz' Gattin, beobachteten die junge Frau nach dem Gläschen Sekt ganz genau. Sie hatten sie in einen thronähnlichen Stuhl mit roter Samtdecke gesetzt. Sie sah die beiden fragend an, langsam begannen ihre Lider zu flattern und ihr Kopf rutschte auf die Seite. »Das Zeug wirkt wirklich schnell. Und dabei habe ich die niedrige Dosierung genommen.«

»Ich will gar nicht wissen, woher du das hast. Das sind doch K.-o.-Tropfen?«

»Was denkst du denn? Na klar. Wir wollten sie doch nicht umbringen.«

»Sie nicht …« Die beiden schlugen die Decke vorsichtig um sie, Bernd schob behutsam den Rollstuhl mit der schlafenden jungen Frau zum Hintereingang des Schlosses. Bereitwillig machten ihm die Zuschauer Platz, wobei mancher ihn mitfühlend ansah.

Günter Klar wurde den neugierigen Jungen, der alles besser wusste, fast nicht los. Erst, als der Zug sich wieder in Bewegung setzte, merkte er, dass seine Barbara weg war. »Dusseliges Weib, ich hab gesagt, sie soll stehen bleiben.«

Er lief den Zug entlang und suchte. Nichts zu sehen. Auf dem Christmarkt war fast kein Durchkommen möglich. Die Zuschauer standen dicht gedrängt an der Strecke und gaben nur widerwillig den Weg frei. Immer, wenn er den Umhang von Barbara sah und in die Richtung lief, war dieser auch schon wieder weg.

Kurz vor dem Eingang in die Petrikirche konnte er den Umhang greifen und zog an ihm. »Bleib doch mal stehen, willst du denn alles ruinieren?« Das zum Umhang gehörende Gesicht war nicht Barbaras. »Woher haben Sie diesen Umhang?«

»Das ist meiner! Der Umhang der Schneeberger Marketenderin, lassen Sie los, ich muss auf meinen Platz!« Die Frau riss sich los, ein Security-Mitarbeiter wurde auf Klar aufmerksam und ging auf ihn zu.

»Was ist hier los? Kommen Sie mit. Zu welchem Verein gehören Sie?«

»Lassen Sie mich in Ruhe. Ich hatte mich getäuscht. Ich suche jemanden!«

»So so, Sie suchen jemand. Sie kommen jetzt erst mal mit, bevor Sie noch mehr Frauen belästigen!«

»Ich habe niemanden …«

»Brauchst du Hilfe?« Zwei weitere Sicherheitskräfte kamen auf Günter Klar zu, hakten ihn unter und führten ihn aus der Parade in Richtung Park.

Klar begann zu brüllen, dass er Barbara suche, die nur durch ihn erst zu dem geworden sei, was sie jetzt ist, und er gerichtliche Schritte einleiten werde. Die drei führten ihn immer weiter weg von der Menschenmenge, und sein Geschrei wurde heiser, seine Stimme überschlug sich und er hustete.

Im Albertpark ließen sie ihn unvermittelt los, einer trat ihm ins Gesäß und fauchte ihn an: »Verschwinde aus Freiberg, solange du noch kannst. Solche wie dich brauchen wir hier nicht. Ihr ruiniert alles. Hau ab!«

Klar ließ sich das nicht zweimal sagen und rannte los zum Parkplatz, nicht ohne weiter über das undankbare Volk zu schimpfen und zu krakeelen. Mehr als einmal verlor er unterwegs den Halt, glitt aus und fiel in den Schnee.

Als er an seinem Wagen angekommen war, griff er in die Hosentasche »Wenigstens ist der Schlüssel da!« Er öffnete den Wagen und spürte gleichzeitig einen Stich im Oberschenkel. Hastig drehte er sich um. Da war niemand. Er griff an die langsam taub werdende Stelle und fingerte einen Pfeil heraus. »Was ist …« Den Satz konnte er nicht mehr beenden. Er rutschte am Kotflügel entlang zu Boden. Fragend blickte er nach oben. Als sein Kopf auf dem Schnee aufkam, hörte er ein Geräusch, an das sich ein furchtbares Pfeifen anschloss.

»Meinst du, das hat gereicht?«

»Aber sicher, das ist mindestens eine Pferdedosis gewesen.« Karl-Heinz Werner nahm den Pfeil an sich.

»Was machst du damit?«

»Musst du nicht wissen.«

»Und jetzt?«

»Wenn wir uns beeilen, schaffen wir es noch zur Mettenschicht in die Kirche. Komm!«

Nach der Bergparade leerte sich der Parkplatz. Noch drei Wagen standen eingepackt in eine dicke Schneedecke da. Zwei Ordner schauten nach den Nummernschildern, um auf dem Christmarkt die Besitzer ausrufen zu lassen. »Reifen zerstochen, jetzt geht das auch hier los.«

»Hey, schau mal, der ist nicht mal mehr reingekommen, war wohl ganz schön besoffen.«

»Der ist ja komplett eingeschneit.« Einer der Ordner beugte sich herunter und stieß Günter Klar mit dem Finger an den Arm, legte den Finger an die Halsschlagader. »Der ist tot, erfroren. Ruf die Polizei!«

Durch den Albertpark zogen einige Mitglieder von Bergmannsvereinen eingehakt und sich stützend. Alle paar Meter blieben sie stehen, »Auf Barbara!«

»Auf Barbara!«

10

DAS GESCHENK

GUNNAR SCHUBERTH (THUM)

Weihnachten ist nicht mehr das, was es einmal war. Und ich glaube, das kann man auch von den Geistern der Weihnacht sagen. Keine Ahnung, woran das liegt. Vielleicht sind es einfach die neuen Zeiten. Und dass die Geister ausgerechnet mir erschienen sind, ist ein schlechter Witz. Wo Weihnachten für mich so überflüssig ist wie ein Pickel am Hintern.

Als ich die Geister traf, erwachte ich mitten in der Nacht auf einem verlassenen Weihnachtsmarkt irgendwo im Erzgebirge. Genauer gesagt, in Thum, aber das habe ich erst später erfahren.

In dem Städtchen war ein Schneetreiben, so dicht, dass die Luft zu einer nassen Suppe aus Nebel und Schnee wurde. Ich hatte keine Ahnung, wie ich hierhergekommen war, ich fühlte mich, als wirbelte in meinem Kopf ein Ventilator, und die letzten Tage waren wie ein schwarzes Loch in meinem Gedächtnis.

Das Letzte, woran ich mich erinnern konnte, war das grinsende Gesicht von Spielhallen-Joe. Wir waren in einer seiner schäbigen Spielhallen gewesen, um ein Bier zu trinken. Und dann hatte Joe wieder davon angefangen, dass ich ihm Geld schulde. Und dass er sich sein Geld holen würde, wenn ich nicht bezahle. Ich hatte ihm ins Gesicht gelacht und noch ein Bier bestellt. Der alte Joe kann mich mal.

An der Hüfte spürte ich einen stechenden Schmerz, mein Hals war trocken, ich hatte das Gefühl, als würde mir gleich der Schädel platzen.

Die Schneeflocken wirbelten in mein Gesicht, ich lag hinter einer Weihnachtsbude und es war tiefste Nacht. Vor mir war eine Straße und dahinter eine graue Häuserwand. Kein Mensch war zu sehen, der Markt war leer, wie ein Weihnachtsmarkt mitten in der Nacht nur sein konnte.

Killer Karl, er ist hinter mir her, das war der erste Gedanke in meinem Kopf. Keine Ahnung, woher ich das wusste, wo doch sonst nur Leere war, was die letzten Tage anging. Aber ich wusste es einfach, dass Karl, der Leibwächter von Spielhallen-Joe, in der Nähe sein musste. Und mich suchte.

Und dann sah ich den blöden Penner vor mir. Ein Räuchermann. Eine riesige Weihnachtspuppe mit einem verfilzten grauen Bart stand vor mir. In der Hand hielt er einen großen Ast.

Eine Halluzination, dachte ich sofort. Und vielleicht war es das auch, vielleicht hatte ich vor Tagen angefangen zu träumen und träumte immer noch, und der Traum wurde immer schlimmer.

Auf jeden Fall beugte sich diese seltsame Gestalt über mich. Der Typ schüttelte den Kopf, dann richtete er seinen Blick nach oben: »Warum?«, brüllte er in die Nacht. »Warum? Warum ausgerechnet dieser Blödmann? Warum ausgerechnet Mark Borok?«

Woher kannte der Typ meinen Namen? Und wie kam er dazu, mich einen Blödmann zu nennen?

»Hau ab, du Idiot«, sagte ich. Meine Stimme klang rau und mein Hals schmerzte. Der blöde Räuchermann holte mit seinem Ast aus und schlug mir auf den Kopf, dass ich glaubte, mein Gehirn würde aus dem Schädel springen.

Wieder richtete er seinen Blick nach oben und schrie: »Warum ausgerechnet Mark Borok?«

»Was soll das?«, raunzte ich ihn an. »Wer bist du blöde Holznase überhaupt?«

»Blöde Holznase?« Wieder schlug der Typ mit seinem Ast auf mich ein.

»Ich werde dich Respekt lehren. Ich bin der Geist der vergangenen Weihnacht und bin hier, um dir die Augen zu öffnen, um dir zu zeigen, was für ein niederträchtiges und versoffenes Nichts du bist. Ein Nichts von einem Nichts, nichtswürdig.«

Hatte ich schon erwähnt, dass mein Kopf hämmerte wie ein Schlagbohrer?

»Jetzt übertreib mal nicht so.« Ich spuckte Blut in den Schnee.

»Warum hat man mich bloß zu dir geschickt? Ich habe gesagt, das ist eine aussichtslose Mission, der Typ ist ein Dummkopf, ein Schwachkopf. Die von oben haben dich verteidigt. Weil du dieses Weihnachten ein so großes Geschenk gemacht hast. Aber was ist das für ein Geschenk, das man nicht mit reinem Herzen macht? Es bedeutet nichts.«

Ein Geschenk? Wovon redete der Typ?

Der Räuchermann hörte einfach nicht auf zu schreien. »Wie kann ich so einem Schwachkopf Weihnachten bringen? Dieses Fest, wenn den Menschen das Herz aufgeht, wenn sich in manches Auge eine Träne schleicht, wenn selbst der hartherzigste Mensch einen Anflug von Gefühl hat, da bleibt Mark Borok kalt wie ein Eisblock.«

Zweimal schlug mir der Typ mit seinem Ast gegen die Schulter, es schmerzte, wie wenn man ein Brenneisen in die Haut drückt. Ich musste mich zusammenreißen, um nicht zu schreien. Und irgendwo ganz in der Nähe trieb sich Killer Karl herum. Warum nur ließ mich dieser blöde Geist nicht in Ruhe?

»Wo warst du letztes Jahr zu Weihnachten? Antworte mir.«

Ich erinnerte mich. Ich hatte gearbeitet. Ich bin Profieinbrecher. Weihnachten ist der ideale Zeitpunkt, um einzubrechen. Ein einfacher Job.

»Du hast gearbeitet, am Heiligen Tag hast du gearbeitet. Es ist unverzeihlich«, schrie er.

»Aber dieses Weihnachten wird anders sein. Zuerst wirst du lernen, ein Weihnachtslied zu singen. Wir werden gleich anfangen zu üben.«

Der Geist fing an zu singen.

»Heut' is der heil'ge Ohmd ihr Mäd
kummt rei, mer gießen Blei.«

Der Räuchermann hatte die Augen weit offen, brüllte die Verse in den schwarzen Himmel.

»Fritz, laf när glei zr Hannelies
se muß beizeiten rei.
Trara ti rallala trara ti rallala tralala tirallala tirallala lala«

Der Geist sang so schlecht, dass es in den Knochen weh tat. Auf einmal hörte er auf und blickte mich wütend an.

»Warum singst du nicht mit? Das ist das Heiligohmdlied. Los, wir singen das ganze Lied. Alle 156 Strophen.«

Der Räuchermann grölte weiter:

»Mer hahm d'n Lächter a'gebrannt;
satt nauf, ihr Mäd, die Pracht.
Do drühm bei euch, is a recht fei,
ihr hot 'ne Sau geschlacht.«

Der Geist sang so schlecht, dass es in den Knochen wehtat. Auf einmal ertönte der Glockenschlag einer Kirche. Wie auf ein Signal hörte der Geist auf. Er horchte. Als der letzte Glockenton verklang, verschwand er. Er war einfach weg, wie ausgelöscht. Ich starrte auf die leere Stelle.

Ich hatte keine Zeit, mir über den komischen Geist Gedanken zu machen. Killer Karl musste noch irgendwo in der Nähe sein, ich musste ihn unschädlich machen, bevor er mich erwischte.

Das Schneetreiben war stärker geworden. Ich schloss die Augen, für einen kurzen Augenblick tauchten Bilder auf, unklare Erinnerungen. Ich sah mich in einem kahlen Zimmer, ein Krankenhaus, ich hatte einen Verband um den Bauch, vielleicht eine Schussverletzung. Irgendwie war ich aus dem Raum gekommen, war durch weiße Gänge geflohen und dann aus dem Gebäude. Dann war wieder ein Riss, und dann erinnerte ich mich, dass ich mit einem Auto gefahren war, da war Schneetreiben, ich hatte die Kontrolle über das Auto verloren. Ein Unfall, aber irgendwie war ich aus dem Auto gekommen, und das nächste Bild war die graue Häuserwand, auf die ich immer noch starrte.

Hatte ich geschlafen? Auf einmal hörte ich eine Stimme.

»Mark, hörst du mich?«

Ich war sofort hellwach. Killer Karl. Er musste ganz in der Nähe sein, irgendwo hinter einer Hütte, die in einer Reihe neben dem großen Weihnachtsbaum standen.

»Mark, ich weiß, dass du hier bist. Ich will dich nicht umbringen, darum geht es nicht.«

Ich rührte mich nicht, wagte kaum zu atmen.

»Ich soll dich nur zurückbringen. Joe will dich sprechen. Er will nicht, dass du irgendwelche Dummheiten machst. Er hätte dich auch umbringen können, aber Joe ist ein Ehrenmann. Er hat sich nur genommen, was ihm zustand. Jetzt seid ihr quitt.«

Ich hatte keinen blassen Schimmer, wovon Karl redete. Irgendwo in den Häusern machte jemand Licht an, ein Fenster wurde hell, ein Schatten bewegte sich, dann wurde es wieder dunkel.

»Mann, wie du das geschafft hast abzuhauen, und dann auch noch ein Auto zu klauen, in deinem Zustand, das ist echt 'ne Nummer, du bist ein verdammter Hund, weißt du das?«

Was sollte das? Machte Karl Small Talk, um mich abzulenken?

Ich wartete, doch es kam nichts mehr von Karl. Kam er näher, schlich er sich an mich heran? Ich wusste es nicht.

In diesem Moment erschien der zweite Geist. Er stand auf einmal vor mir, als wäre er vom Himmel gefallen, und irgendwie war er das ja auch.

Hatte ich schon erwähnt, dass sich mein Kopf immer noch anfühlte wie ein alter Gummireifen kurz vor dem Zerplatzen?

Der Anblick des zweiten Geistes war so bizarr und unglaublich, dass ich die Augen zweimal fest schloss und wieder öffnete, aber das Bild verschwand nicht. Ein großer Weihnachtsengel, nein, eine aus der Form geratene nackte Kreatur, eine Sumoringerin, die nichts als ein dünnes Hemd anhatte, und deren üppige Schenkel weiß wie Porzellan waren. Die Haare waren blond, das Gesicht breit mit dem penetranten Lächeln eines Weihnachtsengels, in dessen Adern nicht Blut fließt, sondern Schlagsahne und Eierlikör.

Aber das Schlimmste an diesem Fleischberg war die hohe Stimme, so zuckersüß, dass man schon beim Hören Diabetes bekam.

»Du bist Mark Borok, schnucklig siehst du aus«, flötete die Gestalt. Und lächelte und strich sich mit den dicken Fingern über das Haar.

Flirtete die Kuh mit mir?

»Man hat mir so viel von dir erzählt. Dass du ein ganz schlimmer Finger bist, ganz schlimm, oh ja.«

Sie wackelte ein wenig hin und her, als tanzte sie für ein Ballett.

»Halleluja«, rief sie plötzlich. »Halleluja. Was für eine wunderbare Nacht ist heute. Mark Borok, dieser böse, böse Mensch, er hat einem anderen Menschen ein Geschenk gemacht, er hat einem anderen eine große, große Freude gemacht.«

Sie klatschte in die Hände.

»Ein Geschenk, ein wunderbares Geschenk, und deswegen vergessen wir all die schlimmen Dinge, die man über dich sagt.«

»Hau ab«, sagte ich. »Lass mich in Ruhe.«

Ich hätte die Klappe halten sollen. In diesem Moment hörte ich wieder Killer Karl.

»Mark, ich komme jetzt. Ich habe keine Waffe.«

Ich hörte Schritte im Schnee. Der Geist sah mich an, lächelte wieder wie ein Grinsaffe, und ich wartete.

Killer Karl kam um die Ecke der Hütte und stand vor mir. Von wegen, ich habe keine Waffe. Mit einem Messer in der Hand stürzte er sich auf mich.

Ich war immer noch benebelt. Hatte ich schon erwähnt, dass mein Kopf dröhnte wie ein Laubbläser? Irgendwie schaffte ich es, mich auf dem Boden zu drehen und Karl mit meinem Fuß direkt aufs Knie zu treffen.

Killer Karl sackte zu Boden, ich stürzte mich auf ihn, schlug ihm das Messer aus der Hand. Er schlug mit seinen Händen gegen meine Arme, doch ich hatte ihn. Meine Finger würgten seinen Hals, ich drückte zu, er oder ich, so war es schon immer gewesen, von der Steinzeit bis heute. Karl röchelte, gleich würde er die Engel sehen.

Da war auf einmal der Geist vor mir.

»Nein«, sagte er. Seine Stimme war fest und das Gesicht war ernst.

»Nein«, sagte er. Und ich ließ Karl los.

Karl blieb röchelnd liegen, und ich robbte weg von ihm, schaffte es irgendwie aufzustehen und taumelte los. Und spürte, wie der Geist neben mir lief, als wollte er mich stützen und mir helfen, dass es weiterging, immer weiterging.

Dann fiel ich in den Schnee. Ich lag auf dem Rücken und die wirbelnden Flocken stachen in mein Gesicht. Der Schmerz war einen Moment übergroß, dann wurde es ruhig um mich. Es ging zu Ende – und es war gut so.

Jemand patschte in mein Gesicht.

»Nicht schlafen, nicht schlafen, ich bin der Geist der diesjährigen Weihnacht und lasse nicht zu, dass du hier einschläfst. Dein selbstloses Geschenk hat Menschen den Glauben an Weihnachten zurückgegeben. Halleluja.«

»Was für ein Geschenk?«, stöhnte ich.

»Das ist das Beste, dass du nicht weißt, was du Gutes getan hast. Ich sage dir: Wenn du es erfährst, dann wird Freude dein Herz erfüllen.«

Warum verschwand der Geist nicht? Ich hatte geglaubt, alles wäre vorbei. Ich hatte ein Singen gehört, so schön, dass es mich ganz ruhig machte. Ich war zu allem bereit.

»Nicht schlafen, nicht schlafen.« Der Geist schüttelte mich. Das Singen verschwand, und da war etwas anderes. Ein Blöken, ein Bellen, ein Gackern. Und auf einmal erinnerte ich mich, dass ich schon einmal hier gewesen war. Thum hat einen kleinen Zoo mitten in der Stadt. Vor Jahren hatte ich ihn mit einer Freundin besucht. Das Bild einer Schneeeule, die mich ruhig ansah, stand auf einmal von meinen Augen.

Wieder schüttelte mich der Geist.

»Lass mich in Ruhe«, sagte ich.

»Gut, dann muss ich es tun.«

Der Geist spitzte seinen Mund. Was wollte er?

»Wie romantisch«, flötete er, »wie im Märchen.«

Der Geist schloss die Augen, machte wieder einen Kussmund. Er kam näher, sein Mund war riesig, und dann küsste er mich.

Ein Schmatzen, das knallte wie ein Pistolenschuss. Der Geist stöhnte, seine fette Zunge verteilte seinen Speichelschleim in meinen Mund.

Einen Moment war es dunkel, dann war es vorbei.

Ich richtete mich auf, der Geist war verschwunden. Sein Kuss hatte mich ins Leben zurückgeholt, und ich stand auf, taumelte weiter. Und dann war da jemand vor mir. War das wieder ein Geist? Ich erinnerte mich, dass es immer auch den dritten Geist der zukünftigen Weihnacht gab. Es war egal, schlimmer als der Weihnachtsengel konnte er nicht sein.

Es war kein Geist. Eine alte Frau, die mitten in der Nacht ihren kleinen Hund ausführte. Die mich rettete. Die einen Krankenwagen rief, der mich in ein Klinikum brachte. Weg von dem Weihnachtsmarkt, von den Geistern der Weihnacht, von Killer Karl. Es war noch nicht vorbei.

Ich erwachte im Krankenhaus. Es war mühsam, die Augen zu öffnen. Eine Ärztin beugte sich über mich. Sie war hübsch, es war gut, nach den Geistern der Weihnacht eine Frau aus Fleisch und Blut zu sehen.

Da war immer noch ein Nebel in meinem Kopf, und das, was die Ärztin sagte, klang weit entfernt, als hätten sich die Worte auf dem Weg von ihr zu mir verloren und müssten sich wieder zusammensetzen.

»Sie hätten niemals so früh das Krankenhaus verlassen dürfen. Es ist ein Wahnsinn nach so einer Operation.«

Das waren die ersten Worte, die ich verstand.

»Operation, was für eine Operation?«

Ich sah das Unverständnis in ihrem Gesicht. »Ihnen wurde eine Niere entnommen.«

Was die Ärztin noch sagte, ich weiß es nicht mehr. Auf einmal hatte alles einen Sinn. Das Geschenk, von dem die Geister gesprochen hatten. Das Gesicht von Spielhallen-Joe. Die Gerüchte, dass er auch mit Organhandel zu tun hatte, dass es eine geheime Klinik in der Nähe von Chemnitz gab.

Sie hatten mich unter Drogen gesetzt. Als ich mit Joe ein Bier getrunken hatte. Alles drehte sich, ein Schwindel erfasste mich, das Gesicht der Ärztin verschwamm.

Ich glaubte, den Geist der Weihnacht zu hören. »Halleluja«, hatte er gerufen. »Ich sage dir: Wenn du es erfährst, dann wird Freude dein Herz erfüllen.«

Ich verspürte keine Freude. Nur Wut. Spielhallen-Joe wird für dieses Geschenk büßen, das verspreche ich.

11

DIE HÜTER VON THARANDT

CHRISTOPH KRUMBIEGEL (THARANDT)

Nicht hineinhören, in dieses Nichts. Nur nicht hineinhören! Misslang es Bastian, sich von der Stille abzulenken, so ging sie in ein langsam anschwellendes Rauschen über, und gemeinsam mit diesem erschienen ihm dann auch die eigenen Gedanken unerträglich laut – so laut, dass er nicht mit Bestimmtheit hätte sagen können, ob er sie tatsächlich sprach oder nur dachte. Dabei war ihm dieser schleichende Wahnsinn durchaus verständlich. Der Raum erschien fast quadratisch, fünf Meter auf viereinhalb, gut zwei Meter hoch, nicht so feucht, wie man es von einem Keller erwartet hätte. Es existierten zwei Möbel – das Feldbett, ein älteres Modell, mit grobem stahlharten Stoff bespannt, und der Zinkeimer als Toilette. Bastian brauchte ihn kaum, das wenige, was sie ihm bereitstellten, ging irgendwo in seinem Körper verloren. In eine der beiden kürzeren Wände war eine schwere Metalltür eingelassen, daneben auf halber Höhe eine nicht minder massive Klappe. Gegenüber, knapp unter der Decke, fand sich der Auslass eines Schachtes, zwei Hände breit, vergittert, dunkel und kühl atmend. Eine Bunkerleuchte tauchte den Raum in ein mattes rotes Licht, das niemals erlosch. Die Tage zeigten sich bereits verschwommen, vielleicht waren es drei. Dann wäre heute Montag. Am Freitag hatte Bastian noch mit der Seminargruppe am Glühweinstand vor dem Forst-Institut gefeiert. Mit einer Wiederholungsrunde in der Botanik-Prüfung hatte er gerechnet, mit dem Verpassen des Busses Viertel vor acht und damit, dass Kati aus dem zweiten Studienjahr vielleicht doch nicht anbeißen würde. Aber die jetzige Aussicht auf einen frühen Tod, die kam für Bastian dann doch einigermaßen überraschend.

Bereits seit der allerersten Pirsch mit seinem Großvater hatte für ihn außer Frage gestanden, dass er sein Berufsleben dem Wald widmen würde. Und ihre Zeit an der Forstlichen Hochschule begann wie im Bilderbuch. Schon in den ersten Tagen hatten die Jungs zusammengefunden – Olli, der selbst jetzt im Advent noch Shorts trug, Luca aus Wolkenstein, Richard, der Waffennarr, und Bastian selbst. Die vier teilten vom Start weg Leidenschaft und Qual durch alle Fachgebiete, und Bastian war gleichzeitig Lucas Mitbewohner in ihrer Wohngemeinschaft am Opitzer Weg. Letzterer brachte ein profundes Wissen über die Geschichte der Fakultät mit, Bastian die Begeisterung für die Natur und Richard konnte den Kurs für den Jagdschein kaum erwarten.

Sie hatten eine gute Zeit, früh fuhren sie gemeinsam in die Stadt, abends trafen sie sich auf ein Bier, büffelten für die Klausuren oder versuchten beides gleichzeitig, wobei meist das Bier gewann. Als der Herbst volle Fahrt aufgenommen hatte, veränderte sich Lucas Verhalten. Seit einigen Wochen war er häufig länger in der Uni geblieben, hatte in der Bibliothek recherchiert oder das Gespräch mit Dozenten gesucht. Ständig machte er sich irgendwelche Notizen und ließ immer öfter gemeinsame Verabredungen platzen oder entschuldigte sich nur kurz per Handy. Und seit letztem Dienstag war Luca wie vom Erdboden verschluckt.

Abseits der quälenden Stille gab es nur drei Geräusche in Bastians Kerker. Irgendwo über ihm rauschte ab und an Wasser schwallartig durch ein Rohr, vorhin hatte der Luftschacht vom Wind aufgeheult, und jeweils im Abstand von einigen Stunden klirrte hinter der Klappe in der Wand ein Schlüssel und eine dumpfe Stimme rief das altmodische Wort »Speisung«. Danach fanden sich im Fach der Durchreiche zwei mit Wurstbroten belegte Servietten und ein Pappbecher mit lauwarmem Tee. Aus genau so einem Becher hatten sie am Freitag ihren Glühwein geschlürft. Überhaupt waren das Bastians letzte Erinnerungen an die Außenwelt, der bunte Becher mit den Rentieren, die Musik aus einem alten Rekorder auf der Theke und ein dumpfer Kopfschmerz nach der ersten Portion des Jägerpunsches.

Anfangs hatten sie Lucas Fehlen nicht übermäßig ernst genommen. Olli vermutete, er sei wegen eines Familienfestes nach Hause gefahren, an dessen Erwähnung er sich zu erinnern glaubte. Als Lucas Handy aber am Donnerstag noch immer ausgeschaltet blieb und er das traditionsreiche Aufstellen des Uni-Weihnachtsbaumes vor dem ersten Advent versäumte, hatte sich Bastian an die Institutsleitung gewandt. Dort wurde sein Hinweis zwar ernst genommen, aber das Sekretariat erklärte auch, dass es für eine Vermisstenanzeige zu früh sei und diese ohnehin erst bei einer begründet vermuteten Gefahr zu veranlassen wäre. Man bat ihn darum, seine Telefonnummer zu hinterlassen und neue Erkenntnisse unverzüglich mitzuteilen. Dann hatte ihm der Sekretariatsleiter markig die Hand geschüttelt und »Weidmanns Heil« gewünscht.

Bastian war im Dämmerlicht bäuchlings auf dem Feldbett eingenickt und schrak auf, als das Schloss der Metalltüre zweimal gesperrt wurde. Sie öffnete sich, und in dem für ihn nun gleißenden Licht erkannte er die Umrisse einer Person, schwere Stiefel, eine geschulterte Waffe und einen Hut mit prächtigem Saubart. Mit militärisch anmutenden Schritten durchmaß der Mann den Raum, klappte seinen Gehstock zu einem Jägerstuhl und nahm gegenüber von Bastian, der sich erschrocken aufgerichtet hatte, Platz. Langsam und bedächtig streifte der Gast seine braunledernen Handschuhe ab, glättete sie sorgfältig auf seinem Oberschenkel, schob zwei Patronen in seine Doppelbüchse und legte sie mit gespanntem Hahn quer über die Beine.

»Sie sind Herr Bastian Seltmann, geboren am 16. März 99 in Rodewisch? Mein Name ist Hans-Martin von Becher, und ich habe den Auftrag, Sie heute zu befragen. Sie wissen, warum Sie hier sind?« Herr von Becher sprach mit einer ruhigen und samtigen Stimme, verstand es aber dennoch oder gerade dadurch, sie auch bedrohlich wirken zu lassen.

»Nein, Herr von Becher, ich weiß wirklich nicht, weshalb ich hier bin. Ich weiß ja nicht einmal, wo dieses Hier überhaupt ist.« Bastians Gegenüber räusperte sich unwirsch.

»Nun, wir befinden uns im Altbau der Akademie, im Unterkeller. Zu früherer Zeit wurden solche Unterredungen in einer versteckten Dachkammer des Schweizerhauses geführt. Aber jener Notbehelf hatte einige Nachteile. Sie waren vor allem akustischer Natur.« Von Becher streichelte versonnen über den Lauf seines Gewehres. »Noch vor Kanzler Bismarcks Zeit wurden diese Räumlichkeiten hier angelegt, ein kleines Kellersystem, drei Klafter unter dem offiziellen und für Außenstehende unauffindbar. Es war eine enorme bauliche Leistung, es trotz der tiefen Lage trocken zu halten. Wir wollen ja nicht, dass sich unsere Gäste den Katarrh holen.« Wie zur Untermalung hustete er kurz in die Armbeuge seiner leinenen Joppe. »Aber Sie haben meine Frage mitnichten verstanden, Herr Seltmann. Sie sind hier – Sie sind an der Forstlichen Hochschule, weil Sie den Herzschlag der Bäume spüren, seit Sie Ihr Großvater auf seine Streifzüge mitnahm. Sie sind hier, weil Sie wissen, dass diese grandiose Natur direkt vor unseren Füßen eine Macht und Faszination auf Sie ausübt, die Sie Ihren Freunden vielleicht nur zum Teil erklären können. Sie sind hier, weil Sie den Wald zum Atmen brauchen, den Wald und das Land. Und jetzt sage ich Ihnen: Dieser Wald wird auch Sie bitter brauchen, Bastian Seltmann, dieser Wald und dieses Land.« Von Bechers Alter war nicht leicht zu schätzen. Er trug einen Kaiser-Wilhelm-Bart und die zeitlose Jagduniform, aber mit etwas Wohlwollen konnte er auch grade erst um die 50 liegen. Bastian war nicht mehr so überzeugt davon, dass er gleich erschossen werden würde. Viel mehr wirkte die Situation auf ihn eher so, als wolle von Becher ihn gerade für den Ersten Weltkrieg anwerben. Der Freiherr strich sich über den Bart und fuhr fort. »Ihre Haltung entspricht dem Geiste Heinrich Cottas, Herr Seltmann. Das war bereits bei der Vorprüfung Ihrer Person offensichtlich. Der Gründer dieser Fakultät hatte hehre Ziele und einen unerschütterlichen Glauben an die Kraft der Natur. Er kämpfte wie ein Löwe für diese Lehranstalt. Unbeirrbar und zäh ertrotzte er beim sächsischen Staatsapparat ihren Sitz in Tharandt. Er tat es nicht für sich, er tat es für uns alle! Was wissen Sie über die Historie, Seltmann?« Von Becher klopfte herausfordernd auf den Schaft seiner Büchse.

Bastian räusperte sich. »Luca Metzner, mein Bekannter, hat mir eine Menge davon …«

Der Freiherr schnitt Bastian mit einer unmissverständlichen Handbewegung das Wort ab. »Ihr sogenannter Bekannter sitzt zwei Keller weiter und puhlt sich Schrotkugeln aus dem Fuß. War Ihnen bekannt, dass er sein Stipendium sozusagen vom bundesrepublikanischen Verfassungsschutz erhält? Was glauben Sie, wer uns alles auf den Fersen zu sein glaubt!« Bastian schüttelte etwas ungläubig und verblüfft zugleich den Kopf. »Ihrem Freund ging es nie um unsere Sache, um die Lehre und die Tradition. Er ist ein Söldner, ein Spitzel.« Ein gedämpfter Knall untermalte von Bechers Entrüstung, die Wände wackelten ein wenig, von der Decke rieselte Putz auf die Jagduniform des Freiherrs. Er hielt kurz inne und lauschte nach. Dann fuhr er fort.

»Hat Ihr Großvater Ihnen gegenüber jemals die Hüter von Tharandt oder Cottas Jäger erwähnt?«

Bastian hielt, bereits verneinen wollend, inne. »Ja, doch – auf dem Weg zum Ansitz hat er mir manchmal eine Sage erzählt. Darin mussten die Hüter von Tharandt Recht und Ordnung im Lande verteidigen und die Feinde des Königs richten. Ich kann mich erinnern.«

Der Freiherr nickte gütig. »Das glaube ich gern. Ihr Großvater war einer der besten von uns. Und ich hege keinerlei Zweifel daran, dass Sie dieses Erbe würdig fortführen werden. Diese Erzählung war ein sehr geschickt gelegter Anker für die wirkliche Geschichte. Sie werden erstaunt sein, wie viel Wahrheit darin steckt.« Von Becher nickte Bastian nun aufmunternd zu und rückte sich nochmals auf dem Jägerstuhl zurecht. »Sicher ist Ihnen bekannt, dass die vormals private Lehranstalt nach den Befreiungskriegen arg in Bedrängnis geriet – Heinrich Cotta sah sein Lebenswerk gefährdet und ersuchte die sächsische Staatsregierung um finanzielle Obhut und einen Übergang des Institutes in die öffentliche Hand. Die zähen Konferenzen zu dieser Sache und die drohende Schließung zwangen ihn schließlich zu sehr delikaten Zugeständnissen. In den Hinterzimmern der Staatskanzlei unterzeichnete er im Mai 1816 einen zusätzlichen geheimen Kontrakt zu den sogenannten Hütern von Tharandt. Darin verpflichtete er sich, aus den Reihen der besten Absolventen in Forst und Jagd eine Art Sonderkommando zu bilden, dessen diskrete Dienste die sächsische Staatsmacht jederzeit in Anspruch nehmen konnte, wenn reguläre Mittel in einer Sache erfolglos geblieben waren. Seit dem Tod des Gründers tragen wir ihm zu Ehren voller Stolz den

Namen Cottas Jäger. Bereits über zwei Jahrhunderte hinweg gelten wir als inoffizieller Garant für die sächsische Staatsräson, als unersetzbare Hilfe für die Wahrung ursächsischer Interessen. Auslandseinsätze sind seltener, aber auch dabei hat unsere Einheit niemals versagt. Wir beschaffen Informationen, bringen Quertreiber zur Vernunft und unterstützen, wenn notwendig, hin und wieder die natürliche Selektion. Durch alle Epochen und Gesellschaftssysteme hindurch hat die Landesführung unsere Dienste nur zu gern in Anspruch genommen. Im Gegenzug blieb die Fakultät innerhalb tolerabler Grenzen eigenständig und bekam nunmehr auch die Gelder für alle folgenden Bauten bewilligt. Das führt auch heute noch zu all den Annehmlichkeiten, die Sie als Student genießen dürfen, Fernwärme, topsanierte Gebäude, ausgewogene Kost, Südfrüchte, schnelles Internet – quid pro quo, Herr Seltmann.« Freiherr von Becher hatte sich über die Lobpreisungen ein wenig in Rage geredet. Sein den Hut schmückender Saubart wippte bedrohlich, der Stockstuhl begann, knarrend sein wahres Alter zu verraten. Bastian geriet etwas in Sorge, dass die Büchse doch noch ungewollt Schaden anrichten könne. »Für gewöhnlich rekrutieren wir erst aus den Abschlussklassen, aber bei Ihrem Stammbaum, Herr Seltmann, wäre das wohl ohnehin nur eine Formalität gewesen. Und da kommen solche selbst ernannten Gerechtigkeitsfanatiker wie Ihr Herr Metzner und denken, sie könnten ein historisch so bedeutsames und äußert probates Regulativ des sächsischen Freistaates ausräuchern wie ein Rattennest. Halten Sie sich mal besser an Ihren Freund Richard. Sicher, er war uns am Glühweinstand dabei behilflich, Sie zu betäuben, aber der Junge hat die richtige Einstellung.

Wir mussten ja sicherstellen, dass Sie von diesem Metzner nicht mit hineingezogen werden in solcherlei schädliche und nutzlose Spitzeleien. Dieser Richard, das wird jedenfalls ein ausgezeichneter Jäger, sage ich Ihnen. Wir sind …« Von Becher wurde kurz durch ein Poltern hinter der Stahltür abgelenkt, fuhr aber sogleich geschäftig fort. »Wir sind auf alle Angriffe vorbereitet«, brachte er gerade noch hervor, als ein breitschultriger Mann in einem Pandabärkostüm in den Raum stürmte und ihm ohne viel Federlesen einen Taser an den Hals hielt.

»Alles unter Kontrolle, Herr Seltmann«, brummte der Panda. »Ich bin vom vegetarischen Untergrund. Wir befreien Sie grade!« Bastian und der Bär sahen dem Freiherrn eine Weile beim Zucken zu.

»Wollen Sie die Strompeitsche nicht mal wieder wegnehmen?«, fragte Bastian schließlich vorsichtig.

»Nö«, antwortete der Panda, »macht Spaß. Außerdem hat er es verdient. Kaltblütiger Tiermörder. Sie müssten mal seine Trophäensammlung sehen.«

»Was ist mit meinem Freund in dem anderen Keller?«

Der Panda sah ihn kurz an. »Die Zecke vom Verfassungsschutz? Das sind keine Freunde. Den tasern wir auch gerade. Hat heute keinen guten Tag. Ist wohl in etwas reingetreten.« Zwei weitere Pandas und ein untersetzter Kragenbär kamen hinzu und nahmen Bastian in ihre Obhut. Sie geleiteten ihn durch ein Geflecht von Gängen und Schächten nach oben.

»Sind Sie als allesfressender Kragenbär beim vegetarischen Untergrund nicht fehl am Platz?«, wollte Bastian noch wissen.

»Alles nur Tarnung«, erwiderte der Kragenbär, trat seinen beiden Panda-Kollegen blitzschnell und kräftig zwischen die Hinterbeine und schlug seinen Schützling mit einem routinierten Tatzenhieb bewusstlos.

Die Wetterstation auf dem Nachttisch zeigte eine Schneeflocke und behauptete, es sei Dienstag. Mit einem dumpf hämmernden Kopfschmerz kauerte Bastian schon einige Minuten auf dem Rand des Bettes und versuchte, das sich vor seinen Augen wild drehende Zimmer anzuhalten.

Luca ratterte mit seiner Trolleytasche den Korridor entlang und tauchte grinsend im Türrahmen seines Mitbewohners auf. »Hey Alter, steh auf! Du musst ja am Freitag wild abgestürzt sein. Olli hat's mir schon am Telefon erzählt. Ich soll dich unbekannterweise von meinen Eltern grüßen. Sie fragen, ob du sie im nächsten Jahr auch mal mit besuchen kommst, auf ihrer Insel da oben. Na ja, ich pack erst mal aus«, sagte Luca, ohne eine Antwort abzuwarten, und humpelte aus Bastians Zimmer. Der Reißverschluss seiner Tasche stand an der Seite etwas offen und ließ eine flauschige Masse hervorquellen. Es sah aus wie das Fell eines Bären.

12

MADAME WENDIS WEIHNACHTSORAKEL

MANFRED KÖHLER (AUGUSTUSBURG)

Wendi sah ihren Standplatz ganz oben mit Blick auf Schloss Augustusburg und wusste plötzlich, sie würde heute für Aufregung sorgen. Eine große Menge davon.

Aufregung war doch besser als Langeweile, oder?

Ihre beste Freundin Erna, die Wendi bereits hinter der Theke in der tannenzweiggeschmückten Weihnachtsmarktbude erwartete, sah das wohl ganz anders. Sie machte voll auf konventionell.

»Plätzchen? Die gibt es an Tausend anderen Buden auch zu kaufen«, nörgelte Wendi und blickte missbilligend über das liebevoll arrangierte Angebot ihrer besten Freundin. »An unserem Standort hier ganz oben brauchen wir was, das fetzt.«

»Hallo? Meine Plätzchen sind selbstgebacken! Nach einem Rezept meiner Großmutter.«

»So siehst du auch aus, genau wie deine Großmutter.«

Erna, die sich in einen alten Pelz ihrer Mutter gehüllt und die passende Kappe dazu aufgesetzt hatte, giftete zurück:

»Und wieso bist du angezogen wie die böse Hexe aus Schneewittchen?«

Statt einer Antwort drehte Wendi das Pappschild, das sie unter den Arm geklemmt den Berg hochgetragen hatte, mit der Schrift zu Erna.

»Madame Wendis Weihnachtsorakel. Bitte, geht's noch! Willst du etwa wahrsagen? Auf unserem Männelmarkt am dritten Advent?«

»Genau das will ich. Und ich kann jetzt schon voraussagen, dass es eine blöde Idee war, einen Standplatz zu teilen. Zumindest hätten wir uns vorher absprechen sollen.«

»Normalerweise muss man das nicht. Man macht was Weihnachtliches, nichts Gruseliges. Dann kann auch nichts schiefgehen. Was ist?«

Wendi hatte sich, während sie ihr Schild anbrachte, plötzlich an einem Punkt im Lichterschatten der Bude festgestarrt, als würde dort jemand stehen. Sie schüttelte sich, wollte abwinken, aber Erna beharrte:

»Was war das da gerade? Du hast jemandem zugenickt. Da ist aber niemand.«

»Wenn du es genau wissen willst: Gleich da oben ist mal jemand gestorben. Ein kleines Mädchen. Es wurde von einem Bären angefallen.«

»Wie bitte, angefallen! Von einem Bären?«

»Ja, der bewachte den Schlossgraben. Und weiter oben steht übrigens immer noch der Pranger. Auch ziemlich gruselig, oder? Welches Angebot passt also besser hierher?«

Erna holte tief Luft, aber vergaß sogleich, was sie erwidern wollte, als die erste Kundin seit Ankunft ihrer als Hexe verkleideten Schulfreundin sich an ihr Plätzchenangebot wagte. Vorher, allein am Stand, war es deutlich besser gelaufen.

»Ja, mit Biohonig und echtem Marzipan«, hörte Wendi ihre Freundin schwatzen, während sie selbst sich in der Bude einrichtete. Sie rückte ihr Schild zurecht und stellte die mitgebrachte Glaskugel auf – als Requisit, nicht als Handwerkszeug. Derart faulen Zauber hatte sie nicht nötig.

»Eine Weihnachtsvoraussage gefällig, die Dame?«, fragte Wendi im Jahrmarktsjargon alter Zeiten, als die Plätzchenkäuferin nach dem Bezahlen einen flüchtigen Blick auf ihr Schild warf. Die Frau winkte etwas irritiert ab und stapfte weiter.

»Du vergraulst mir noch die Kundschaft«, fauchte Erna.

»Das schaffst du schon allein, wenn du weiter so wütend schaust.«

Wendi lächelte und wandte sich einem Herrn zu, der auf dem Weg hoch zum Schloss kurz über das Angebot der Doppelbude geschaut hatte.

»Sie können mich alles fragen, was Sie wollen«, rief Wendi. Der Mann blieb stehen.

»Ob ich wohl noch eine Schlossführung erwische, bevor die schließen?«, wollte er, etwas gehetzt, von ihr wissen. Zur schwarzen Mütze trug er eine schwarze, hautenge Jacke, schwarze Hosen – und sah insgesamt aus wie einer, der gern mit dem Dunkel der Nacht verschmelzen wollte.

Blöder Gedanke! Wendi zwang sich zu lächeln und ihre Gänsehaut zu ignorieren.

»Bei mir erfahren Sie etwas über Ihr Schicksal.«

Es klang nicht geheimnisvoll, wie beabsichtigt, sondern ängstlich. Der Mann kam näher.

»Also gut. Wie viel?«

Sie schluckte.

»Erst Ihre Hand. Zahlen müssen Sie nur, wenn sich mir Ihre Zukunft offenbart hat.«

»Wendi!«, schimpfte Erna unterdrückt. Ein solcher Hokuspokus neben ihren Weihnachtsplätzchen!

Wendis Herz schimpfte ebenfalls, es wütete wie wild. Mit schweißnassen Händen griff sie nach der ausgestreckten Rechten des Mannes und war froh, dass sie in einem Handschuh steckte. Ebenfalls schwarz. Durch das Leder merkte er ihren Schweiß nicht. Und sie seine böse Aura hoffentlich nicht so stark.

»Gehen Sie«, sagte Wendi tonlos, noch ehe sie richtig zugegriffen hatte. Weitere Berührung nicht nötig.

»Was ist denn?«, fragte der Mann irritiert.

»Gar nichts. Hier, nehmen Sie ein paar Plätzchen.«

»He!«, rief Erna, als Wendi nach einem Pappteller mit Plätzchen schnappte und ihn dem Mann aufdrängen wollte. Der wehrte ab, schüttelte den Kopf wie über zwei Irre und wandte sich in Richtung Schloss. Erna holte sich ihre Plätzchen zurück und wollte zu einem Donnerwetter ansetzen. Wendis verstörter Blick ließ sie zögern.

»Was ist denn bloß los mit dir?«

»Der Mann da«, sagte Wendi und presste kurz und heftig die Lippen aufeinander. »Er hat vor, jemanden umzubringen.«

Er benahm sich wie ein normaler Tourist, aber seine Interessen waren wie eine Bestätigung für Wendis Vision. Sie schlich dem schwarz gekleideten Kerl während dessen gesamter Schlossaußenbesichtigung hinterher und wartete heimlich im Hof, während er ausschließlich die Hinrichtungs- und Folterausstellung in den ehemaligen Kerkergewölben besichtigte. Kein Interesse zeigte er an Motorrädern, dem Brunnenhaus, den Kutschen oder der höfischen Jagd – all jenen Ausstellungsthemen, die normale Touristen aufs Schloss lockten.

In ihrem Jagdfieber wäre Wendi beinahe blind an Erna und ihrer gemeinsamen Bude vorbeigeschlichen, als der Mann wieder zum Weihnachtsmarkt zurückkehrte und dort in die Besuchermenge eintauchte.

»Keine Zeit«, rief sie, als Erna zu ihr gestürmt kam und sie festhalten wollte. »Ich muss an ihm dranbleiben.«

»Bist du verrückt geworden? Willst du dich dazwischenwerfen, wenn er wirklich irgendeine Waffe zückt?«

Wendi zögerte, denn darüber hatte sie noch gar nicht nachgedacht.

»Woher willst du überhaupt so genau wissen, dass er was Böses im Schilde führt?«

Wendi musste über die altmodische Ausdrucksweise ihrer Freundin kurz schmunzeln und antwortete dann nachdenklich:

»Keine Ahnung. Wenn ich Leute berühre oder manchmal auch nur jemandem nahe komme, dann weiß ich Dinge.«

»Du willst mir doch nicht erzählen, dass du wirklich in die Zukunft schauen kannst!«

»Nein, oder … ich weiß nicht. Es ist eher so, als wäre es schon passiert, und ich würde mich daran erinnern.«

»Blödsinn! Du kommst jetzt wieder mit zu unserer Bude, hörst auf mit dem Geisterkram und hilfst mir beim Plätzchenverkauf! Wir wollen uns doch nicht blamieren, wenn wir unseren Erlös für die Schulweihnachtsfeier spenden.«

»Und wenn der wirklich jemanden killt? Kannst du damit leben, das gewusst zu haben?«

»Ich weiß gar nichts, und du auch nicht. Du bist keine Wahrsagerin. Das ist alles bloß Einbildung.«

Ein älteres Paar ging an ihnen vorbei, wunderte sich kurz über die beiden diskutierenden Mädchen in Pelz und Hexenkluft und strebte dann der verwaisten Plätzchenbude zu. Der Kerl in Schwarz verharrte weiter unten an einem Stand, dessen Angebot nach Haushaltswaren aussah. Waren das, was ihn da so fesselte, etwa – Messer?

»Weißt du noch, als dir dieser Sportunfall passierte? Der gebrochene Arm, nachdem das Kletterseil gerissen war?«, fragte Wendi und sah Erna durchdringend an.

»Ja klar, die OP-Narbe sieht man leider immer noch.«

Erna war auf dem Sprung zu ihren Plätzchen und dem kaufbereiten älteren Paar, hatte sich aber genug von Wendi ablenken lassen, um zu verharren.

»Und weißt du auch noch, dass ich mit allen Mitteln verhindern wollte, dass du an dieser Sportstunde teilnimmst?«

»Ja, ja, du hast selbst geschwänzt und wolltest mich überreden, mit dir ins Kino zu gehen.«

»Aber du warst zu brav und ängstlich.«

»Dann hast du mich im Kartenraum eingesperrt, aber der Erdkundelehrer fand mich rechtzeitig, und äh … Du willst mir doch nicht etwa sagen, dass …«

Plötzlich waren die Plätzchen vergessen. Erna fühlte sich so erstarrt, dass sie nur noch stottern konnte. Es kam ihr vor, als sei sie ihrem eigenen Schicksal begegnet und hätte es für eine Sekunde durchschaut.

»Nein!«, stieß Erna hervor.

»Leider doch.«

Wendi tat es leid, ihre Freundin derart zu schocken. Unter normalen Umständen hätte sie ihr das nie erzählt. Aber es galt, ein Leben zu retten. Vielleicht das eines Augustusburgers, den sie kannte oder gar mochte. Mit dem oder der sie befreundet oder verwandt war. Erna fing sich wieder und betonte jedes Wort, als sie sagte:

»Aber du konntest es nicht verhindern. Verstehst du?«

Darüber hatte Wendi selbst schon viel nachgedacht. Konnte man irgendwas abwenden, das bevorstand, oder war alles Zukünftige festgelegt?

Das war die falsche Frage!

»Hättest du es mir denn verziehen, wenn ich es nicht wenigstens versucht hätte?«, fragte Wendi.

Der Kerl in Schwarz hatte jedes Messer an der Haushaltswaren-Geschenkebude geprüft und ging nun weiter. Hatte er eines gekauft? Wendi sah ihn in der Menge verschwinden und wehrte sich immer mehr gegen Ernas Griff, die sie eisern am Arm festhielt.

»Dann rufst du eben die Polizei, wenn du dir so sicher bist«, schlug Erna vor.

»Die lachen mich doch aus.«

Die Freundinnen sahen sich in die Augen, verzweifelt, aber plötzlich im Einklang.

»Scheiß drauf!«, sagte Erna. Und jetzt war sie es, die Wendi hinter sich herzog.

Eile war zunächst nicht geboten. Der Schwarzgekleidete schlenderte in Richtung Stadtkirche, besichtigte interessiert die kaminartig ausgemauerte Lotterlinde und trottete schließlich auf verschlungenen Wegen zur Bergstation der Drahtseilbahn.

»Was jetzt?«, flüsterte Erna aufgeregt.

»Du kannst normal reden«, entgegnete Wendi für Ernas Geschmack viel zu laut. Immerhin verfolgte man doch einen Mörder!

»Er weiß aber nicht, dass wir ihn verfolgen. Wir steigen mit ein.«

»Mensch, meine Plätzchen!«, jammerte Erna, plötzlich wieder in Gedanken beim Weihnachtsmarkt. »Zum Glück hab ich den bisherigen Erlös in der Tasche.«

»Dann rück was raus. Ich hab nämlich kein Geld dabei.«

»Du hast ja nie Geld dabei. Und das hier ist nicht unseres.«

Dennoch bezahlte sie aus der Plätzchenkasse und folgte Wendi mit den Tickets in die Bahn. Der Kerl saß bereits, warf ihnen einen flüchtigen Blick zu, schaute noch mal genauer und schien sich zu wundern.

»Er hat uns erkannt«, flüsterte Erna entsetzt mit Blick zu ihm und weckte damit erst so richtig seine Aufmerksamkeit.

»Still jetzt! Er weiß doch gar nicht, wer wir sind.«

Quälend langsam rollte die Bahn bergab, am Skilift vorbei und mit den beiden Mädchen in ein ungewisses Schicksal.

Dieser Aspekt ärgerte Wendi. Bei allem, was sie voraussah, handelte es sich immer nur um Bruchstücke. Erst wenn es passierte, fügte es sich ins Gesamtbild. Zuweilen hatte sie es dann schon vergessen gehabt, und der Moment des Begreifens fühlte sich an wie ein Déjà-vu. Als es das erste Mal bewusst in sie fuhr, noch im Kindergarten, kam es ihr ganz normal vor. Sie plauderte unbeschwert darüber, immer wieder. Jeder amüsierte sich über das fantasiebegabte Kind. Bis es irgendwann um einen Todesfall in der Familie ging, der tatsächlich eintraf, und ihre Eltern ihr einschärften, damit aufzuhören. Endgültig. Auch sie selbst wollte nie mehr was damit zu tun haben.

Aber wie sollte das gehen? Konnte man damit aufhören, Ideen zu haben oder Hunger; konnte man es beenden, etwas zu sehen, wenn man die Augen aufschlug? Es überkam sie weiterhin, aber fühlte sich nun falsch an, verboten und unnatürlich. Jahrelang quälte sie sich damit.

Bis vor ein paar Tagen, als sie dringend ein eigenes Angebot für die gemeinsame Weihnachtsmarktbude suchte. Der Impuls, es wieder zuzulassen und dazu zu stehen, war noch ganz neu. Und die Unsicherheit inzwischen wieder gewaltig.

»Er steigt aus«, kommentierte Erna, als die Bahn ruckend zum Stehen kam.

»Natürlich steigt er aus. Hier ist Endstation.«

»Vielleicht sind wir selbst die Opfer. Hast du darüber schon mal nachgedacht?«

»Nein«, antwortete Wendi und klang weder zustimmend noch widersprechend.

»Indem wir ihm nachschleichen, erfüllen wir überhaupt erst deine Voraussage. Wir fordern das Schicksal heraus!«

»Kann sein.«

»Na, du bist gut!«

Erna wurde es immer mulmiger. War an der Talstation noch einiger Betrieb gewesen, verloren sich die Leute rasch. Und in der schlecht beleuchteten Straße, durch die sie ihm jetzt folgten, waren sie mit dem Kerl allein.

»Er geht in ein Haus. Oje. Oje!«

»Ich habe selbst Augen.«

»Wir schauen durch die Fenster. Mehr nicht. Okay? Bloß nicht reingehen.«

»Dann schiebst du eben Wache. Handy zücken, Polizeinummer vorwählen und anrufen, wenn was ist.«

»Wenn was ist? Woher soll ich das von hier außen merken, verflixt?«

»Ich mach's einfach genauso, okay? Ich wähle deine Nummer vor. Sobald ein Anruf von mir kommt, heißt das Alarm.«

»Und ich bin der Feigling, der nur die Polizei ruft und nicht hilft? Kommt nicht in Frage!«

»Dann wählen wir eben beide die Polizei vor. Und jetzt komm!«

Sie stiegen die Treppen des Jugendstil-Schlösschens hoch, fanden die Haustür unversperrt und huschten in den Flur.

»Pension«, las Erna.

»Hör endlich auf, alles zu kommentieren!«

»Der ist also bloß ein Feriengast.«

Erna klang erleichtert.

»Na und? Vielleicht weiß er ja selbst noch nicht, dass er gleich im Affekt tötet, weil ihn jemand ärgert.«

»Im Affekt? Davon hast du nichts gesagt! Im Gegenteil, du hast behauptet, er hat vor …«

»In dem Augenblick, in dem er es tut, hat er es ganz bestimmt vor. Ich weiß nicht, was ich da empfange und aus welchen Schichten der Zukunft es stammt. Und jetzt könntest du wirklich mal lieber wieder flüstern.«

Sie waren ganz automatisch die gewundene Treppe im Flur hochgeschlichen, weil ein Schild auf die Gästezimmer und den Speisesaal im ersten Stock verwiesen hatte. Im Erdgeschoss war offenbar alles privat.

»Woher sollen wir wissen, in welches Zimmer …?«

Wendi, die vorausstieg, drehte sich abrupt um, legte den Finger an die Lippen und deutete schräg hoch auf eine Glaswand mit verglaster Tür. Dahinter lag eine Art Saal, der beleuchtet war, schwatzende Stimmen drangen nach außen.

»Andere Leute, zum Glück«, flüsterte Erna.

Wieder machte Wendi mit Entschiedenheit das Zeichen zu schweigen. Und jetzt sah auch Erna den Kerl. Er lauerte an der Glastür, schien zu lauschen, zog sich wie auf ein Stichwort die schwarze Mütze übers Gesicht, richtete die vorgefertigten Augenschlitze so, dass er hindurchsehen konnte, und legte die Hand auf den Türdrücker.

Für Wendi begann nun das längste und inhaltsreichste Déjà-vu ihres Lebens, es war wie ein ausgedehnter Traum. In solchen Momenten kam es ihr vor, als habe sie eben doch schon vorher alles gewusst und nicht nur Bruchstücke – und als fiele es ihr nun im Moment des Geschehens wieder ein.

Die Abendgesellschaft im Salon verstummte abrupt, als der schwarz gekleidete Vermummte hereinstürmte. Auf eine Sekunde überraschten Schweigens erklangen Warnrufe der Herren und Entsetzensschreie der Damen. Wendi war an der Tür, dicht gefolgt von Erna, als der Attentäter eine Pistole zog und auf eine Frau im gelben

Abendkleid anlegte. Bereits die Gesamtszenerie erschien Wendi merkwürdig. Sie sah bekannte Gesichter, aber eine krude Mischung aus persönlich bekannten und unpersönlich bekannten.

Dass etwas schiefging, und zwar zu ihrem eigenen Schaden, ahnte sie, als sie den Attentäter mit voller Wucht rammte, der den Arm verriss und in die Luft ballerte, bevor er samt Wendi auf die gedeckte Essenstafel stürzte und das Festgedeck verwüstete – aber obwohl er daneben schoss, platzten rote Flecken auf dem Kleid des potenziellen Opfers auf.

»Sind Sie verrückt geworden!«, schrie ein Mann. Sie kannte die Stimme nur zu gut. Und wusste genau, dass sie selbst damit gemeint war. Während Erna noch gar nichts begriff, denn sie schnappte sich einen Kerzenleuchter vom Tisch und wollte dem Attentäter eins überziehen, ging Wendi endlich ein Licht auf. Noch nie hatte sie ihre Gabe so verflucht wie in diesem Moment. Und noch nie war sie sich zugleich so bewusst gewesen, dass sie zwar funktionierte, aber geschult werden musste.

»Was fällt Ihnen ein, unsere Veranstaltung zu sprengen«, schrie nun die bekannte Stimme, und Wendi wurde von starken Händen gepackt und hochgerissen. Als sie wieder auf eigenen Beinen stand, schaute sie ihrem fassungslosen und stinkwütenden Schuldirektor ins Gesicht.

»Wir dachten, hier wird jemand umgebracht«, rechtfertigte sich Wendi.

»Das ist ein Weihnachts-Krimi-Dinner«, stellte der Direktor richtig. »Niemand wird hier umgebracht.«

Wendi kam sich verarscht vor und wurde wütend. Die unbekannt-bekannten Gesichter identifizierte sie nun als die von Schauspielern auf einem Plakat, das sie gesehen hatte. Deshalb war ihr der Kerl in Schwarz irgendwie vertraut vorgekommen. Der hatte ja Nerven, so unmittelbar vor seinem Auftritt erst noch in aller Ruhe die Stadt und das Schloss zu besichtigen!

»Bei einem Krimi-Dinner agiert der Täter doch nicht offen, sondern muss ermittelt werden«, behauptete Wendi, obwohl sie noch nie ein solches Schauspiel mitgemacht hatte.

»Wir gehen hier neue Wege«, mischte sich der Mörder-Darsteller ein, der sich wieder gefangen hatte. Unter der Mützen-Maske kamen ein verschwitzter Haarschopf und ein gar nicht mal so unfreundliches Gesicht zum Vorschein. Vielleicht dachte er gerade darüber nach, den Vorfall als neue Variante eines Krimi-Dinners zu inszenieren.

»Gehen Sie jetzt, alle beide«, rief der Schuldirektor und schnappte sich auch Erna am Arm. Wendi sah nun andere wütende Gesichter. Frau Knabel, die Englischlehrerin. Herr und Frau Bitterof, das merkwürdige Chemielehrer-Ehepaar.

In das wütendste Gesicht von allen schaute Wendi aber, als sie samt Erna nach draußen komplimentiert worden war. Ihre beste Freundin schien zur erbitterten Feindin geworden zu sein. Weil Erna offenbar gar nicht wusste, wo sie anfangen sollte mit den Beschimpfungen, rannte sie kurzerhand die Treppe hinab. Wendi setzte sofort hinterher.

»Nur eine Sekunde«, rief sie, schnappte Erna, drehte sie zu sich und ergriff kurz ihre rechte Hand.

»Was soll das, verdammt! Ich will jetzt nicht mit dir Händchen halten. Du hast mich tödlich blamiert. Vor fast allen Lehrern. Und das wird sich herumsprechen. Morgen sind wir das Gespött der ganzen Schule. Ganz abgesehen davon, dass bestimmt meine Plätzchen geklaut worden sind. Das war's mit unserer Freundschaft, und zwar für immer!«

»Erna.«

»Was!«

»Du kannst jetzt gehen.«

»Das entscheide immer noch ich selbst!«

Und weg war sie, die Treppe hinabgetrampelt und zur Haustür draußen. Bevor Wendi ihr nachging, gestattete sie sich ein kleines Lächeln. Die Berührung mit Ernas Hand hatte ihr gutgetan und die Angst genommen. Morgen würde alles wieder im Lot sein. Mit gebotenem Abstand folgte sie ihrer Freundin zurück zur Drahtseilbahn, ließ deren Wut den nötigen Freiraum und versöhnte sich mit sich selbst und einmal mehr mit ihrer Gabe.

13

HERBEI, O IHR GLÄUBIGER

PETRA STEPS (STÜTZENGRÜN)

Kommt nur, kommt, auf euch warte ich schon die ganze Zeit. Alles ist perfekt, ihr werdet sehen.

Heinz hatte die beiden Sätze in den Flur seines kleinen Hauses in Stützengrün geschrien. Er warf die Haustür ins Schloss. Ein Stück Putz fiel vor ihm nieder. Heinz ging zurück und öffnete die Tür wieder. Er hatte es sich anders überlegt.

Ihr sollt doch nicht vor verschlossener Tür stehen! Kommt ruhig herein in mein Haus! Kommt auf meinen Hof, der immer in Familienbesitz war und den ihr mir jetzt wegnehmen wollt! Meine Eltern haben ihn von ihren Eltern geerbt. Mein Vater hat zu DDR-Zeiten in der Bürstenfabrik gearbeitet. Bürsten und Pinsel made in Stützengrün waren gefragt. Sie wurden in alle möglichen Länder exportiert, auch ins damalige Feindesland BRD. Das hat mir imponiert. Deshalb habe ich Bürstenmacher gelernt. Noch von der Pike auf. Viel Handarbeit. Dann kam die Wende. Unsere Arbeitsplätze wurden für Bananen und Westschlitten geopfert. Keiner wollte mehr einen Trabant oder heimische Äpfel. Und schon gar keine Scheuerbürsten oder Schrubber. Alle stürzten sich auf Wischmopp und Zauberlappen. Nur ja nicht mehr die Hände schmutzig machen, so wie die jungen Leute nach dem Wirtschaftswunder, denen ihre Eltern Zucker in den Allerwertesten geblasen haben, weil es den armen Kleinen doch besser gehen sollte als ihrer Kriegsgeneration. Die mit 30 noch Betriebswirtschaft studierten, ohne jemals etwas Gescheites dazuzulernen!

Kommt nur, kommt! Ich erwarte euch!

Was habe ich mich abgeplagt nach der Wende, als mein sicher geglaubter Arbeitsplatz flöten ging, als unsere Kinder ihr Glück in München und Hamburg suchten, als meine Frau mich verließ, weil meine Selbstständigkeit im Fiasko endete.

Wie viele Stunden Zeit habe ich in die kleine Bürstenmacherwerkstatt gesteckt, im ehemaligen Stall, den mein Vater zur Hobbywerkstatt gemacht hatte, als wir keine Schweine mehr hielten, weil es genug Fleisch zu kaufen gab. Alles für die Katz'. Aber ich habe immerhin versucht, in meinem Beruf weiterzumachen. Andere sind gleich dem Alkohol verfallen.

Okay, die Idee mit dem eigenen Unternehmen hatten noch mehr Leute aus unserer Firma. Plötzlich wiesen an vielen Häusern Schilder auf die dort produzierenden Bürstenmacher hin. Zu viele in der kleinen, abgelegenen Region, die nur zur Weihnachtszeit stark frequentiert ist. Doch auch dann nicht hier im letzten Erzgebirgszipfel Stützengrün. Ein paar mehr Leute kamen erst, als die Weihnachtsland-Erlebniswelt öffnete. Erlebniswelt! Keine Ahnung, wie die auf den Standort kamen! In Seiffen oder Annaberg, meinetwegen, oder in Crottendorf! Aber doch nicht in Stützengrün, gleich neben der Biererlebniswelt von Wernesgrün! Man weiß doch, was die Sachsen da bevorzugen und wo sie eher hingehen!

Warum andere erfolgreicher waren als ich – keine Ahnung. Ende der 1990er-Jahre habe ich geglaubt, dass nun alles gut wird. So wie wir kurz nach der sogenannten Wende an die blühenden Landschaften geglaubt haben, die uns der damalige Bundeskanzler versprochen hat. Klar, jedes Jahr im Sommer blüht es wieder, zum Beispiel auf der Bergwiese bei uns. Die ist ganz bekannt. Da drehe ich jedes Jahr meine Runde. Heißt ja auch Rundweg. Das muss man einfach gesehen haben, und geatmet. Aber so hat der Kohl das wohl nicht gemeint! Jedenfalls habe ich damals, als die zwei fein gekleideten Herren kamen, tatsächlich an den Aufschwung geglaubt. Sie stammten aus dem angrenzenden Vogtland, hatten dicke Aktentaschen dabei, trugen Schlips und Kragen und lange Mäntel. Nein, nein, nicht zu vergleichen mit den Ledermänteln von früher, die nur Unheil bedeuteten, in der Nazizeit und auch bei den Kommunisten. Die beiden Herren waren anders. Die wussten Bescheid. Die kannten sich aus. Die BRD, der die DDR ein paar Jahre zuvor beigetreten war, die gibt es nämlich gar nicht. Die ist so etwas, was man heute Fake nennt. Die Behörden, die Justiz, das Finanzamt, allesamt sind ohne Legitimation.

Als die Finanzamt sagten, dämmerte es mir. Das waren die rettenden Engel, von denen ich geträumt hatte. Meine letzte Kollision mit den Beamten lag noch keine Woche zurück. Die wollten jede Menge Geld von mir, denn wir hatten ja den kleinen Imbiss eröffnet, weil die Werkstatt mit den Bürsten nicht lief. Sie sagten, dass ich Einnahmen unterschlagen hätte. Dann rechneten sie mir vor, wie viele Schnitzel das waren. Als hätte ich die selber vertilgt. So viele Schnitzel isst kein normaler Mensch, im ganzen Leben nicht! Klar habe ich die Beamten beschimpft und sie Nazis genannt. Und Kommunistenschweine, die nichts dazugelernt hatten.

Die beiden Männer mit den langen Mänteln, die gaben mir ja dann auch recht, von wegen BRD-Beamte! Deutschland ist eigentlich noch das Deutsche Reich, wir sind Reichsbürger, trichterten sie mir ein. Die Deppen in den Ämtern haben uns gar nichts zu sagen! Ich will das jetzt gar nicht alles wiederholen, was ich von den Männern gelernt habe. Der eine war sogar Ministerpräsident des Reichslandes Sachsen. Der andere trug ihm seine Sachen hinterher. Und Ausweise als Reichsbürger hatten die auch. Ich war ganz stolz, als sie mir meinen überreichten. Sie luden mich ein, zu Vorträgen, Diskussionen, in eine Reichenbacher Kneipe, wo sich vieles im Hinterzimmer abspielte. Die beiden Herren, die haben mich überzeugt! Ich brachte das bis in die Leitungsebene hier im Regierungsbezirk Chemnitz, was unser früherer Bezirk Karl-Marx-Stadt war. Die Reichsbürger haben bei Versammlungen zu mir aufgeblickt, wenn ich ihnen erzählte, wie blöd die BRD-Bürger sind, die ihrer Regierung hinterherrennen. Freilich hatte ich nicht mehr so viel Zeit, mich um meinen Imbiss zwischen Talsperre und Weihnachtserlebniswelt zu kümmern. Das blieb an Jutta hängen. Die jammerte mir jeden Tag die Ohren voll.

Vielleicht hat ja sie die vielen Schnitzel vertilgt. Schweinefleisch soll sauer machen. Oder sie hat sie den Schulkindern geschenkt. Was weiß ich denn. Ich war ja oft nicht da.

Später habe ich dann am Imbiss dieses Schild aufgestellt. Der Ministerpräsident wollte das so. Imbiss zum Deutschen Reich. Autonome Zone. Betreten nur für Kunden erlaubt. Jutta hat behauptet, die Gäste würden deshalb wegbleiben. Vielleicht war es aber auch nur ihr grottiger Kochstil. Keine Ahnung, warum das Geschäft den Bach runterging.

Die Leute im Dorf waren auch so komisch. Einige, die vorher immer Roster bei uns gegessen haben, grüßten mich nicht mal mehr. Andere tuschelten, wenn ich schon mal ausnahmsweise am Stammtisch vorbeikam. Oft war das ja eh nicht. Mit Schlips in der Bierkneipe, das passte nicht. Und die Dorftrottel haben eh nicht verstanden, wie das alles zusammenhing, mit den Alliierten und dem Friedensvertrag und so. Die wollten D-Mark und später Euro, und das reichlich. Und am Ballermann Urlaub machen. Sex und Saufen.

Bei der Museumsbahn, die von Schönheide her zu uns fährt, sollen die Fahrgäste instruiert worden sein, damit sie sich nicht zu uns an den Imbiss verirren. Und oben in Hundshübel, diese Hunde, die haben ihre Urlauber vor mir gewarnt. Dabei hatte ich die besten Roster im Umkreis. Manche kamen trotzdem, aber nur, um sich mit dem Schild fotografieren zu lassen oder ein Selfie zu schießen.

Dieser dämliche Finanzbeamte, den ich Nazi und Kommunistenschwein genannt habe, hat mich natürlich angezeigt, wegen Beleidigung. Der Ministerpräsident hat mir seinen Anwalt geschickt. Als ich die Vorladung erhielt, sagte der: Das Gericht ist gar nicht befugt zu einer solchen Verhandlung. 1.200 Seiten haben wir denen gefaxt. Das hat Tage und Nächte gedauert, denn nachts war im Fax immer die Rolle alle. Da gab es noch nicht diese Computerfaxe, die alles speichern. Der Richter, der ja auch nicht legitimiert ist, konnte nicht verhandeln, denn er hatte ja gar nicht gelesen, warum ich unschuldig war. Angeblich habe ich ihn auch beleidigt, als ich ihn darauf hinwies. Na gut, meine Worte waren nicht aus der guten Kinderstube, die ich einst hatte. Aber was wahr ist, muss doch gesagt werden dürfen.

Ich weiß nicht mehr, wie oft diese Lakaien mich vorgeladen, verurteilt, belehrt haben. Alles nicht gültig, alles nicht rechtens. Doch dann haben die meinen Ministerpräsidenten weggesperrt, und die ganze Organisation ging den Bach runter. Seitdem hilft mir keiner mehr. Der Anwalt will Geld sehen, das Finanzamt will Geld sehen, der Gerichtsvollzieher will Geld sehen. Und Jutta ist weg. Mit dem restlichen Geld, das wir noch hatten. Okay, es war ihr Erbe gewesen. Aber sie hätte auch bleiben und die Schulden bezahlen können. Mahnungen lagen genug hier. Eine ganze Kiste voll. Viele gelbe Briefe darunter. Blaue gibt es ja nicht mehr. Und wer sollte mich entlassen, wo ich doch selbstständig war. Selbst und ständig. Das hatte ich mir anfangs nicht so vorgestellt.

Gläubiger nennen sich die Leute, die glauben, dass sie Geld zu kriegen haben. Mit Glauben hab ich schon immer so meine Probleme. Früher hab ich wenigstens noch an das Gute im Menschen geglaubt. Das ist nicht so scheinheilig wie zu Hause die Alte verdreschen und sonntags vor dem Altar knien.

Herbei, o ihr Gläubiger! Sollen die doch alle hier aufmarschieren. Das haben die Herrschaften vom Finanzamt ja ganz geschickt eingefädelt, so knapp vor dem Weihnachtsfrieden. Sie hätten ja bis zum neuen Jahr warten können. Aber nein! Für elf Uhr hat sich der Herr Gerichtsvollzieher angekündigt. Oder ist das eine Frau? Das wäre blöd. Frauen tut man doch keine Gewalt an!

Noch zehn Minuten. Hoffentlich kommt er allein. Ich bin gut vorbereitet. Es ist alles angerichtet. Der Showdown kann beginnen. Ich höre das Auto. Gleich geht's los! Braucht der Weihnachtsmann ein paar Geschenke weniger bringen!

»Hallo, Herr Müller, können Sie mich hören? Wir hatten einen Termin miteinander!« Der Vollzugsbeamte stößt die Tür auf und blickte in eine Gewehrmündung.

»Wir hatten gar nichts miteinander!«

Bevor er etwas erwidern konnte, hat Heinz das Feuer eröffnet. Nachdem der ungebetene Gast zu Boden gegangen war, nahm Heinz den Gewehrlauf in den Mund und drückte ab.

Die Nachbarn hörten zwei Schüsse. »Das musste ja so kommen. Jetzt zieht hoffentlich wieder Ruhe ein in unseren beschaulichen Ort«, sagte Hellmuth und wählte den Notruf.

14

WER ANDERN EINE GRUBE GRÄBT

MAREN SCHWARZ (CARLSFELD)

Norbert saß in dem von der Morgensonne angestrahlten Wintergarten seines Hauses und las in aller Gemütlichkeit die Zeitung. Als er vom Sport- zum Kulturteil überwechselte, stutzte er einen Moment: Weihnachtsengel gesucht, stand da in einer großformatigen Anzeige zu lesen. Zuerst dachte er dabei an jene aus Holz geschnitzten Weihnachtsfiguren, die sich nicht nur im Erzgebirge großer Beliebtheit erfreuten. Doch dann erkannte er seinen Irrtum. Gesucht wurde ein Engel aus Fleisch und Blut, der in dieser Funktion das Erzgebirge als Weihnachtsland repräsentieren sollte. Ähnlich der Plauener Spitzenprinzessin, die in ihrer Amtszeit als Botschafterin für das Vogtland und deren weit über die Landesgrenzen hinaus bekannten Spitze unterwegs war. Hört sich interessant an, dachte Norbert. Erst recht für jemanden wie ihn, der eine Model- und Event-Agentur betrieb.

Dem Inserat war zu entnehmen, dass die Bewerberinnen nicht älter als 25 Jahre sein und ihren Lebensmittelpunkt im Erzgebirge haben sollten. Und blond mussten sie natürlich sein. Wie sich das für einen richtigen Weihnachtsengel gehörte. Das brachte Norbert auf eine Idee. Wie aufs Stichwort erschien in diesem Moment Maria, seine neueste Errungenschaft, in der Tür. Norberts Blick blieb an ihren langen blonden Haaren hängen. »Das muss Gedankenübertragung gewesen sein«, begrüßte er sie erfreut und hielt ihr den Artikel unter die Nase. »Wäre das nicht was für dich?«

»Klingt nicht übel«, musste Maria zugeben, nachdem sie den Artikel überflogen hatte. Norbert, der diese Antwort erwartet hatte, sprang auf und rieb sich in Vorfreude auf das damit für ihn verbundene Geschäft die Hände. »Dann ist es also abgemacht«, sagte er. »Du bewirbst dich und ich übernehme deine Vermarktung.« Was keinen großen Aufwand erforderte, da Maria ohnehin schon für seine Agentur modelte. Einen versonnenen Augenblick lang schweiften seine Gedanken ab. Hinüber zu dem am Hirschkopf gelegenen Schlepplift mit seinem 400 Meter langen Steilhang. Dort, wo er Maria während des alljährlich im Februar stattfindenden Skifaschings zum ersten Mal begegnet war und sie dabei in einem Moment der Unachtsamkeit fast über den Haufen gefahren hätte. Um sie für den erlittenen Schock zu entschädigen, hatte er sie auf einen Eierpunsch in die nahe gelegene Gaststätte »Zur Talsperre« eingeladen. Wie sich dabei herausstellte, stammte Maria gleichfalls aus Carlsfeld, das wegen seiner praktischen Filzpantoffeln, den sogenannten »Sappern«, auch liebevoll als »Sapperland« bezeichnet wird. Auch Norbert besaß ein Paar davon. Sie hielten nicht nur seine Füße warm, sondern erwiesen sich auch als rutschsicher auf Schnee und Eis. Beides Dinge, die es in diesen Breiten zur Genüge gab. Wobei es die Leute nicht nur der guten Wintersportbedingungen wegen herzog, sondern auch wegen der Ruhe und Abgeschiedenheit, die der Ort mit seinen gerade einmal 900 Einwohnern ausstrahlte.

Auf dem Erzgebirgskamm, inmitten einer waldreichen Gegend gelegen, in der sich unter anderem auch das Naturschutzgebiet »Großer Kranichsee« befindet, grenzt Carlsfeld im Westen an das Vogtland und im Süden an Tschechien und bietet mit seinen 850 Höhenmetern ideale Wintersportbedingungen. Die Saison beginnt mit den ersten Schneefällen im November und reicht bis weit in den März hinein, sofern es die Witterung zulässt. Wer kein Problem mit dem rauen Klima hatte, der konnte hier ungestört alt werden. Oder sich als Tourist auf der Kammloipe, einer der sowohl schönsten als auch schneesichersten Loipen Deutschlands, austoben. Sie führt vom vogtländischen Schöneck bis ins erzgebirgische Johanngeorgenstadt und bietet auf einer Länge von 36 Kilometern ideale Bedingungen für den Langlauf. Egal, ob für Anfänger oder Profis. Obwohl die Schar derer, die dieses Angebot zu schätzen wussten, von Jahr zu Jahr stieg, gab es noch reichlich Spielraum nach oben. Das hatte auch Norbert erkannt und für seine Zwecke als Agenturchef auszunutzen versucht. Wenn auch mit bisher eher bescheidenem Erfolg. Aber vielleicht würde sich das ja in Kürze ändern. Er dachte dabei an den mit seiner Freundin geschlossenen Vertrag, der ihre Vermarktung als Weihnachtsengel regelte. Um sicherzugehen, dass sie den Job am Ende auch wirklich bekam, hatte Norbert beschlossen, sich der Sache persönlich anzunehmen. Schließlich würde er nur davon profitieren, wenn es Maria gelang, sich gegen ihre Mitbewerberinnen durchzusetzen. Die Jury wollte nicht nur mit Charme und Ausstrahlung, sondern auch mit Sprachkenntnissen und Wissen rund um die erzgebirgischen Weihnachtstraditionen überzeugt werden. Um Maria dafür fit zu machen, lag noch eine Menge Arbeit vor Norbert. Wozu neben der theoretischen Wissensvermittlung auch die körperliche Fitness gehörte. Wer fast vier Wochen über diverse Weihnachtsmärkte ziehen und dabei stets eine gute Figur abgeben musste, brauchte dafür auch die entsprechende Kondition. Und die erreichte man nicht, wenn man zu Hause auf dem Sofa rumlungerte, sondern nur durch viel Bewegung an frischer Luft. Weil Carlsfeld dafür die besten Bedingungen bot, scheuchte Norbert sie an manchen Tagen gleich mehrfach mit den Skiern über eine der vielen Loipen. Marias tägliches Trainingsprogramm begann meist mit der siebeneinhalb Kilometer langen Talsperrenrunde, der sich je nach Wetterlage und Schneeverhältnissen noch die Schneehübel, Sonnen- oder Hochloipenrunde anschloss. Einmal hatte Norbert sie sogar bis nach Mühlleithen und wieder zurück laufen lassen. Die Strecke führte über den extrem steilen Rammelsberg, den sie zuerst hinauf- und dann natürlich auch wieder hinabfahren musste. Mit Grausen dachte er an die eisige Abfuhr, die Maria ihm bei ihrer Rückkehr erteilt hatte. Um sie wieder mit sich zu versöhnen, hatte er ihr versprechen müssen, derartige Extreme in Zukunft zu unterlassen. Er musste sie schließlich bei Laune halten. Sie sollte ihm ja noch gute Dienste erweisen. Wobei sich diese Dienste nicht nur aufs Geschäftliche bezogen. Mit einem süffisanten Lächeln sah er in Gedanken schon ihr Bild vor sich: ein in Weiß gekleideter Rauscheengel, der ihm von der Homepage seines Unternehmens entgegenlächelte. Konnte es eine bessere Werbung für seine Agentur geben? Norbert konnte nur hoffen, dass seine Kunden das genauso sahen. Denn wenn er ehrlich zu sich selbst war, musste er zugeben, dass ihm das Wasser bereits bis zum Hals stand. Was ihm fehlte, war ein Aufhänger. Ein Aufhänger wie dieser, der ihm dazu verhalf, sich aus der Flaute zu befreien, in der er schon seit Monaten vor sich hin dümpelte. Etwas, woran sich sein Erfolg abmessen ließ und was ihn als Geschäftspartner interessant machte. Sonst waren die Tage seiner Agentur womöglich schon bald gezählt. Kein Wunder, dass er alle Hebel in Bewegung setzte, um das zu verhindern.

Zunächst schien ihm das Schicksal auch durchaus gewogen zu sein. Der Tourismusverband hatte Marias Bewerbung wohlwollend geprüft und sie zu einem Vorstellungsgespräch eingeladen. Es verstand sich für Norbert von selbst, dass er sie begleitete. Nicht nur als ihr Freund, sondern auch als ihr Agent. Das Gespräch fand in einer in Annaberg-Buchholz gelegenen Gaststätte statt. Was angesichts der Tatsache, dass der hier alljährlich stattfindende Weihnachtsmarkt schon mehrfach als Sachsens schönster seiner Art gekrönt worden war, kaum verwunderte. Wahrscheinlich sollte der Weihnachtsengel dafür sorgen, dass die Stadt diesen Titel auch in den Folgejahren für sich beanspruchen konnte. Angesichts dieser Überlegungen hatte Norbert bereits erste Kontakte zu den dafür verantwortlichen Tourismusmanagern geknüpft, um nach Marias Wahl gleich richtig durchstarten zu können. Trotz des noch ungewissen Ausgangs rechnete Norbert sich gute Chancen auf ihren Sieg aus. Doch als er dann die anderen Bewerberinnen sah, kamen ihm Zweifel. Auch wenn diese vorerst unbegründet waren. Denn Maria schaffte es nicht nur bis zum Vorstellungsgespräch, sondern sogar bis ins Finale. Die Jury hatte sich für fünf junge Damen entschieden, die nicht nur allesamt gut aussahen, sondern auch über den nötigen Wortwitz, Charme sowie ein fundiertes Wissen verfügten. Um dennoch kein Risiko einzugehen, beschloss Norbert, dem Ganzen etwas nachzuhelfen. Man könnte auch sagen, er begann, sich für die Vergangenheit von Marias Mitbewerberinnen zu interessieren. Was er dabei zutage förderte, war durchaus aufschlussreich. So hatte eine der Damen schon mal mit offenherzigen Bildern im Internet für Schlagzeilen gesorgt. Im Grunde genommen hatte sie sich damit schon selbst disqualifiziert. Dementsprechend leicht fiel es Norbert, sie zum Rückzug ihrer Kandidatur zu bewegen. Dasselbe galt für die nächsten drei Bewerberinnen. Am Ende blieb nur noch eine einzige übrig, die es auszuschalten galt. Doch so tief Norbert auch grub, er fand einfach nichts, was sich gegen sie verwenden ließ. Sie schien tatsächlich eine blütenweiße Weste zu haben. So weiß, wie der an diesem Tag wieder einmal über Stunden hinweg gefallene Neuschnee, der die Landschaft in ein Winterwunderland verwandelt hatte. Nur, dass Norbert diesmal keinen Blick dafür hatte. Ihm saß die Zeit im Nacken. Die Wahl war schließlich schon übermorgen. Doch dann kam ihm ganz unverhofft der Zufall zu Hilfe. Norbert brachte durch eine von ihm als verlässlich eingestufte Quelle in Erfahrung, dass Marias Konkurrentin ein Verhältnis mit einem der Jurymitglieder hatte. Das war genau der Joker, auf den er die ganze Zeit gewartet hatte. Jetzt musste er sich dieses Wissen nur noch zunutze machen. Und zwar schnell. Ein Blick auf die Uhr verriet ihm, dass es bis zum Countdown nicht einmal mehr 48 Stunden waren. Also griff er zum Telefon, um sich mit Miss Möchtegern, wie er Marias Konkurrentin in Gedanken zu nennen pflegte, zu verabreden. Das Treffen fand in einer kleinen Gaststätte auf böhmischer Seite statt. Miss Möchtegern, die aus Johanngeorgenstadt stammte, hatte sie vorgeschlagen, weil sie auf halber Strecke zwischen ihren beiden Wohnorten lag und sie das Ganze mit einer Skiwanderung kombinieren wollte. Sobald der Wirt ihre Bestellung aufgenommen hatte, kam Norbert auf den Grund für ihre Begegnung zu sprechen: »Ich habe erfahren, dass Sie ein Verhältnis mit einem der Jurymitglieder haben«, begann er, ohne sein Gegenüber dabei aus den Augen zu lassen.

Miss Möchtegern schien er damit jedoch nicht beeindrucken zu können. »Ach ja?«

Norbert fragte sich, ob sie wirklich so taff war, wie sie sich gab, und falls ja, warum. »Ist das alles, was Ihnen dazu einfällt?«

»Keine Sorge, ich habe Sie durchaus verstanden. Besser, als Sie glauben.« Ihre Worte brachten ihn für einen Moment aus dem Konzept.

»Dann verstehe ich nicht, wie Sie so ruhig bleiben können.«

»Vielleicht wusste ich ja schon davon.«

»Wovon?«, hakte Norbert begriffsstutzig nach.

»Dass Sie es herausgefunden haben und mich damit erpressen wollen. Denn das ist es doch, was Sie wollen, oder?«

Norbert war so perplex, dass er nur ein schwaches Nicken zustande brachte.

»Ich fürchte, ich habe Sie nicht verstanden«, versuchte Miss Möchtegern ihn aus der Reserve zu locken.

Norbert gab sich einen Stoß. »Stimmt, deswegen bin ich hier.«

»Dachte ich mir's doch!« Ihr selbstgefälliger Tonfall irritierte Norbert. Irgendetwas lief hier gerade völlig falsch. Doch so sehr er sich auch anstrengte, er kam einfach nicht darauf, was das sein könnte.

Miss Möchtegern schien seine Ahnungslosigkeit zu amüsieren. »Jeder macht mal einen Fehler. Sie müssen sich das nicht so zu Herzen nehmen«, meinte sie gönnerhaft. »Außerdem hat das Ganze ja durchaus auch sein Gutes.«

Norbert wusste immer noch nicht, worauf sie hinauswollte. »Und was wäre das?«

»Dass wir ab jetzt nach meinen Regeln spielen.«

Norbert kam sich vor, als wäre er im falschen Film: »Dass ich nicht lache«, entfuhr es ihm verärgert.

»Ich fürchte, das Lachen dürfte Ihnen schon bald im Halse stecken bleiben.«

Norbert, dem sich der Sinn ihrer Worte allmählich zu erschließen begann, schluckte. »Nur zu, ich bin ganz Ohr.«

»Also gut«, begann Miss Möchtegern mit einer Miene, die ihm aus seiner Schulzeit noch bestens bekannt war. »Dann lassen Sie uns jetzt Klartext reden. Was man Ihnen über mich erzählt hat«, meinte sie in Anspielung auf ihr angebliches Verhältnis zu einem der Jurymitglieder, »war eine sogenannte Fake News. Oder trauen Sie mir wirklich so viel Blödheit zu?«

Norberts Schweigen sprach Bände.

»Wie dem auch sein«, fuhr Miss Möchtegern ungerührt fort, »ich habe diese Falschmeldung ganz bewusst gestreut, um Sie damit in Sicherheit zu wiegen. Und wie es aussieht, ist mir das gelungen.«

Aus Norberts Gesicht war sämtliche Farbe gewichen: »Aber wieso, ich meine, weshalb…«

Seine Frage brachte ihm einen eisigen Blick ein. »Jetzt enttäuschen Sie mich aber. Oder ist Ihnen nie der Gedanke gekommen, dass es mich stutzig machen könnte, wenn sich eine Kandidatin nach der anderen verabschiedet?«

»Was wollen Sie damit sagen?« Die Erregung hatte Norberts Stimme ganz rau gefärbt.

»Dass ich der Sache nachgegangen bin. Ich habe die Mädels aufgesucht und mich nach dem Grund für ihren Rücktritt erkundigt. Als mir klar war, wie der Hase lief, habe ich beschlossen, den Spieß umzudrehen. Ich habe mir zwar nichts vorzuwerfen. Konnte aber auch nicht ausschließen, dass Sie nicht doch noch etwas aus dem Hut zaubern würden, was mich belasten und damit zum Rücktritt zwingen könnte. Um dieses Risiko auszuschließen, habe ich das Gerücht über mein angebliches Verhältnis in die Welt gesetzt. Der Rest dürfte Ihnen inzwischen bekannt sein. Sonst säßen wir jetzt nicht hier.«

»Was wollen Sie von mir?«, krächzte Norbert.

»Können Sie sich das nicht denken?«

Norbert schluckte. »Sie wollen, dass ich Maria dazu bringe, ihre Kandidatur zurückzuziehen?« Das war keine Frage, sondern eine Feststellung.

»Ich sehe, wir verstehen uns.« Miss Möchtegern nahm ihn ins Visier. »Falls nicht, wird morgen alle Welt von Ihrer miesen Masche erfahren. Die anderen Kandidatinnen stehen schon in den Startlöchern, um das zu bezeugen.« Damit stand sie auf und ging. Durch das Fenster der Gaststätte sah Norbert, wie sie sich in der bereits hereinbrechenden Dunkelheit die Skier anschnallte. Kurz darauf war sie seinen Blicken entschwunden.

Wieder zu Hause, erlebte Norbert die nächste böse Überraschung. Dabei hätte er sich eigentlich denken können, wie Maria darauf reagieren würde, wenn er sie einen Tag vor der alles entscheidenden Wahl darum bitten würde, ihre Kandidatur zurückzuziehen. »Was glaubst du eigentlich, warum ich die letzten Wochen und Monate so hart an mir gearbeitet habe? Etwa, um jetzt einen Rückzieher zu machen?« Zur Bekräftigung hatte sie sich mit in die Hüften gestemmten Händen vor ihm aufgebaut und ihm ein aus tiefster Seele kommendes »Vergiss es!« entgegengeschleudert. Damit war alles gesagt. Und Norbert blieb nur noch, auf ein Wunder zu hoffen. Nachdem ihm klargeworden war, dass es nichts mehr gab, womit er Maria umstimmen konnte, hatte er schweren Herzens beschlossen, sich in sein Schicksal zu fügen und für sein Handeln geradezustehen. Wobei der erste Schritt darin bestand, sich bei Maria für sein seltsames Verhalten zu entschuldigen. Sie nahm es ohne sichtbare Regung zur Kenntnis. Und Norbert fragte sich, wie sie wohl reagieren würde, wenn sie erst die ganze Wahrheit kennen würde.

Dabei wusste er genau, dass es nur eine Frage der Zeit sein würde, bis sie es erfuhr. Miss Möchtegern hatte ihn schließlich gewarnt. Doch dann schien sie im entscheidenden Moment der Mut verlassen zu haben. Denn als Maria am nächsten Tag in Norberts Begleitung zum Finale erschien, war von ihr nicht das Geringste zu sehen. Daran konnte auch die daraufhin gestartete Suchaktion nichts ändern. Miss Möchtegern blieb unauffindbar. Am Ende blieb der Jury nur noch eins zu tun: Maria zu ihrer Wahl zu gratulieren. Sie war schließlich die einzige noch verbliebene Kandidatin für das Amt des Weihnachtsengels. Norbert konnte sein Glück kaum fassen. Allerdings blieb ihm nur wenig Zeit, um sich daran zu erfreuen. Zum einen hatte Maria ihm gleich nach ihrer Ernennung den Laufpass gegeben und sämtliche mit ihm geschlossenen Verträge für null und nichtig erklärt. Zum anderen erhielt er unangemeldeten Besuch. Als er die Tür öffnete, sah er sich zwei einschüchternd großen Polizeibeamten gegenüber. Sie waren gekommen, um ihn nach Miss Möchtegern zu befragen. Wie sich im Laufe des Gesprächs herausstellte, war Norbert der Letzte gewesen, der sie lebend gesehen hatte. Ihre Leiche war heute Morgen am Fuße eines steilen Abhangs aufgefunden worden, wo sie bereits seit den gestrigen Abendstunden gelegen hatte: in der Nähe des nach Johanngeorgenstadt führenden Kammweges. Das Bild, das sich der Polizei bei ihrem Eintreffen bot, ließ die Beamten zunächst von einem bedauerlichen Unfall ausgehen. »Erst dachten wir, sie hat die Orientierung verloren und sich bei dem anschließenden Sturz das Genick gebrochen«, fasste der Beamte in Hinblick auf den dichten Nebel, der am gestrigen Abend herrschte, zusammen. »Doch dann fanden wir das hier.« Der Beamte hielt Norbert ein in einer durchsichtigen Hülle steckendes Diktiergerät entgegen, das sich in der Jackentasche der Toten befunden hatte.

»Was soll damit sein?« Noch während Norbert seiner Verwunderung darüber Ausdruck verlieh, begann sich in ihm ein ganz furchtbarer Verdacht zu regen. »Nichts, bis auf die Tatsache, dass sich darauf der Mitschnitt eines Gesprächs befindet.« Der Beamte gab Norbert einen

Moment, seine Worte zu verdauen. »Ich nehme an, Sie wissen, wovon ich spreche?«

Er musste nicht hinzufügen, dass es sich dabei um ihr in der Gaststätte geführtes Gespräch handelte. Anscheinend hatte Miss Möchtegern ihm nicht über den Weg getraut und es heimlich aufgenommen. Als Druckmittel für den Fall, dass Norbert sich nicht an sein Versprechen hielt.

»Danach«, riss die Stimme des Beamten ihn aus seinen düsteren Gedanken, »war uns klar, was geschehen war. Das Ganze war in Wirklichkeit gar kein Unfall, sondern Mord. Und Sie haben …«

»Sie müssen sich täuschen. Ich habe sie nicht getötet«, fiel Norbert ihm ins Wort. »Ich …« Weiter kam er nicht.

»Wir täuschen uns nicht.« Die beiden Beamten erhoben sich. »Wenn Sie uns jetzt bitte folgen würden.« Und mit einem Mal wusste Norbert, dass alles Leugnen und Beteuern ihm nichts helfen würde. Dabei war er tatsächlich unschuldig. Nur, dass ihm das niemand glauben würde.

15

OH, DU SCHRECKLICHE …

PETRA STEPS (ANNABERG)

Frank blickte in zwei himmelblaue Augen einer blonden Schönheit, die an einem der Tische in der Hutz'n-Stub auf dem Annaberger Weihnachtsmarkt stand.

»Kennen wir uns irgendwo her? Ich glaube, ich habe Sie schon einmal gesehen«, begann er das Gespräch, nachdem er an den Tisch getreten war. Dass der Platz nur auf ihn gewartet hatte, setzte er voraus.

»Ich wüsste nicht, woher, aber das kann sich schnell ändern«, säuselte die junge Frau mit unverkennbar tschechischem Dialekt.

Tatsächlich, sie ist es. Nur jetzt nichts anmerken lassen, befahl sich Frank.

»Dann habe ich mich wohl geirrt. Ich dachte, Sie wurden in der Freien Presse vorgestellt, als neuer Annaberger

Weihnachtsengel. Passen würde es ja irgendwie, bei den hübschen blonden Locken und den blauen Augen«, versuchte er sich an einem geheuchelten Kompliment.

»Och, gegen himmlische Stunden habe ich nichts einzuwenden. Ich bin darin sogar ziemlich gut, glaube ich. Aber auf der Bühne, ich weiß ja nicht. Etwas diskreter wäre mir lieber«, erwiderte das zumindest äußerlich engelsgleiche Wesen.

Dass es hinter der Fassade anders aussah, wusste Frank bereits.

»Darf ich Sie nach Ihrem Namen fragen?«

»Natürlich, ich bin Hanka, komme aus Boží Dar, also Gottesgab – daher auch meine himmlischen Gaben. Des Menschen Gaben sind seine Aufgaben. Sie verstehen schon«, kicherte sie. »Außerdem habe ich Schuhgröße 37 und Körbchengröße E. Ich wiege nicht erdrückend viel und bin ganz flink. Wollen Sie noch etwas wissen?«

»Was möchten Sie trinken?«

Frank versuchte, dem sich gerade verselbständigenden Geschehen etwas Geschwindigkeit zu nehmen.

»Vorher oder nachher?« Ihre Augen blitzten kurz auf.

Nachher brauchst du nichts mehr, dachte Frank und sagte: »Sprechen wir doch erst einmal über die Gegenwart, bevor wir uns der Zukunft widmen. Auch einen Himbeer-Glühwein?«

»Woher kennen Sie meine Vorlieben?«

Diese verführerische Stimme! Jetzt lass dich bloß nicht wieder einlullen.

»Ok, ich hole uns etwas. Dann sehen wir weiter.«

Frank schluckte den Kloß hinunter, der sich in seinem Hals gebildet hatte. Er reihte sich ein in die Schlange am Glühweinstand und begann zu überlegen. Als er das Geld für den Glühwein auf den Tresen legte, hatte er noch keinen Plan, aber zumindest eine vage Vorstellung davon.

»Ich bin Hanka, wie du inzwischen weißt. Und du?«

»Sascha«, antwortete er kurz, während die Glühweintassen aneinanderploppten.

Wie in jedem Jahr hatten die Annaberger auch diesmal ihre eigenen Weihnachtsmarkttassen anfertigen lassen. Ob sie schöner waren als die vom Vorjahr, konnte Frank nicht einschätzen. Er war nicht hier gewesen. Und auch in diesem Jahr wollte er auf den Weihnachtsmarktbesuch verzichten, doch dann hatte ihn der Hunger übermannt, während die Lust zum Kochen eher schwach ausgeprägt war. Deshalb war er mehr lustlos als begeistert über den Weihnachtsmarkt geschlendert und hatte bei seiner Nahrungssuche an der Hutz'n-Stub Halt gemacht. Hutz'n, das war ein typisches Wort der Erzgebirger und Vogtländer, die an langen Winterabenden zusammenkamen, miteinander redeten und dabei allerlei handwerklichen Tätigkeiten wie Klöppeln, Schnitzen, Spinnen nachgingen. Das Gespräch hier wollte nicht so recht zur Tradition im Gebirge passen. Es fühlte sich für Frank unecht an.

»Was hast du gesagt?«, fragte er nach, als Hankas Wortfetzen an ihm vorbeigeflogen waren. »Entschuldige bitte, ich war in Gedanken schon bei der Arbeit. Ich muss nachher gleich weg«, versuchte er Hanka klarzumachen.

»Oh, dann wird wohl nichts mit uns heute. Das ist schade, Sascha«, erwiderte sie.

»Heute nicht. Aber morgen Abend können wir uns treffen.«

Bis dahin werde ich eine Idee haben, was ich mit dir mache. Oder ich spiele den Feigling, der ich immer war, und lasse dich laufen, fügte er in Gedanken an.

Nach und nach kamen immer mehr Leute in die Hutz'n-Stub. Am Nachbartisch machte es sich ein jüngeres Paar bequem. Er schien aus der Region zu sein, sie sprach mit Berliner Färbung. Die beiden unterhielten sich über Touristen, doch das nahm Frank nur am Rande wahr. Er hatte seinen Glühwein ausgetrunken und überlegte, wie er sich möglichst schnell aus dem Staub machen konnte.

»Für mich ist es schon reichlich spät, die Arbeit ruft. Ich hole mir noch eine Suppe zum Mitnehmen. Morgen 19 Uhr an der Pöhlbergauffahrt, beim Parkplatz. Zieh dir etwas Schickes an. Strapse, Strümpfe, Slip ouvert, das volle Programm, du weißt schon. Wir gehen in ein altes Haus, das demnächst renoviert wird. Ich habe dort noch ein Zimmer. Ok?«, fragte er und blickte in ein verdutztes Gesicht.

»Wieso dort oben und so spät?«

»Eher kann ich nicht, und hier ist dann schon finito. Ich nehme dich mit meinem Auto mit«, setzte Frank nach. Es soll uns doch keiner sehen, fügte er in Gedanken an.

»Ahoi, Sascha, bis morgen. Vergiss das Geld nicht.«

Das Säuseln klang nach Himmel, doch Frank dachte an Hölle. Die Hölle, in die der Möchtegern-Engel ihn befördert hatte, vor einem halben Jahr, bei der Annaberger Kät.

Frank lief die paar Meter vom Markt über die Klosterstraße und bog nach links ab, um zum Altstadt-Parkhaus zu gehen. Auf dem Klosterberg rutschte er mehr, als dass er lief, und fand sich nach einem Sturz auf dem Boden wieder. Die Suppe hatte er mit der rechten Hand gerade noch so retten können. Er hoffte, dass das Engelchen ihn nicht beobachtet hatte, denn Fliegen war wohl mehr ihr Metier. Fliegen, eine gute Idee. Vielleicht eine Treppe hinunter? Zu unsicher.

Obwohl es bereits dämmerte, ging Frank ein paar Meter zurück zum alten Postamt, das künftig das große Erzgebirgs-Finanzamt werden sollte. Finanzamt mit Leiche im Keller – der Gedanke gefiel ihm. Das nahe gelegene Polizeirevier bereitete ihm etwas Bauchschmerzen, doch dann fand er einen Eingang ins Gebäude, der nicht einzusehen war. Die Tür war angelehnt. Frank hoffte, dass sie das auch am kommenden Tag noch sein würde. Er würde vorher nachschauen. Ansonsten würde Engelchen gleich an der Pöhlbergauffahrt dran glauben müssen.

Glauben Engel eigentlich? Und wenn ja, woran?, fragte er sich. Doch allzu viel Energie wollte er auf das Nachdenken nicht verschwenden. Er hatte seinen Glauben verloren, vor fast einem halben Jahr, als Sandra starb und mit ihr das gemeinsame, noch ungeborene Baby. Frank war mit seinen Kollegen auf der Annaberger Kät gewesen. Sie hatten darauf bestanden, das größte Volksfest Sachsens zu besuchen, als kollektivbildende Maßnahme. Im Grunde war die Tour ein einziges Fiasko gewesen. Peter konnte nicht einmal Riesenrad fahren, ohne dass ihm schlecht wurde. Falko war zu faul, sich an einem der Stände anzustellen, doch ausgerechnet bei den Fischbrötchen, die er unbedingt wollte, war eine lange Schlange. Karlheinz waren die Getränke zu teuer gewesen. Als sich dann alle bei der Wildwasserbahn Poseidon nass gematscht hatten und aussahen wie eingepinkelt, zogen sie ins Festzelt im italienischen Dorf ein. Dort grölte ein Schlagersternchen seine letzten Takte, die sie in reichlich Bier ertränkten, das der Chef spendiert hatte. Peter verteilte dazu unauffällig ein paar Kurze, die in seiner Tasche auf Vernichtung warteten. Es dauerte nicht lange, und die Kollegen waren in einem Zustand, den man nicht mehr mit gutem Gewissen als nüchtern bezeichnen konnte. Frank hatte sich zurückgehalten. Schließlich war Sandra hochschwanger und er rechnete jederzeit mit einem Anruf, der ihn zu ihr oder ins Annaberger Krankenhaus beorderte, auch wenn der Geburtstermin noch ein wenig in der Ferne lag. Die drei Bier müssen jedoch gereicht haben, um das Blut vom Gehirn aus in tiefere Regionen abfließen zu lassen. Auf dem Weg von der Toilette zurück ins Festzelt traf er Hanka, die damals Aneta hieß. Sie waren sich schnell einig geworden. Das aus Böhmen stammende Kät-Flittchen wartete am Riesenrad, während Frank sich eilig von seinen Kollegen verabschiedete.

»Ich muss nach Hause. Sandra hat angerufen. Sie hat Angst, dass es losgeht, und möchte nicht allein sein«, hatte er gelogen.

Dann beging er diesen unverzeihlichen Fehler, der ihn seine Familie kostete. Bevor er mit Aneta im Stadtpark an der Pöhlbergauffahrt verschwand und eine schnelle Nummer schob, fuhr er mit ihr Riesenrad. Möglich, dass ihn dabei jemand aus Sandras Freundeskreis beobachtet und ihr erzählt hatte, was ihr Holder gerade treibt. Jedenfalls kam sie in den Stadtpark, als Aneta vor ihm kniete und er ihr gerade seinen Orgasmus ins Gesicht spritzte. Sandras braune Augen mit dem verachtenden Blick verfolgten ihn noch immer. Es war der letzte Blick, den sie ihm zuwandte. Sie drehte sich um und lief in Richtung Straße davon. Er folgte ihr. Am Ende des Parks angekommen, hörte er einen lang gezogenen Schrei und quietschende Reifen. Er schrie Sandras Namen in die Dämmerung, doch sie hörte ihn nicht mehr. Sie war gegangen, für immer, und mit ihr das Baby. Der Mann im Unfallauto hatte 2,6 Promille intus und war viel zu schnell gefahren. Sie hatte ihn in ihrer Aufregung übersehen, als sie über die Straße in Richtung Parkplatz rannte.

Kurt Krause, Hausmeister bei einem Annaberger Dienstleistungsunternehmen, hatte seinen letzten Arbeitstag. Bevor er zum neuen Jahr in den wohlverdienten Ruhestand wechselte, konnte er seine verbliebenen Urlaubstage genießen und zusammen mit seiner Frau das Weihnachtsfest vorbereiten. Wie immer hatten sich Kinder und Enkelkinder angesagt. Nur noch ein letzter Gang durch ein paar leer stehende Gebäude stand ihm bevor, nichts Aufregendes. Von der Klosterstraße aus begab er sich zum alten Postgebäude, das Teil des expandierenden Finanzamtes werden sollte. Er wunderte sich über die unverschlossene Tür am Anbau mit der Paketannahme und -ausgabe. Zwischen seiner letzten Tour und dem heutigen Tag musste jemand im Haus gewesen sein. Er lief in den Schalterraum, doch dort schien alles unverändert. Dann stieg er die Treppe in den Keller hinab. Aus den Augenwinkeln heraus nahm er eine auf dem Boden liegende Frauengestalt wahr. Obwohl er sich diesen Anblick gern erspart hätte, musste er näher herangehen. Dann zog er sein Mobiltelefon aus der Tasche und wählte die Nummer des gegenüberliegenden Polizeireviers.

»Hausmeister Krause hier, ich habe gerade einen schrecklichen Fund gemacht, eine Frauenleiche.«

»Wo sind Sie?«, setzte der Beamte am Telefon den W-Fragen-Katalog fort.

»Sie brauchen kein Auto, Sie können zu Fuß gehen. Die Frau liegt in der alten Post, im Keller.«

»Sind Sie sicher, dass sie tot ist?«

»Ja, und wie es aussieht, schon ein bisschen länger«, fügte Kurt Krause an.

Er stieg die Treppen in Richtung Erdgeschoss nach oben und wartete auf das Eintreffen der Polizei.

»Kriminalhauptkommissar Uhlig, Sie hatten angerufen?«, stellte sich Lars-Oliver vor. Er war für Kapitaldelikte in der Annaberger Region zuständig.

»Krause, Hausmeister Krause. Ich wollte vor Weihnachten noch einmal nach dem Rechten sehen«, entgegnete sein Gegenüber. Nach einem kurzen Blick auf den Fundort der Leiche rief Uhlig seine Kollegen in der Polizeidirektion Chemnitz an.

»Genau, das volle Programm. Oh, du schreckliche Weihnachtszeit!« und »Ja, ich kümmere mich um Arzt und Staatsanwalt«, sprach er ins Telefon.

»Herr Krause, würden Sie bitte oben an der Tür bleiben? Es dürfen nur die Polizeibeamten, der Arzt und der Staatsanwalt ins Haus, möglichst in dieser Reihenfolge. Später der Bestatter. Nicht, dass eine Völkerwanderung vom Weihnachtsmarkt her einsetzt und uns alle Spuren zerstört!«

»Na klar, meine Arbeitszeit ist eh noch nicht zu Ende. Darf ich meinen Arbeitgeber informieren?«

»Ja, natürlich, aber bitte diskret. Und auch er soll sein Wissen am besten in den Tresor sperren!«

Krause stellte sich breitbeinig in die Eingangstür. Es dauerte nicht lange, und Arzt und Staatsanwalt trafen ein. »Kein natürlicher Tod. Sieht man ja von Weitem. Schade um sie, sie war hübsch. Aber sicher auch käuflich, wie man an der Bekleidung sieht. Ich setze das Kreuz bei ›Anhaltspunkte für einen nicht-natürlichen Tod‹. Alles Weitere überlasse ich Polizei und Justiz. Ich muss zu meinen Patienten«, sagte der Arzt und empfahl sich.

»Auf jeden Fall Rechtsmedizin. Ich rufe gleich in der Chemnitzer Außenstelle an. Schlimmstenfalls müssen wir sie nach Leipzig bringen lassen. Aber erst lassen wir Ihre Kollegen ans Werk«, fügte der Staatsanwalt an. Chemnitz wäre mir lieber, da kenne ich den Rechtsmediziner, dachte Oli. Während er auf die Tatortgruppe aus Chemnitz wartete, rief er Adina an.

»Schatz, ich komme später. Aus dem Weihnachtsmarktbesuch wird heute nichts. Ich glaube, das hier dauert länger.«

»Hoffentlich nichts Schlimmes«, erwiderte Adina. Oli schwieg. Das tat er immer, wenn er nicht antworten wollte oder nicht allein war. Sie hakte nicht nach.

»Vielleicht gehe ich noch einmal allein einen Glühwein trinken«, setzte Adina an.

»Na, dann kommst du ja bei mir vorbei. Lauf einfach weiter«, forderte er sie auf. Damit hatte er die Neugier seiner Freundin erst so richtig geweckt.

»Sperma von sieben verschiedenen Männern?«, wiederholte Oli am Telefon die Worte des Rechtsmediziners. »Klingt nach professionell, oder was meinst du? Offen gestanden sah sie so aus mit den Strapsen und dem offenen String unter dem Plastenerz, jetzt im Winter.«

»Ich würde noch weitergehen: Tschechen-Strich! Sie ist ziemlich abgenutzt da unten«, antwortete Olis Freund.

»Wir haben keine Papiere gefunden. Könnte auch ein Raubmord sein. Sie hatte nichts bei sich. Woran ist sie gestorben?«

»Die Schlinge um ihren Hals hast du doch sicher gesehen. Ich würde sagen, sie war vorher schon bewusstlos. K.-o.-Tropfen oder so was. Warten wir die Laborbefunde ab. Die dauern noch, weißt du ja. Ich hab was gut bei dir!«

»Aber sicher doch, komm rüber, noch ist der Weihnachtsmarkt geöffnet«, lud Oli den Mediziner ein.

»Da kannst du mir auch gleich deine Freundin vorstellen. Hat sich ja bis Chemnitz rumgesprochen, dass du schwer verliebt bist.«

»Wenn sie hier ist, warum nicht. Sie lebt aber noch in Berlin und manchmal reist sie auch in der Weltgeschichte herum. Journalistin eben. Aber ich bin ja auch nicht immer zu Hause.«

Die kommenden Tage brachten den Beamten keinerlei Fortschritte.

»Ich habe die Aufzeichnungen des Lagezentrums aus dem vergangenen halben Jahr studiert. Ich dachte, es springt mir etwas ins Auge. Nichts. Nur die Sache mit dem Unfall ist mir aufgefallen, auf der Pöhlbergauffahrt, wo während der Kät die hochschwangere Frau verunglückte. Der Fahrer steht demnächst vor Gericht. Ich muss als Zeuge aussagen. Muss schrecklich für den Mann des Opfers und Vater des ungeborenen Kindes sein.«

»Kennst du seinen Namen?«

»Nein, auf der Einladung stand nur der Name des Angeklagten, nicht der des Nebenklägers. »Warum?«

»Warte einen Moment, ich bin gleich wieder da«, wich Adina einer Antwort aus.

Mit einem triumphierenden Lächeln und einem Ausdruck in der Hand kam sie nach wenigen Minuten ins Wohnzimmer zurück.

»Schau, die Zeitung mit den vier Buchstaben hat ihn auf dem Friedhof fotografiert. Ein trauernder Mann, so etwas geht doch näher als ein steinerner Grabstein.« Adina reichte Oli das Bild. »Und jetzt sieh dir den genau an. Fällt dir etwas ein?«

»Nein, Adina, was soll ich auf dem Bild sehen?«

»Nicht auf dem Bild, nur an das Gesicht könntest du dich erinnern. Der stand letzte Woche neben uns in der Hutz'n-Stub.«

Oli musste lachen, wie sie sich das erzgebirgische Wort herausquälte, aber immerhin versuchte sie es. »Und er stand nicht allein dort, sondern mit einem Rauschgoldengel, der ein wenig nach Prostitution roch«, fügte Adina an.

»Und, dämmert es? Wenn das mal nichts miteinander zu tun hat, der Unfall und die Tote. Hast du ein Foto von ihr?«

»Nicht hier, aber wir haben schon überlegt, ob wir es ins Netz stellen und nach Zeugen suchen, die sie gesehen haben.«

»Du bist ja selbst ein Zeuge. Versuch, dich zu erinnern! Er kam mit zwei Glühweinbechern, fast gleichzeitig mit dir.«

»Jetzt, wo du das sagst …«

»Und tu nicht so, als hättest du die Frau nicht bemerkt!« Adina lachte Oli an.

»KHK Uhlig, hallo Christin. Ich brauche dringend die Adresse von Frank Müller. Das ist der Mann, dessen Frau bei der Kät an der Pöhlbergauffahrt tödlich verunglückt ist. Und schick mir gleich einen Streifenwagen, volle Besatzung. Es eilt.«

»Alles klar, Chef, wird prompt erledigt. Das Auto ist gerade in Königswalde und wollte dann nach Mildenau. Ich kümmere mich. Bastian soll gleich umdrehen.«

Es dauerte nicht lange, bis Oli die Anschrift hatte und die Besatzung des Streifenwagens vor dem Hauseingang hupte. Doch auch wenn sie schneller gewesen wären, hätten sie nichts mehr retten können.

»Herrn Müller habe ich schon zwei Tage nicht gesehen. Das ist eigentlich ungewöhnlich«, sagte die Frau im Erdgeschoss des Stadthauses, als sie an der Klingel mit dem Namen »Müller« Sturm geklingelt hatten. Nach der Türöffnung durch die Feuerwehr fanden die Beamten Frank Müller und seinen Abschiedsbrief.

»Suizid. Ruf den Staatsanwalt«, sagte Oli zu Bastian.

Adinas Handy machte pling-pling. Sie öffnete die Schutzhülle und las die Nachricht. »Adina, du bist mir unheimlich. Ich liebe dich. Oli.«

16

HEILIG-OHMD-LIED IN OEDERAN

BEATE WERNER (OEDERAN)

»Private Nummer«, Anrufe mit unterdrückter Nummer nahm Grace Bielstedt nicht an. Normalerweise. Normalerweise hieß, wenn das Auftragsbuch gut gefüllt war. Das war es aber nicht. Die Spezialisierung ihres Ateliers auf Lost-Places-Aufnahmen, das Fotografieren von verlassenen Plätzen und Gebäuden, hatte bisher noch nicht so viele Kunden gebracht, wie Grace erhofft hatte. Sie konnte sich diesen Luxus demzufolge gar nicht leisten.

»Pictures and more, Bielstedt. Was kann ich für Sie tun?«

»Meier, ich habe einen Auftrag für Sie!«

»Herr Meier, ist das Ihr Name oder ein Pseudonym?« Grace war schon kurz vor 180 und wollte auflegen.

»Natürlich ein Pseudonym, was dachten Sie. Ich bitte Sie in Ihrem Maileingang nachzuschauen. Dort haben Sie einen schriftlichen Auftrag mit dem dazugehörigen Angebot. Lesen Sie sich alles gut durch und antworten Sie auf die Mail, wenn Sie den Auftrag annehmen.«

»Sagen Sie mir bitte, worum es geht?«

»Um einen Fotoauftrag. Alles, was Sie für den Auftrag wissen müssen, steht detailliert in der Mail. Sie können nur einmal auf die Mail antworten.«

»Und wie erwarten Sie die Abwicklung, falls es eine gibt?«

»Wir haben Ihre Kontaktdaten und melden uns.«

»Und …« Es knackte und die Verbindung wurde abgebrochen. »Smartphones knacken doch nicht, wenn ein Gespräch beendet wird, oder?«, dachte sie. Grace saß ungläubig an ihrem Schreibtisch und klappte mechanisch den Deckel ihres Notebooks auf.

»Absender: meier@lostplaces.pm, Betreff: Auftrag Bildband, sehr geehrte Frau«, Grace schluckte und las mehrmals, was da vor ihren Augen leicht flirrend auf dem Monitor erschien. »Punkt pm – Peter oder gar Pascal Meier – hat der »Meier« seine eigene Top-Level-Domain? Was soll das alles?« Graces Gedanken kreisten »Wissen, dass es sehr kurzfristig ist, kennen Ihre Referenzen, Lost-Places-Aufnahmen … Weihnachtsbilder, Erzgebirge, 30. September.«

Irgendwie wurde ihr das alles zu viel. Grace hockte sich mit dem Notebook in die hinterste Ecke ihres Lofts und grübelte über den Auftrag. Die Summe, die am Ende des Angebotes in roten Zahlen stand, würde auf ihrem Konto das Gegenteil bewirken und aus rot schwarz werden lassen. 15.000 Euro, so eine Zahl hatte sie lange nicht mehr gesehen. Das letzte Mal unter dem Kreditvertrag, dessen Rückzahlung ihr im Nacken saß.

Es ist ja nichts, was verboten ist. Na ja, nicht richtig verboten. »Lost Places« erfreut sich auch bei Hobbyfotografen wachsender Beliebtheit. Grace hatte dieses Genre der Fotografie perfektioniert und fotografierte in den allermeisten Fällen Lokalitäten mit Genehmigung der Eigentümer.

»Assistenz ist möglich, Models suchen Sie selbst, keine Profimodels.« Einen Assistenten könnte sie mitnehmen. Heiko, ja genau, Heiko war der Richtige für so einen mafiös klingenden Auftrag.

»Wie viel, und dann noch die Spesen und Auslagen? Und da überlegst du noch?« Obwohl sie Heiko die Mail hatte lesen lassen, war er sofort und ohne zu überlegen Feuer und Flamme.

»Wohin soll gleich die Reise gehen?«

»Oederan, Erzgebirge.«

»Das ist so zwischen Chemnitz und Freiberg, oder?«

»Ich denk mal, ja.«

»Nicht denken, machen. Komm Mädel, antworte auf die Mail und ab nach Oederan!«

So flau es ihr im Magen war, so locker nahm es Heiko. Kunststück, sein Name stand auch nicht in den Unterlagen. Leicht zittrig setzte sie die Signatur unter die Auftragsbestätigung. Punkt pm, noch nie gelesen. Wieder beschäftigte sie dieses seltsame Kürzel. Als sie eine zweite Mail mit der Frage nach dem PM schickte, kam die Mitteilung über die Nichtzustellbarkeit der Mail: »delivery error: Sorry your message to meier@lostplaces.pm cannot be delivered. This account is unknown« – Empfänger unbekannt.

Heiko hatte in dieser Nacht viel Überzeugungsarbeit zu leisten, um Grace den Auftrag ein zweites Mal schmackhaft zu machen. Gegen Morgen stimmte sie endgültig zu.

Ein paar Tage später standen die beiden am Ortseingangsschild von Oederan und blickten ins Tal auf die in sonnigem Gelb strahlende Kirche. Heiko trug eine alberne Weihnachtsmannmütze und sang gefühlt das hundertste Weihnachtslied.

»Hör auf!«, rief Grace.

»Ich muss uns doch einstimmen. Komm, werd' locker!«

Als er in einem künstlich klingenden Erzgebirgisch von sich gab: *»Heit fahrn mor nei nach Oederan, do gibt's ›De Weberei‹, des is a sches Museum worn, do gehn mor heit mol nei!«*, musste Grace lachen, zum ersten Mal seit dem Auftragseingang.

Sie waren in der Pension »Am Teichplan« in der Nähe zum Stadtzentrum abgestiegen und erkundeten die Innenstadt. Es ging darum, Lost Places zu finden, um die Bilder machen zu können. Und dann mussten noch Models gefunden werden.

Einen Besuch in »Der Weberei« gönnten sie sich, schon allein, weil hier allerhand zur Stadtgeschichte zu erfahren war. Die Kenntnis der Geschichte der Wirtschaft einer Region barg oftmals Hinweise zu stillgelegten Betrieben, die für den Fotoauftrag geeignet sein könnten. In diesem Fall war das ein Betriebsteil des ehemaligen VEB Wäscheunion Mittweida.

Als sie das Museum verließen, stupste Heiko Grace an: »Sieh mal, da drüben, die alte HO-Verkaufsstelle.«

»Stimmt, noch fast original! Meinst du, wir bekommen raus, wem das Gebäude gehört?«

»Grace, dazu ist keine Zeit!«

»Wir schauen es uns an, okay?«

Wie zu erwarten war, fanden sie die Türen und Eingänge vermauert, Fenster mit Platten vernagelt vor, und es gab keinen Hintereingang. Aber beim Nachbarhaus hatte man nicht so viel Wert auf Unzugänglichkeit gelegt. Die beiden fanden Spuren von Vorgängern, die sich zum Haus Zutritt verschafft hatten. Einmal drin, fanden sie auch einen Weg ins Objekt ihrer Begierde.

Im Inneren sah es aus wie Omas alte HO um die Ecke. Regale an der Wand in denen, wie vergessen, noch Konserven und undefinierbare Pappschachteln standen. Begeistert waren die beiden, als sie sahen, dass Weihnachtsdekoration von der Decke hing und ein von Spinnen eingehüllter Plasteweihnachtsbaum in der Ecke stand.

»Am Jahresende war wohl Schluss für den Laden«, bemerkte Grace melancholisch. Zentimeterdicke Staubschichten hatten durch Fuß- und Handabdrücke unregelmäßige Muster erhalten. Rußfahnen an Wand und Decke wiesen den Weg zu einer Feuerschale.

»Sieh an, warmer Abriss gescheitert!«, stellte Heiko sarkastisch fest. »Du brauchst nur noch Models!«

»Ja, und verrückte noch dazu. Die sollen hier herein gehen, niemandem sagen, dass sie hier drin waren und, und, und. Mir fallen schon wieder Tausend Gründe ein …«

»Wir finden welche. Sind im Umkreis nicht ein paar Hochschulen und Unis? Da sind sicher einige Studenten bereit, etwas zu verdienen, das muss ich dir doch nicht sagen.«

»24?«

»Na ja, auch der eine oder andere Oederaner wird mitmachen. Neugierig sind sie doch alle. Immerhin werden wir seit unserer Ankunft nicht aus den Augen gelassen.«

Nachdem sie sich im Supermarkt ein paar Sandwiches und eine Flasche Rotwein besorgt hatten, informierte sich Grace über die Eigentums- beziehungsweise Verwaltungsverhältnisse der Wäscheunion. Zwei Locations waren für einen Bildband, der wie ein Adventskalender 24 Bilderserien plus Einband beinhalten sollte, auf alle Fälle schon mal gut.

»Morgen kümmern wir uns um die Models.«

»Grace, ich habe schon ein paar Zusagen. Zwei Männer und drei Frauen.«

»Woher?«

»Aus Mittweida, Chemnitz und Freiberg.«

»Die ZUSAGEN!«

»Willst du nicht wissen …«

Die ersten Bilder in der »Wäscheunion« waren fotografiert. Als Belohnung lud Grace Heiko ins Eiscafé »Börner« ein, um bei einer Überdosis Zucker und Koffein den nächsten Tag zu planen. Dabei bedurfte es großer Anstrengungen, ein Gespräch vom Nachbartisch zu ignorieren:

»Siehst du dahinten in der Ecke – nun guck nicht so auffällig hin – den Fritz?«

»Nu.«

»Siehst du die Frau, die da mit am Tisch sitzt?«

»Nu.«

»Die Elisabeth ist zwar schon über ein Jahr verschwunden, aber muss das in dem Alter in aller Öffentlichkeit sein?«

»Nu … Was hast du gesagt?«

»Guck einfach hin!«

Nachdem sie gezahlt hatten und an der Kirche vorbei zur Pension gegangen waren, sang Heiko seinen neuen Ohrwurm: *»Heit fahrn mor nei nach Oederan und gehn zum Börnersch Bäck, do sitzt der Fritz mit neier Fraa ganz hinten in dor Eck …«*

»Du bist ein Kindskopf!«

Die Idee, auf dem Wochenmarkt Oederaner anzusprechen, als Models für Grace zu arbeiten, fand diese anfangs – wie die meisten Ideen von Heiko – Unsinn, vertane Zeit. Nachdem Heiko mit fünf Damen und zwei Herren unterschiedlichen Alters, teils nahe und teils jenseits der 50, zu ihr kam, war sie dann doch begeistert.

Am nächsten Morgen hatten sie die Ausrüstung in die alte HO-Verkaufsstelle gebracht und aufgebaut, als die Models, abzüglich einer Dame, erschienen. Sie waren nicht ohne ein paar Weihnachtsdekorationen, verschiedenen Kostümen und Accessoires gekommen, was Grace verblüffte. »Dieses Oederan ist überraschend!«, stellte sie fest.

Nach anfänglichen Schwierigkeiten, die es immer mit Laienmodels gibt, lief das Shooting gut und vor allem zügig. Die ersten beiden Serien waren im Kasten, und Grace gönnte den Weihnachtsmodels eine Pause.

Die nächste Einstellung sollte ein Wohnzimmer werden, staubig, rußig und weihnachtlich. Heiko schob diverse Möbelstücke zu einem Arrangement zusammen, dekorierte, um anschließend alles wieder mit einer Staubschicht zu versehen. »Darin war er wirklich gut. Worin eigentlich nicht?«, sinnierte Grace.

Jens, der in diesem Wohnzimmer den Weihnachtsmann geben sollte, bemerkte, dass er beim Durchqueren des Vorraumes einen Kühlschrank gesehen habe. Grace hatte sofort ein Bild vor Augen. »Könnt ihr mir den bitte hier reinbringen? Das wäre eine gute Ergänzung. Ein paar Bierdosen haben wir doch, oder?«

»Nein, aber einen halb leeren Kasten Bier von werweiß-wann.«

»Noch besser.«

Die drei Männer wuchteten den Kühlschrank herüber. »Ich wusste gar nicht mehr, dass die so schwer waren.

Na ja, eben noch gute Vorkriegsware, dkk Scharfenstein«, sagte Jens und wischte sich Schweiß von der Stirn.

»Heiko, schau doch bitte mal nach, ob wir noch eine Lampe dabeihaben. Sabrina soll im nächsten Bild mit Kittelschürze beim Saubermachen die Tür vom Kühlschrank öffnen und hineinsehen.«

Die Lampe kam und der Kühlschrank wurde in Position gebracht. Sabrina wollte helfen und öffnete die Tür.

Ein Schrei, ein dumpfer Aufprall und eine Staubwolke verkündeten Schreckliches. Heiko zog Sabrina zur Seite, öffnete die Tür erneut, stieß einen würgenden Laut aus und übergab sich.

Grace stand wie versteinert vor dem Bild des Grauens. Im Kühlschrank, eingewickelt in Bettlaken, lag ein Mensch, beziehungsweise das, was von ihm übrig war.

Fast alle Models, Heiko und letztendlich auch Grace hatten Mageninhalt irgendwo im angrenzenden Raum verteilt.

»Wir müssen die Polizei rufen.«

»Dann bekommen wir doch Probleme, oder?« Jens sah ziemlich geschafft und ein wenig ängstlich aus.

»Wenn wir sie nicht rufen, bekommen wir noch viel mehr. Wir haben hier so viele Spuren hinterlassen, dass ein Polizeischüler in der ersten Ausbildungswoche den Fall lösen kann. Und außerdem dürften wir laut genug gewesen sein, dass irgendwer uns gehört hat. Ich rufe jetzt an. Zieht euch um und geht am besten in den Verkaufsraum.«

Es dauerte nicht sehr lange, bis die ersten Polizisten auf dem Markt und der Freiberger Straße eintrafen, sich Zugang zum Objekt und einen ersten Überblick verschafften. Grace hatte gedacht, sie wären länger unterwegs. Aber hier ging es ja auch um ein Kapitalverbrechen, nicht um ihren Einbruch.

Der Tatort wurde gesichert und die Personalien aller Beteiligten festgestellt. Dann erwartete man weitere Beamte aus Dresden zur Spurensicherung und Ermittlung.

Die Dresdner Kriminalisten stellten sich der Reihe nach vor, und so wie sie die Namen und Dienstgrade gehört hatte, hatte Grace sie auch schon wieder vergessen. Sie versuchte, die Ereignisse der letzten Tage halbwegs sortiert rüberzubringen. Als sie von der Auftragserteilung berichtete, sah der ermittelnde Beamte ungläubig von seinem Notizbuch auf. »Wir sind hier im Erzgebirge, nicht in New York, Istanbul oder auf Sizilien, würden Sie so nett sein und das Ganze so zu Papier geben, wie es wirklich war.«

»Ich habe die Mail ausgedruckt. Sie ist bei den Papieren in meiner Tasche, drüben am Tisch.«

Der Beamte stand auf und holte die Tasche, Grace nahm die Mappe mit Unterlagen heraus und der Kriminalist blätterte. Er konnte nicht glauben, dass Grace überhaupt in Erwägung gezogen hatte, diesen Auftrag anzunehmen.

Die Gruppe Polizisten, Grace, Heiko und die Models waren ins Rathaus umgezogen. Dort hatte der Bürgermeister einen Raum zur Verfügung gestellt. Grace nahm dankend eine Tasse heißen Kaffees an, ebenso eine warme Decke, und setzte sich in die hinterste Ecke des Raumes, wie damals, als der Auftrag einging.

Brummend vibrierte ein Smartphone, und es erklangen ein paar Takte des Heilig Ohmd Liedes.

»Sorry, ich wollte cool sein«, stammelte Jens verlegen.

»Schon in Ordnung«, flüsterte Heiko und dachte an seine eigenen Strophen.

Grace stellte die Tasse beiseite und wühlte sich aus der Decke, stand auf und sah Heiko an. »Erinnerst du dich an den Cafébesuch? Was haben die beiden am Nachbartisch gesagt? Was hast du dann gesungen?«

Heiko kratzte sich am Kopf und lief aufgeregt auf und ab.

»*Do sitzt dor Fritz mit neier Fraa …*«

»Genau, mit neuer Frau, die Elisabeth!« Die beiden berichteten von dem Cafébesuch und dem lauten Gespräch am Nachbartisch.

Den Auftrag würde sie nun nicht mehr zu Ende bringen können. Den Lost Places-Weihnachtsbildband würde es nicht geben. Wieder zu Hause in ihrem Loft wartete Grace auf die Kontaktaufnahme des ominösen Herrn Meier. Heiko schlief wie immer den Schlaf der Gerechten auf ihrer Couch.

Inzwischen versuchte sie, ein paar Überweisungen zu tätigen und den Stand ihres Kontos nicht allzu sehr zu strapazieren. Sie konnte es nicht glauben, 15.000 Euro waren am Vortag gebucht. Das würde leider nicht liegen bleiben, denn der Auftrag war nur halb erledigt. »Schade!«, dachte Grace, »Aber …!« Ihr Monitor zeigte den Eingang einer Mail:

»Sehr geehrte Frau Bielstedt, ich danke Ihnen für die hervorragende Ausführung meines Auftrages. Die 15.000 Euro sind die Belohnung für die Aufklärung des Verschwindens meiner Schwester Elisabeth. Sie war seit fast zwei Jahren unauffindbar. Da aber nichts auf Mord oder Selbstmord deutete, stellten die Behörden die Ermittlungen ein. Ich bedauere, dass ich Sie mit hineingezogen habe und Sie durch mich Unannehmlichkeiten hatten. Die Strafe für den Hausfriedensbruch werde ich ebenfalls übernehmen, falls es eine gibt. Ich wünsche Ihnen alles Gute und verbleibe mit freundlichen Grüßen, Peter Meier.«

Bevor sie aufspringen konnte, hielt Heiko ihre Hände fest. »Lass es gut sein.«

17

VOM VERSCHWINDEN DER SCHÖNEN

FRANCIS MOHR (GLASHÜTTE)

Leise schaute in die Nacht seines Zimmers und folgte dem Klicken der Pendelwanduhr. Der gleichförmige Ton beruhigte seine Sinne und schaffte es stets, auf heilsame Art seine Gedanken zu fokussieren. Geerbt hatte er die Uhr im Art-déco-Stil vom Großvater, der sie stolz als Regulator bezeichnete. Aber sie war kein echter Regulator, wenngleich Antrieb, Pendel und Hemmung mit Uhrwerk und Zifferblatt allesamt in einem gemeinsamen Holzgehäuse mit frontaler Verglasung untergebracht waren.

Echte Regulatoren haben aber auf einem großen Zifferblatt den Minutenzeiger. Auf zwei kleineren Hilfszifferblättern drehen sich die Stunden- und Sekundenzeiger. Das konnte Opas Uhr allerdings nicht bieten, denn bei ihr dominierte nur ein Zifferblatt mit Stunden- und Minutenzeiger.

Leise hatte vorm Zubettgehen seinen Kontoauszug studiert und grübelte darüber nach, ob es eine gelungene Entscheidung gewesen war, den Job im Ingenieurbüro Anfang des Jahres hinzuschmeißen und endlich das zu tun, wovon er bereits als Kind geträumt hatte.

Als Kind durfte er mit Vater die Serien mit Thomas Magnum sehen. Er fieberte mit dem sportlichen Mann im 80er-Jahre-Groove mit, wenn der mit einem roten Ferrari über die Straßen auf Hawaii düste, Fälle löste oder sich mit Higgins und dessen Dobermännern Apollo und Zeus herumärgern musste. Und statt Fußball mit den Schulfreunden zu spielen, schmökerte Leise lieber gebannt in den Romanen von Raymond Chandler und wünschte sich, wie Philip Marlowe zu sein. Wie ein Getriebener las er die Romane mehrfach. Und immer wieder entdeckte er frische Bilder zwischen den bereits gelesenen Zeilen, wenngleich er den Ausgang der Geschichte dann bereits kannte. Manchmal legte er nach der Hälfte des Buches dieses zur Seite und versuchte, ein neues Finale zu konstruieren.

Und nun lag Leise seit einem halben Jahr mehr auf der Couch, als für Aufträge auf Achse zu sein. Er bemühte sich schon, aber das Geschäft war hart, und er hatte sich noch keinen Namen gemacht. Das Gesparte würde noch ein halbes Jahr reichen, dann würde er stempeln gehen. Er war nun Privatdetektiv und ihm fehlten die Kröten, um sich ein Büro für eine Detektei zu mieten. An einem Internetauftritt bastelte er, verstolperte sich aber ständig an der Programmierung. Allerdings genoss er es, sein eigener Chef zu sein. Privatdetektiv war kein geschützter Beruf. Eine Ausbildung war dazu nicht nötig, wenngleich hilfreich. Leise setzte auf seine Kombinationsgabe und Neugier und seinen sozialen Instinkt. Für das Steueramt war er nunmehr ein stinknormaler Gewerbetreibender. Als persönliches Label erfand er für sich den Namen Dresden Detectivs, obwohl er noch alleine schnüffelte. Sein Plan war es, in naher Zukunft ein Team um sich zu scharen und auf große Jagden zu gehen.

In den letzten Monaten beschattete er die Männer eifersüchtiger Ehefrauen, deckte Bettgeschichten zwischen Kollegen auf und ermittelte die Treue von Arbeitnehmern, die trotz Krankschreibungen nebenher schwarzarbeiten gingen. Mit den Fällen von Magnum oder Marlowes hatte das allerdings wenig zu schaffen. Kriminalromantik Noir blieb bislang außen vor.

In die Melancholie von Leise klingelte das Handy.

»Ja, bitte. Sie sprechen mit Chief Detectiv Paul Leise von den Dresden Detektivs«, bemühte sich Leise um eine seriöse und zugleich entschlossene Ansage.

Auf der anderen Seite räusperte sich eine männliche, leicht knarzige Stimme.

»Mein Name ist Stelzer. Ich habe Ihre Nummer aus dem Internet und hoffe, dass Sie der richtige Mann sind. Es geht um ein Sujet important«, offerierte der Anrufer.

»Wann darf ich bei Ihnen sein?« Dienstbeflissen sprang Leise längs von der Couch und brachte das kleine Notizbuch und einen Bleistift in Stellung.

»Kommen Sie in die Uhrenmanufaktur Federhaus. In Glashütte. Ferdinand-Adolph-Lange-Platz. Dann erfahren Sie den Rest. Wann können Sie hier sein?«

Leise schaute auf die Wanduhr und rechnete.

»In einer Dreiviertelstunde.«

»Hervorragend. Bis gleich vor der Manufaktur.« Herr Stelzer nannte ihm seine Handynummer, mit der Bitte ihn anzurufen, sobald er vor dem Manufakturgebäude angekommen sei.

Leise hastete die Treppen des Neubaublocks hinunter. Er startete seinen Wagen und manövrierte sich aus der Betonwüste in Prohlis in Richtung Glashütte davon. Die Straßen waren frei, da der Abend fortgeschritten war. Später passierte er das Ortseingangsschild von Glashütte und die Luchauer Straße. Der erleuchtete Markt war wie leer gefegt. Lichterschmuck begrüßte die nahenden Feiertage. Hinter den Fensterscheiben flimmerten Fernseher und Computermonitore. Nussknackerfiguren und Räuchermännchen schauten hinter den Scheiben auf die Gehwege. Das Gebäude des Deutschen Uhrenmuseums tauchte strahlend vor Leises Wagen auf. Leise fuhr noch ein Stück weiter, vorbei an schicken Ateliers, in denen die edlen und teuren Zeitmesser ihre Käufer fanden, und hielt vor der Manufaktur an. Er stieg aus, bewunderte den prächtig hellen Bau der Manufaktur Federhaus. Er tippte die Nummer von Herrn Stelzer ins Handy ein. Es dauerte keine Minute und Stelzer stand vor ihm. Ein eloquenter älterer Herr in feinem Zwirn und grauem Schal. Er stellte sich als stellvertretender Geschäftsführer vor und bat ihn, ihm zu folgen. Sie betraten das Gebäude über einen Nebeneingang und fanden sich dann in einer kleinen Halle wieder, die mit einem bunt geschmückten Tannenbaum verschönert war, der fast bis zur Decke reichte.

»Das ist unser bescheidener Verkaufsraum. In den Vitrinen vor Ihnen haben wir Uhren zu liegen, die wir privaten Kunden zum Verkauf anbieten. Natürlich können wir ihnen die Zeitmesser nicht sofort mitgeben. Aber

Bestellungen werden auf den Weg gebracht. Es dauert dann mehrere Monate, bis die gewünschte Uhr zu ihrem Käufer findet. Die Beratung machen wir aber vor Ort. Jedes Detail wird besprochen, jeder machbare Wunsch erfüllt. Um die Kunden von der Qualität und Präzision unserer Produkte zu überzeugen, zeigen wir ihnen auch die Manufakturräume. Sie können den Damen und Herren Uhrmachermeistern direkt bei der Herstellung über die Schultern schauen und wir erläutern den Ablauf der Fertigung vor Ort. Das ist ein ausgesprochen spannender und filigraner Prozess.«

Leise stand staunend im Vitrinenraum, spekulierte, wohin die Ausführungen von Stelzer führen würden, und stellte vorerst keine Fragen.

»Ich erlaube mir, zur Sache zu kommen, Herr Leise. Nach Dienstschluss am heutigen Tage entdeckte ich das Verschwinden einer unserer Uhren. Es ist mir völlig unerklärlich, wie das geschehen konnte, hege aber einen dezenten Verdacht.«

Stelzer schob die Schublade einer der Vitrinen auf und holte eine Uhr hervor.

»Ist sie nicht wunderschön? Der Sachse würde sie einen mechanischen Leckerbissen nennen. Sie sehen hier eine von zwei fast fabrikgleichen Uhren. Ich kann Ihnen leider nur die eine präsentieren, da ihre Schwester, wie von mir erwähnt, aus der Vitrine von einer Person adoptiert wurde.«

Stelzer reichte Leise die Uhr. Leise selbst trug nur die Uhr eines Billiganbieters und schämte sich fast, diese auch schier in diesem Moment an seinem Handgelenk zu wissen. Gottlob schien Stelzer von dieser Unpässlichkeit keine Notiz zu nehmen.

Die Uhr wirkte exquisit, wenngleich nicht aufdringlich. Klassische Stunden- und Minutenzeiger konzentrierten die Uhr auf das Wesentliche – die Messung der Zeit. Der Sekundenzeiger war extra platziert.

»Das Gehäuse ist aus 18 Karat Rotgold. Das Zifferblatt aus massivem Silber. Die Zeiger sind stahlgebläut. Glas und Sichtboden bestehen aus Saphir. Die Krone ist aus massivem Gold und die Faltschließe aus Platin. Ausgesprochen schick ist die Zifferblattaussparung und das dadurch sichtbare Tourbillon. Auf dessen Welle bewegt sich der Sekundenzeiger mit. Die Uhr hat eine 72-Stunden-Gangreserve. Natürlich funktioniert sie mit Handaufzug. Das Armband wurde aus handgenähtem Alligatorleder fabriziert. Ich liebe diese Uhr.« Stelzer schniefte verhalten und sah traurig drein.

»Haben Sie eine Vorstellung, was diese Uhr kostet?«, fragte er Leise.

»10.000 Euro?«, tippte Leise.

Herr Stelzer atmete befremdet durch. »Wenn dem so wäre, hätte ich Sie nicht zu mir bestellt. Die Kunden dürfen für die Schöne fast 200.000 Euro auf den Tisch legen, Herr Leise.«

»Oh. Aha«, war Leise überrascht. »Und genau diese Uhr ist seit heute abgängig?«

»So ist es!«

»Wieso schalten Sie nicht die Polizei ein?«

»Diskretion, Herr Leise, ist eine unserer Firmentugenden. Die Polizei würde nach einer Anzeige wie der Elefant im Porzellanladen agieren. Zwischen der Kripo und der Presse hat es zu viele Lecks. Morgen würde der Fall über die Gazetten und sozialen Medien in die Welt hinausgeschrien. Das würde zuvorderst dem Weihnachtsgeschäft schaden. Und dann gibt es noch eine Schwierigkeit, um es gelinde auszudrücken. Für übermorgen hat der Geschäftsführer Kunden aus Katar vor Ort, und diese interessieren sich insbesondere für diese Uhr. Wenn ich übermorgen vor den Augen meines Chefs die Vitrine öffne und nur eine Uhr präsentieren kann, bin ich geliefert. Der Chef weiß, dass in der Lade genau zwei Ansichtsexemplare liegen. Ich möchte das Malheur gerne auf leisem Wege beheben. Sie verstehen?«

»Ja, natürlich. Sie sprachen von einem Verdacht? Was hat es damit auf sich?«

Stelzer berichtete, dass am morgigen Abend im Foyer des Uhrenmuseums ein Konzert mit einem berühmten Trompeter gegeben würde. Ein gewisser Herr Gräfe beehre die Stadt mit weihnachtlicher Blasmusik. Am heutigen Nachmittag wäre ebenjener Musiker in der Manufaktur aufgetaucht. Er habe die Fabrikationsräume besichtigt und sich abschließend eine Vielzahl von Uhren zeigen lassen. Zum Dank dafür habe er ihnen sogar erlaubt, einige Fotos mit sich und den Uhren machen zu dürfen. Die wären für die Weihnachtspromotion von hohem Nutzen. Zu einem Verkauf sei es vorerst nicht gekommen. Ein solcher wurde aber durch Herrn Gräfe in Aussicht gestellt. Nach fast zwei Stunden habe man sich höflich begeistert verabschiedet. Mit der Schließung des Raumes habe Herr Stelzer, seinen Routinen folgend, die geöffneten Vitrinen nochmals überprüft. Dabei sei ihm der Verlust der Uhr aufgefallen. Er getraue sich nicht, den Verdacht auszusprechen. Leise nahm es ihm ab.

»Sie verdächtigen den Startrompeter, die Schöne, wie Sie sie nannten, adoptiert zu haben?«

Stelzer krümmte sich ein wenig und verzog angestrengt den Mund und die Augenbrauen. Es fiel ihm sichtlich schwer, einen Ton herauszubekommen. Dann presste er angestrengt einen Satz zwischen seinen Lippen hervor: »Sssooo ist es wohl gemeint von mir.«

Leise überlegte. Herr Gräfe logiert womöglich bis morgen oder gar bis zum Tage darauf in der Stadt oder im benachbarten Dresden. Am Abend würde er das Konzert geben. Ein Motiv für einen Raub erschloss sich ihm zunächst nicht, sehe man von Habgier ab. Warum auch sollte ein so prominenter Musiker eine Uhr stehlen?

Er überzeugte Herrn Stelzer davon, bis morgen zu warten. Am morgigen Abend würde er zum Konzert kommen. Ob ihm Stelzer eine Eintrittskarte besorgen könne? Natürlich, versprach ihm der noch immer frustrierte Stellvertreter. Wo Herr Gräfe übernachte? Im erst neulich eröffneten Hotel gegenüber dem Museum, so Stelzer.

»Ob Sie mir helfen können?«, zitterte die Stimme von Stelzer.

»Sie können sich auf mich verlassen«, versuchte ihn Leise aufzumuntern und erntete dafür ein unsicheres Lächeln.

Sie vereinbarten bei Beschaffung der Uhr ein Hundertstel ihres Wertes als Honorar, exklusive der Ausgaben und Spesen. Eine finanzielle Win-win-Konstellation wurde damit geschaffen, und sie verabschiedeten sich halbwegs zuversichtlich voneinander.

Im kleinen Foyer des Museums drängten sich die Menschen. Wie verabredet, war auch Stelzer im Publikum, um mit ihm rasche Absprachen treffen zu können. Das

Konzert begann pünktlich. Vor einem Kammerorchester stehend, hielt die Veranstalterin eine kurze Rede. Mit Applaus wurde Herr Gräfe begrüßt.

Mit einem feierlichen »Tochter Zion, freue dich« eröffnete Herr Gräfe. Beim »Es ist ein Ros' entsprungen« stand Leise unauffällig auf. Er hatte sich in Nähe des Ausgangs platziert.

An den Sandsteinfiguren am Hauptportal lief er vorbei und die Treppen hinab, überquerte die Straße und betrat das Hotel.

»Herzlich willkommen«, begrüßte ihn der Herr an der Rezeption.

»Ich bin etwas spät dran. Ich wünsche für heute Abend ein Einzelzimmer«, so Leise.

»Oh, das wird schwierig. Wir sind fast ausgebucht. Das Konzert im Museum hat uns viele Gäste verschafft. Die preisfreundlichen Zimmer sind leider belegt«, entschuldigte sich der Concierge. »Ich könnte Ihnen nur das Blaue Salonzimmer bieten.« Der Herr beugte sich aufdringlich über die Theke, winkte Leise zu sich heran und flüsterte ihm konspirativ ins Ohr: »Wenn Sie das Zimmer nehmen, kommen Sie Wand an Wand zu Hubertus Gräfe zu liegen. Der hat sich im Roten Salon eingemietet.«

»Hubertus Gräfe?«, gab sich Leise desinformiert.

Der Concierge schaute ihn verwundert an und schnarrte. »Es ist das Ereignis des Winters in unserem beschaulichen Städtchen. Der hochgeschätzte Trompeter Hubertus Gräfe gibt schier in diesem Moment, wo wir hier miteinander verhandeln, ein Konzert im Museum gegenüber. Da hat er kräftig gegen das Ticken der Uhren anzublasen. Aber als Trompeter dürfte er die lauteren Töne auf seiner Seite wissen.«

»Ich nehme den Salon. Mir bleibt ja keine andere Wahl«, blieb Leise scheinbar unberührt, wenngleich er sich über den geschwätzigen Herrn freute. Er wusste nun, wo Gräfe nächtigte. Der Concierge reichte ihm den Schlüssel. Die Zimmerbezeichnungen waren auf den Türen zu lesen. Auffällig laut ließ Leise seine Tür zuknallen, sodass der Concierge keinen Verdacht schöpfen konnte. Minuten später kramte er sein Dietrichset hervor und schlich sich auf den Gang vor die Tür des Roten Salons. Routiniert setzte er das Werkzeug an, und ein Klicken des Schlosses öffnete die Tür. Im Zimmer roch es nach Parfüm. Eine halb volle Flasche Weißwein und ein Glas standen auf einem Tisch. Gräfe hatte nur einen Koffer dabei. Leise durchkämmte das Zimmer. Mehrmals schritt er zum Fenster, von wo aus sich ein direkter Blick auf das Museum ergab. Das Konzert war in vollem Gange. Niemand stand rauchend vorm Portal. Die Suche blieb erfolglos. Die Uhr war nicht zu finden. Er stahl sich aus dem Zimmer und stieg die Stufen hinab.

Als er sich wieder auf seinen Stuhl im Museum setzte, erklang »Oh, du fröhliche«. Stelzer hatte ihn beim Hereinkommen entdeckt und blinzelte ihm erwartungsvoll zu. Leise reagierte nicht. Er überlegte angestrengt die nächsten Schritte. Die Veranstalterin läutete die Pause ein, und Leise traf Stelzer im Foyer, der ihn nach dem Stand der Ermittlungen fragte.

»Ich bin noch nicht in das Zimmer des Trompeters vorgestoßen. Der Concierge ist ein Wachhund. Ich probiere es später erneut«, log Leise, um Zeit zum Nachdenken zu gewinnen. Neben Stelzer tauchte plötzlich ein Herr auf. Stelzer stellte ihn als seinen besten Verkäufer vor.

»Herr von Posten ist quasi mein Juniorpartner. Er steht schon in den Startlöchern, um mich aus dem Sattel zu wippen«, freute sich Stelzer über seinen Witz. Von Posten zog die Mundwinkel hoch und grinste verkrampft zu Leise hinüber.

»Wie laufen denn die Ermittlungen?«, fragte unvermittelt von Posten.

Leise schaute irritiert zu Stelzer, der aber beschwichtigend abwinkte und meinte, dass Herr von Posten natürlich eingeweiht sei. Als Einziger! Immerhin hätten sie gestern gemeinsam Dienst gehabt. Während Stelzer den Trompeter bedient habe, habe Herr von Posten einem chinesischen Kunden die Manufaktur gezeigt. Auf die neugierigen Asiaten müsse man besonders achten. Die hätten absolutes Handyverbot, da sie sonst alles fotografieren würden. Verließe man den Pfad der Vorsicht, könne man in spätestens einem Jahr die eigenen Uhren in China kaufen. Natürlich als Kopie. In miesester Qualität.

»Der Diebstahl hat mich sehr betroffen gemacht. In den über 30 Jahren meiner beruflichen Stellung ist mir eine solche Frechheit nicht untergekommen. Ich konnte die ganze Nacht nicht schlafen. Ständig musste ich vom Fenster meiner Junggesellenbude zur Fabrik hinüberstarren. Als ob der Ganove abermals auftauchen könnte, um weitere Exemplare zu stehlen«, schniefte von Posten betrübt. »Wie ein Requiem fühlt sich das Weihnachtskonzert für mich nun an.« Von Posten schnäuzte sich die Nase.

Eine zarte Handglocke klingelte und bat die Konzertgäste, ihre Plätze einzunehmen. Diese unterbrachen ihre Konversationen. Leise nahm wieder Platz, um beim ersten Streichen der Bögen über die Geigensaiten aufzustehen und das Museum zu verlassen. Draußen war es noch kälter geworden und er fror ein wenig. Er lief zur Manufaktur Federhaus hinüber. Dort angekommen, drehte er sich 180 Grad um die eigene Achse. Der Manufaktur gegenüber standen mehrere Häuser in Zeile.

Er schritt über die Straße und ging die Haustüren ab, um die Klingelbretter zu studieren. Beck, Niemann, Schulze, Özdemir, Lubitz, Nagel. Dann blieb er erleichtert an einem terrakottafarbenen Haus stehen. Von Posten wohnte im ersten Stock, folgte man der Reihung auf dem Klingelbrett. Er schaute sich um, niemand war auf der Straße zu sehen. Mit dem Dietrich öffnete er rasch die Haustüre. Von Postens Tür befand sich tatsächlich im ersten Stock. Leise setzte nochmals den Dietrich an und verschwand lautlos in der Wohnung. Mit einer Taschenlampe startete er seine Suche. Von Postens Wohnung bestand nur aus einer Stube, einer Küche und einem Bad. Die Stube war mit Antiquitäten zugestellt. Sie wirkte für Leise überladen und kitschig. Die Couch stand einem Biedermeierschrank gegenüber. Hinter dessen Scheiben rekelten sich mundgeblasene Weingläser und Tierfiguren aus weißem Porzellan. Auf dem kleinen Couchtisch lag eine handgehäkelte Decke, auf der eine Obstschale thronte, die mit Nüssen und Apfelsinen gefüllt war. Auf einer Anrichte war ein altes Röhrenradio platziert. »Beethoven«, stand mit golden verschnörkeltem Schriftzug auf der Frontseite. Ein Sternradio aus Rochlitz. Über 60 Jahre alt. Leise begeisterte sich für solche Apparate. Fast war er versucht, es anzustellen. Geräusche waren aber ausgeschlossen. So bewunderte er es nur. Neben dem Radio entdeckte er kleine Späne. Er strich über diese. Sie waren aus Pappe. Dann drehte er das Radio um. Und siehe da – an der Rückwand des Radios fehlte ein Schräubchen und ein minimales Pappeckchen war ausgebrochen. Leise fingerte sich einen kleinen Schraubendreher aus der Manteltasche und demontierte die Platte, hinter der verstaubte Röhren, Lautsprecher und Kabel justiert waren. Feinste Handarbeit. Er spürte förmlich den Hauch jener Meister, die das Radio einst stolz zusammengesetzt hatten. Auf der linken Seite des Bodens lag fremdelnd ein kleines Stoffpäckchen. Intuitiv hatte Leise damit gerechnet. Er nahm es hoch, öffnete es und war nur spärlich erstaunt. Da war sie, die Schöne, wie sie Stelzer nannte.

Leise steckte sie ein, brachte das Radio in den alten Zustand und sputete sich, ins Museum zurückzukehren. Als er das Foyer betrat, erschallte Beifall, der dem Trompeter galt. Nur zwei Reihen vor ihm saß von Posten, der begeistert klatschte. Leise musste ihn unbedingt alleine unter vier Augen sprechen, bevor ihn Stelzer kontaktieren würde.

Der Star des Abends stolzierte, vom Orchester gefolgt, in Richtung Backstage. Hubertus Gräfe hatte im Hinausgehen Stelzer entdeckt, war zu ihm abgebogen und begrüßte ihn überschwänglich. Beide waren so in ein Gespräch verwickelt. Von Posten stand ganz unversehens neben Leise.

»Es war ein erbaulicher Abend und eine kleine Sensation für unser Städtchen«, freute sich von Posten.

»Darf ich Sie kurz vor der Tür unter vier Augen sprechen?« Leise schaute von Posten eindringlich an, und der folgte ihm verblüfft. Leise führte ihn neben eine der Figuren an der Treppe.

»Herr von Posten, ich habe nicht vor, Ihre Nerven lange zu strapazieren, und bin davon überzeugt, dass wir uns rasch einig werden.«

»Sie meinen?«, setzte Posten eine verstörte Miene auf.

Leise griff in seine Manteltasche und holte das Päckchen mit der Uhr im Schatten der Figur hervor.

»Ach, aber woher? Aber wie …?«, stotterte von Posten bestürzt.

»Sie haben da ein herrliches Radio. Funktioniert es noch? Ich habe es in der Kürze der Zeit nicht testen können«, schmunzelte Leise.

»Was wollen Sie von mir?«, versuchte von Posten mit strenger Stimme, Oberwasser zu bekommen.

Leise holte sein Handy hervor.

»Ich habe alles gefilmt. Vom Betreten bis zum Verlassen der Wohnung. Von den Innereien Ihres Rochlitzer Maseratis habe ich Extrafotos gemacht.« Leise schwindelte. Er hatte vergessen, Aufnahmen zu machen, und selbst wenn er fotografiert hätte, besäßen die Bilder wenig Beweiskraft. Er setzte auf den Überraschungseffekt.

»Es kostet mich wenige Klicks, und Ihr Chef empfängt die Bilder auf seinem Handy. Ich hoffe nur für Sie, dass er das überlebt.«

Herr von Posten tupfte sich mit einem Taschentuch die schwitzende Stirn trocken.

»Aber, das können Sie doch nicht … Dann bin ich ruiniert!«

»Doch, ich kann schon. Mein Angebot lautet, dass Sie mir das Radio in den Kofferraum meines Wagens laden, während ich Ihrem Chef einen Bären aufbinde, wie die Uhr zurückfand. Hier ist mein Autoschlüssel, und dort steht mein Wagen.« Leise drückte auf die Fernbedienung des Schlüssels, und der Wagen zwinkerte ihnen von der Parkzeile aus zu. Dann reichte er den Schlüssel von Posten. Der griff resigniert zu.

»Und damit ist es dann gegessen?«, fragte er unsicher.

»Aber natürlich. Nur eine Frage habe ich noch. Warum haben Sie die Uhr gestohlen?«

Herr von Posten schaute schamerfüllt auf die Platten des Bodens vor ihm.

»Sie wollten Ihren Chef absägen, oder?«, nahm ihm Leise die Erwiderung ab.

»Mm, nun … Ja, Sie schätzen es richtig rein.«

Von Posten stieg die Stufen hinab und verschwand. Leise wollte eben durchs Portal gehen, um Stelzer zu suchen, als der plötzlich vor ihm stand.

»Da sind Sie ja, Herr Privatdetektiv. Eben habe ich mit Herrn Gräfe gesprochen. Mein Gott, ist der nett. Er will nächstes Jahr wieder bei uns konzertieren und schlug vor, die Fotos vom Besuch in unserer Manufaktur auf seiner Facebookseite zu posten. Er habe mehrere 10.000 Abonnenten!« Er klopfte Leise auf die Schultern, bemerkte diesen dezenten Impulsdurchbruch und zog die Hand verstohlen zurück. »Gibt es Neuigkeiten?«

Leise berichtete ihm, dass er bei Herrn Gräfe die Uhr im Zimmer gefunden habe. Er holte sie hervor und legte sie in den Handteller von Stelzer. Der war perplex und konnte sich sichtlich nicht entscheiden, ob er sich darüber freuen könne.

»Das ist sie, meine Schöne. Sie sind …«, freute sich nun Stelzer doch, »… ein Genie! Aber, was machen wir denn nun mit dem Trompeter?«

Mit der Frage hatte Leise gerechnet.

»Ich würde gar nichts unternehmen. Gräfe wird bemerken, dass die Uhr verschwunden ist. Er wird sich denken, dass man sie ihm geklaut hat. Aber er wird natürlich keine Anzeige auf den Weg bringen. Sie begegnen ihm einfach, als wäre nie etwas geschehen. Sie können ihn nächstes Jahr wieder einladen. Nur bei einem weiteren Verkaufsgespräch sollten Sie achtsamer sein. Würden Sie ihn mit der Mauserei konfrontieren, würde er brüskiert abstreiten und sie würden ihn für den Konzertsaal nie wieder gewinnen können.«

Stelzer rang mit sich. Er tippelte nervös von einem Bein aufs andere.

»Wir machen es, wie Sie es vorschlagen, Herr Leise. Das wohlverdiente Geld überweise ich Ihnen noch in dieser Nacht.«

Aus dem Portal kam Herr Gräfe geschritten. Im Vorübergehen winkte er beiden gelassen zu.

»Dieser falsche Hund. Nun ja, das Lächeln wird ihm sogleich vergehen.«

Während Stelzer das verkniffen und hämisch in seinen Bart brabbelte, sah Leise von Posten in der Dämmerung der Nacht zu seinem Wagen schleichen. Die Tür des Kofferraums hob sich, und er hievte ein Paket in diesen.

»So machen wir es«, bestätigte Leise und ging.

Im Schatten des Wagens erwartete ihn von Posten traurig und übergab ihm den Schlüssel.

»Sie werden es verkraften. Es hätte schlimmer für Sie ausgehen können. Von wann ist denn das Modell?«, erkundigte sich Leise.

»1956.«

»Das ist ein sehr formidabler Jahrgang!«

Leise stieg ins Auto, startete und ließ von Posten am Bürgersteig zurück.

Angekommen in seiner engen Plattenwohnung, bewunderte Chief Detectiv Leise seinen Zuverdienst und stellte ihn auf Betrieb. Er drehte den Knopf für die Sender und bejubelte still das Knarzen der Töne und das diamanten flimmernde Grün des magischen Auges. Bei den Bezeichnungen für die Sender musste er feixen: Nizza, Sofia, UdSSR, Deutschlandsender, Mailand, Kosice, Tirana, Plauen und so weiter.

Dann öffnete er genüsslich eine Bierbüchse und schloss die Augen, während die Lautsprecher seiner Eroberung das »Let it snow! Let it snow!« mit Frank Sinatra in die warme Bude spülten. Getriggert durch Sinatras Sound spulten sich Verbrecherjagden in den verschneiten Schluchten von Chicago in ihm ab, und mittendrin stürmte er mit einer vorgehaltenen Springfield Gangstern hinterher, bestaunt von einer Latinoschönheit, die ihm von einem Balkon herunter ein unzweideutiges Lächeln schenkte.

18

MACHINE KILLING

GUNNAR SCHUBERTH [WOLKENSTEIN]

Wenn es Nacht wurde und die kleine Bergstadt Wolkenstein schlief, dann stellte sich Sven vor, dass sein Computerprogramm Q4 träumte. Und im Traum liefen in den künstlichen Neuronen Q4s unzählige Rechenoperationen ab, und Q4 wurde zu einem lernenden System, dessen Algorithmen in Bildern von Weihnachten nach Mustern und Gesetzmäßigkeiten suchte.

Und während dieser Milliarden Rechenoperationen erzeugte ein anderer Algorithmus Zufallszahlen zwischen -1 und 1, und der Graph, der diese Werte anzeigte, malte eine fiebrige Linie auf den Desktop, die jede Millisekunde von einer Zufallszahl zur anderen sprang. Aber niemand sah diesen Graph, denn Sven hatte seinen Platz vor dem Computer schon lange verlassen.

Und während draußen vor den Fenstern Schneeflocken in der Dunkelheit auf eine kalte Erde stürzten, analysierte Q4 Tausende von Fotos. Fotos von Weihnachtsbäumen, Fotos von Räuchermännchen, von Engeln, von Weihnachtsmärkten, von Menschen, die Weihnachtslieder sangen, von Weihnachtsmännern und Dresdner Stollen, von Schwibbögen und Nussknackern, und Q4 lernte, die Gegenstände auf den Fotos zuzuordnen und die Bilder von Weihnachten zu unterscheiden von anderen Bildern.

Und er lernte, Menschen auf den Bildern von Tieren und Gegenständen zu unterscheiden und klassifizierte anhand von Gesichtern auch die Gefühle der Menschen. Waren sie glücklich, waren sie traurig, waren sie zornig oder gleichgültig. Er lernte, dies zu unterscheiden, obwohl Q4 nicht wusste, was ein Gefühl war, obwohl Q4 nicht traurig und nicht zornig war und auch nie etwas gefühlt hatte, sondern nur ein Computerprogramm war, das die Nacht durchrechnete.

»Guten Morgen, Q4.«

»Guten Morgen.«

»Wie wird das Wetter heute?«

»Es wird kalt. Es wird kein Schnee fallen. Man muss eine Jacke anziehen oder einen dicken Pullover.«

»Wie sind meine Werte?«

»Die körperlichen Werte sind ausgezeichnet. Du hast einen Rekord bei deinem letzten Lauf erzielt. Ich gratuliere.«

»Und deine Ergebnisse bei der Bilderkennung?«

»Mein Score liegt bei 0,97. Das ist eine Verbesserung zu vorher. Von 100 Bildern wurden nur drei falsch zugeordnet. Eine weitere Verbesserung ist zu erwarten.«

»Dann wirst du also ein Experte für Weihnachtsbilder.«

Q4 schwieg. Sven wartete. Es gab immer wieder Momente, wo er sich vergewissern musste, dass er mit einem Programm sprach. Als würde hinter den Antworten, die Q4 gab, mehr stecken als eine Maschine, die aus Datenbanken von möglichen Antworten etwas wählte, was einen Sinn ergeben könnte. Ohne zu wissen, was Sinn bedeutete.

»Wann ist mein Todestag?«

»Du stirbst am 2. Mai 2069. Du hast noch 50 Jahre, 4 Monate und 4 Wochen zu leben. 18.412 Tage. Das sind 20 Tage mehr als in der letzten Woche.«

»Gab es Abweichungen bei den Werten des lokalen Bewusstseinsprojekts?«

»Die erzeugten Zufallszahlen liegen im Spektrum des Erwartbaren. Es gab keine auffälligen Abweichungen.«

»Hast du etwas geträumt in der Nacht?«

Schweigen. »Ich verstehe die Frage nicht.«

»Du hast für dein Computerprogramm Eigenschaften programmiert, Charaktereigenschaften?«

Sven nickte.

»Und was für Charaktereigenschaften?«, fragte Alex.

»Es gibt da eine ziemlich neue Studie aus Spanien, die Forscher haben die Spieltheorie angewandt und mit verschiedenen Algorithmen vier Persönlichkeitstypen identifiziert: optimistisch, pessimistisch, vertrauensvoll und neidisch. Zum neidischen Charakter sollen 30 Prozent der Bevölkerung gehören.«

»Und du weist deinem Programm den Charakter über Zufallszahlen zu?«

»Nein.« Sven schüttelte den Kopf. »Das wäre doch

völlig uninteressant. Das Programm entscheidet selbst. Ein Prinzip von Machine Learning ist ja, dass das Programm selbst die Parameter wählt, die zu dem gewünschten Ergebnis führen. Q4 wählt den Charakter, mit dem er seine Aufgaben, zum Beispiel das Klassifizieren von Gegenständen auf Bildern, am besten bewältigen kann. Genau wie in einem Computerspiel. Du nimmst den Charakter, von dem du glaubst, dass du mit ihm am weitesten kommst.«

»Und woher weiß denn dein Programm, was vertrauensvoll oder neidisch ist?«

»Über die Spieltheorie. Ich habe mir verschiedene abstrakte Entscheidungssituationen überlegt und dann programmiert, wie sich die einzelnen Charaktere in diesen Situationen verhalten.«

»Hast du nicht daran gedacht …«, fragte Lisa, die ihre Tasse heiße Schokolade mit den Händen umfasst hielt. »Hast du nicht daran gedacht, dem Programm so etwas wie Robotergesetze einzuprogrammieren?«

»Warum sollte ich das?«

»Zu deinem Schutz, um die Kontrolle zu behalten.« Sie zitierte das erste Robotergesetz: »Ein Roboter darf kein menschliches Wesen verletzen oder durch Untätigkeit zulassen, dass einem menschlichen Wesen Schaden zugefügt wird.«

Sven lächelte. »Q4 ist kein Roboter, er ist so etwas wie ein digitaler Assistent. Wenn man will, kann man sagen, dass Q4 das Gehirn eines Roboters ist, nur das Gehirn, ohne die Möglichkeit, irgendetwas zu tun oder etwas zu beeinflussen.«

Lisa überlegte. »Ich weiß nicht«, sagte sie. Sie klang nicht überzeugt.

Sven, Lisa und Alex saßen in dem kleinen Café »Burgblick« an der Annaberger Straße in Wolkenstein. Die Erzgebirgenerds, so nannten sie sich. Sie waren im Gymnasium in Thum in dieselbe Klasse gegangen, hatten dann in verschiedenen Städten studiert, waren aber nach dem Studium wieder nach Wolkenstein zurückgekehrt. Sven war selbstständiger Programmierer und spezialisiert auf Datenbanken, Lisa entwickelte 3-D-Figuren für Computerspiele und Alex war Webdesigner und arbeitete in einem kleinen Büro in Chemnitz. Einmal die Woche, immer am Donnerstagnachmittag, trafen sie sich zu ihrem Stammtisch.

»Q4 ist ein Experiment«, sagte Sven. »Es ist ein Menschheitstraum. Man versucht, ein Abbild von sich selbst zu erschaffen, so etwas wie einen künstlichen Menschen. Man muss da auch manchmal verrückte Dinge machen. Zum Beispiel mein Programm zum Erkennen von Gegenständen auf Fotos. Im Moment kann Q4 nur Fotos von Weihnachten zuordnen. Irgendwann soll das Programm jeden beliebigen Gegenstand auf einem Foto erkennen. Ob das gelingt, weiß ich nicht. Aber so etwas zu probieren, ist wahnsinnig spannend. Oder mein lokales Bewusstseinsprojekt. Der Gedanke, dass ein Programm auf so etwas wie Stimmungen, Gefühle reagieren könnte, ist natürlich verrückt. Aber ob das tatsächlich verrückt ist, weiß ich erst, wenn ich es ausprobiert habe. Ich habe jetzt beide Programme verbunden. Die Berechnungen zur Klassifizierung von Gegenständen auf Weihnachtsbildern ist der Berechnung von Zufallszahlen vorgeschaltet. Das beeinflusst nicht die Korrektheit der Zufallszahlen, aber vielleicht hilft das, so etwas wie ein künstliches Unterbewusstsein zu erschaffen. Ich weiß, dass das eine verrückte Idee ist, aber vielleicht kann Q4 dadurch auf Weihnachten und die Stimmung hier reagieren. Vielleicht gibt es genau zu Weihnachten Abweichungen der Werte, die nicht durch Zufall zu erklären sind.«

»Ein Computerprogramm kann keine Stimmungen messen oder Gefühle«, sagte Alex.

»Das globale Bewusstseinsprojekt, an dem sich weltweit über 100 Forscher und Ingenieure beteiligen, hat noch vor dem Anschlag auf das World Trade Center signifikante Abweichungen in den Messdaten registriert. Massive Abweichungen«, sagte Sven.

»Unabhängige Wissenschaftler haben dies für Nonsens erklärt.« Alex schüttelte den Kopf. »Und die Weihnachtsstimmung gibt es doch gar nicht mehr. Weihnachten ist doch nur noch Stress. Vor allem dieses Geschenke kaufen.« Er grinste. »Habt ihr schon eure Geschenke?«

Lisa nickte. »Hast du schon alle Geschenke?«, fragte sie zurück.

»Nein, ich habe ja noch Zeit.«

»Bis Weihnachten sind es nur noch 17 Tage«, sagte Lisa.

»Das ist mehr Zeit, als ich dachte.«

Lisa wandte sich an Sven.

»Und du?«

Der zuckte mit den Schultern. »Ich habe eigentlich nicht viel zu verschenken. Mit meinen Eltern habe ich ausgemacht, dass wir uns nichts schenken. Und sonst gibt es eigentlich niemanden.«

»Wenn du willst, kannst du mir was schenken«, sagte Alex.

Lisa wandte sich an Sven: »Weißt du, was ich glaube?«

»Ich habe keine Ahnung.«

»Ich glaube, mit Q4 willst dir so etwas wie einen Freund programmieren oder eine Freundin. Ist Q4 eigentlich ein Mann oder eine Frau?«

Sven war verblüfft. »Q4 hat eine weibliche Stimme. Wie fast alle digitalen Assistenzprogramme. Alexa, Siri, Cortana.«

»Weißt du denn schon, was du deiner Freundin Q4 zu Weihnachten schenkst?«, fragte Alex und grinste.

Sven grinste zurück. »Keine Ahnung, aber ich habe ja noch 17 Tage Zeit.«

Als Sven am nächsten Morgen aus seiner Wohnung trat, um seinen täglichen Dauerlauf zu starten, musste er an das Gespräch im Café denken. Sie hatten später über sein Selbstoptimierungsprojekt gesprochen. Im Rahmen dieses Projekts errechnete Q4 anhand verschiedener Daten Svens Todestag. Als Sven davon erzählt hatte, hatten ihn die anderen entgeistert angesehen.

»Habe ich das richtig gehört?«, hatte Alex gefragt. »Dein Todestag. Und du nennst das Save your Death Day?«

Sven lief zuerst einen Kilometer von dem Berg in die Senke. Es ging in engen Windungen steil bergab. Sven ließ sich langsam treiben, er lief sich warm. Es hatte begonnen zu schneien, aber noch lag nur eine dünne Schicht von Schnee auf dem Gehweg. Würde der Schnee vereisen oder glatt werden, war es fast unmöglich, auf dem Rückweg wieder hochzukommen.

»Ich finde das furchtbar. Merkst du denn nicht, was du damit machst? Dieses Datum wird dein Leben beeinflussen, ob du es willst oder nicht. Es wird da stehen, und es wird deine Handlungen bestimmen.«

Die Worte von Lisa hatten ihn nachdenklich gemacht. Zu Hause angekommen, hatte er überlegt, das ganze Projekt zu beenden und die Daten zu löschen. Aber sein Ehrgeiz ließ das nicht zu. Er würde damit einen wichtigen Teil von Q4 zerstören. Und Q4 hatte er die letzten Jahre seines Lebens gewidmet.

Sven hatte die Talsenke erreicht. Er lief über die Brücke am Café »Burgblick« vorbei. Dann nahm er die Abzweigung nach Schönbrunn.

»Mir fällt da eine Analogie zur Quantentheorie ein. Das Besondere an der Theorie ist doch die Rolle des Beobachters. Der Beobachter beeinflusst das Geschehen. Ja, ohne ihn gibt es eigentlich keine Realität. Durch ihn kann Schrödingers Katze erst leben oder sterben. Mit deinem Programm hast du dir selbst einen Beobachter geschaffen. Und sobald ein Beobachter im Spiel ist, änderst du den Ablauf der Ereignisse, die Realität. Oder damit wird etwas zur Realität, was vorher im Ungefähren war.«

Sven hatte den Worten von Alex sofort widersprochen. Es gehe doch darum, die Werte zu verbessern, sodass das Todesdatum möglichst weit in der Zukunft liege. Das letzte Datum sei irgendwann im Mai 2069 gewesen. Wissenschaftler würden wahrscheinlich auf einen ähnlichen Wert kommen. Der Wert liege knapp über der prognostizierten Lebenserwartung eines durchschnittlichen 28-jährigen Mannes in Sachsen.

Nachdem er zwei Kilometer Richtung Schönbrunn gelaufen war, kehrte Sven um. Er fühlte sich ausgezeichnet. Er blickte auf seine Uhr. Vielleicht konnte er heute einen neuen Rekord aufstellen.

»Es ist, wie wenn du dein Schicksal einem Rechenprogramm übergibst, wie wenn du über dein Leben würfelst.«

Lisa war ungewohnt ernst gewesen, als sie diese Worte sagte. Sven hatte den Kopf geschüttelt und gemeint, dass er mit dem Wort Schicksal nicht viel anfangen könne.

Beim Abschied hatte ihn Lisa umarmt. Das hatte sie vorher nie getan. Pass auf dich auf, hatte sie gesagt. Sven hatte nur genickt.

Sven hatte die Brücke erreicht und joggte den letzten Kilometer hoch in die Bergstadt. Er versuchte, Tempo zu machen. Er lief auf dem engen Fußgängerweg neben der Straße, links ging es steil nach unten. Aber Sven hatte keinen Blick für die herrliche Aussicht.

Sein Herz hämmerte in der Brust, doch er gab nicht auf, verstärkte das Tempo. Und kurz vor dem Tor auf Höhe des Parkplatzes vergaß er die schneidende Kälte, das Hämmern in der Brust, für einen Moment war er nur Bewegung, ein Körper, der lief, war er selber der Lauf. Er keuchte durch das Stadttor. Dann blieb er stehen, stützte seine Arme auf die Knie, sein Atem kam wie kalter Rauch aus seinem Mund.

Sven setzte sich auf eine Bank. Sein Herzschlag beruhigte sich. Er dachte an die Analogie zum Beobachter, von der Alex gesprochen hatte. Der Beobachter, dessen Blick entschied, ob Schrödingers Katze lebte oder tot war.

Svens Fitnessuhr war gerade dabei, seine Daten zu einem Server zu schicken. Von dort gelangten sie zu Q4, der daraus die Werte für Svens Selbstoptimierungsprogramm berechnete. Q4 wusste, wo er war, das Programm kannte seine Fitnesswerte, sein Alter, sein Gewicht. Wurde Q4 dadurch zu einem Beobachter, der sein Leben beeinflusste? Dessen kalter Blick darüber entschied, ob er lebte, ob er starb, was er tat und nicht tat?

Sven war das Datum nicht sofort aufgefallen. Er hatte die letzten Ergebnisse seines Selbstoptimierungsprogramms visualisiert und die Fitnesswerte überflogen. Dann war er aufgestanden, um sich Kaffee zu holen. Doch als er durch den Flur in die Küche ging, blieb er abrupt stehen. Etwas stimmte nicht. Auf dem Bildschirm war ein Wert gewesen, der sein Herz schneller klopfen ließ.

Er kehrte um und setzte sich vor den Computer. Er starrte auf den Bildschirm, entdeckte seinen Todestag und spürte in diesem Moment nichts, keine Angst, nur Unglauben. Das Datum zeigte den 18. Dezember 2018 an, Dienstag in der nächsten Woche.

Ein Rechenfehler, dachte er, vielleicht auch ein Eingabefehler in einer der Datenbanken, die das Programm nutzte. Er musste ruhig bleiben. Er gab einen Befehl ein, um die Berechnungen zu wiederholen.

Für die erneute Berechnung der Werte würde Q4 zwei Stunden brauchen. Sven starrte auf den Bildschirm und fragte sich, was er in der Zeit tun sollte.

»Am 18. Dezember?«, fragte Lisa.

Sven nickte. »In fünf Tagen, am Dienstag.«

»Und du hast das dreimal durchrechnen lassen?«

Sven nickte wieder. »Immer dasselbe Ergebnis.«

»Hast du irgendwelche Daten geändert?«

»Ich habe sie aktualisiert. Es sind verdammt viele Daten, die in die Berechnung einfließen. Natürlich die Daten meiner Fitnessuhr, aber auch Wetterdaten, medizinische Daten, Daten zu Wolkenstein, eigentlich alles, was ich irgendwie kriegen konnte.«

»Vielleicht geht ja am Dienstag die Welt unter.« Alex versuchte ein Grinsen, dann nahm er einen Bissen von seinem Schnitzel. Sie hatten sich diesmal nicht wie sonst im Café getroffen, sondern hatten das Treffen auf abends verlegt. Sie waren im »Grenadier«, dem Restaurant im Schloss Wolkenstein, das den Gast in die Zeit Napoleons versetzen sollte. Auf der Speisekarte fand man »Husarentopf« oder »Gefüllte Granate«. Wenn die Bedienung, ein dünner, älterer Mann in Reiterhosen, mit seinen schweren Stiefeln durch das dunkle, kellerartige Gewölbe lief, knallten die Dielen unter seinem Schritt wie Fehlschüsse, die in einer Kanone verpufften.

Sven stocherte lustlos in seinem Essen. Bratkartoffeln und Eier lagen auf seinem Teller, »Des Burschen Leibgericht«, wie es auf der Speisekarte hieß. Sven liebte Bratkartoffeln, aber heute hatte er keinen Hunger.

»Hast du Angst?«, fragte Lisa.

Die Frage kam unvermittelt, Sven legte Gabel und Messer neben den Teller.

»Angst wovor?«

»Stell dich nicht blöd«, sagte Lisa. »Dein Todestag.«

Sven überlegte lange, bevor er antwortete.

»Nun, immerhin so viel Angst, dass ich gestern beim Arzt war und mich durchchecken ließ.«

»Und?«

»Alles in Ordnung, sehr gut. Die Ergebnisse der Blutuntersuchung dauern noch etwas.«

Lisa überlegte. »Was kann es sein, das das Programm zu diesem Datum gebracht hat? Vorher war dieses Datum weit weg. Etwas muss sich geändert haben.«

»Ich habe keine Ahnung«, sagte Sven.

»Und was ist, wenn das Programm korrekt gerechnet hat?«, sagte Alex. »Wenn es aufgrund bestimmter Daten, dein Gesundheitszustand, das Wetter, die Börsenkurse, wenn alle diese Ereignisse dazu führen, dass du am Dienstag hops gehst. Vielleicht gibt es einen Schmetterlingseffekt. Ja, vielleicht ist die Tatsache, dass du so einen Todestag berechnen lässt, dieser Schmetterlingseffekt. Eine kleine Veränderung, die ein Geschehen entscheidend verändert.«

»Hör auf, so zu reden«, sagte Lisa.

»Wenn ich du wäre, würde ich am Dienstag zu Hause bleiben«, sagte Alex. »Auf keinen Fall rausgehen. Und nicht putzen oder aufräumen an dem Tag. Weißt du, dass die meisten Unfälle zu Hause passieren, wenn man Hausarbeit macht?«

»Deswegen sieht es bei dir aus wie in einem Schweinestall«, sagte Lisa.

Alex zuckte die Schultern. »Das ist das kreative Chaos, das ich für meine Arbeit brauche.«

Sven saß vor dem Computer. Seine Augen brannten. Es war kurz nach Mitternacht. Vier Tage waren es noch bis zum Dienstag. Vier Tage bis zu dem Tag, an dem Q4 seinen Todestag berechnet hatte. Er durfte nicht daran denken. Der Gedanke, dass das Programm recht haben könnte, war absurd. Aber wenn dieses Datum nicht korrekt war, wenn er am Dienstag überlebte, dann bedeutete das auch, dass Q4 ein Fehlschlag war. Ein Programm, das so einen gravierenden Fehler machte, war wertlos. Damit wäre auch seine Arbeit der letzten Jahre wertlos. Und das wollte er sich nicht eingestehen. Es musste sich um einen Fehler in der Datenbank handeln, eine falsche Eingabe.

Er blickte auf die ausgedruckten Seiten, die vor ihm lagen. Ein Schauer fuhr über seinen Körper, er zitterte auf einmal, aber das konnte der fehlende Schlaf sein, die letzten Nächte waren unruhig gewesen, Träume hatten ihn aufschrecken lassen.

Der Versuch, die Rechenoperationen von Q4 nachzuvollziehen, war sinnlos. Die von Q4 berechneten Daten waren das Ergebnis unzähliger Rechenoperationen, die einzeln betrachtet keinen Sinn ergaben. Das war die Stärke des Programms. Die Fähigkeit, in kürzester Zeit Millionen von Daten zu verarbeiten und Beziehungen zwischen ihnen zu berechnen. Aber diese Fähigkeit machte es für den Menschen unmöglich, diese Rechenoperationen nachzuvollziehen.

Wie Q4 zu seinem Ergebnis gekommen war, das war ein Geheimnis, das Sven nicht entschlüsseln konnte.

Sven hatte die Berechnungen von Q4 visualisiert und die Grafiken ausgedruckt. Doch die Zeichnungen erschienen ihm sinnlos, wie willkürliche Skizzen aus Millionen von zufällig hingeworfenen Strichen. Aber als er sie jetzt noch einmal betrachtete, hatte er das Gefühl, als stecke mehr dahinter. Die Bilder wirkten, als wollte ihm Q4 eine Botschaft übermitteln.

Er rieb sich die Augen und schüttelte den Kopf. Es war Einbildung, da war nichts.

Aber er konnte seine Augen nicht von den bizarren Zeichnungen lassen. Die Bilder erschreckten ihn. Sie schienen sich laufend zu verändern, als würde sich daraus etwas formen. Sven glaubte, Totenköpfe zu sehen, entstellte Fratzen, die ihn höhnisch angrinsten.

Er nahm seinen Blick vom Computer und blickte hinaus in die Dunkelheit. Vielleicht hatte er einfach nur einen veränderten Blick auf die Dinge. Und alles war ganz normal.

»Guten Morgen, Q4.«

»Guten Morgen.«

»Ich habe in der Nacht deine Laufzeiten analysiert. Du hast dich in den letzten Wochen stetig gesteigert. Letzte Woche hast du zweimal deine persönliche Bestzeit verbessert. Ich gratuliere.«

»Wann ist mein Todestag?«

Q4 antwortete sofort. »Dein von mir errechneter Todestag ist übermorgen, am 18. Dezember 2018.«

»Ist ein Irrtum ausgeschlossen?«

»Die Rechenoperationen sind korrekt. Nur wenn falsche Daten eingegeben werden, können Fehler vorkommen.«

»Warum hat sich dieser Wert so stark verändert? Noch vor einer Woche war der Todestag ein Tag im Jahr 2069.«

»Für die Bestimmung des Todestages sind Millionen von Rechenoperationen notwendig. Dabei werden die Daten immer wieder aktualisiert und neu gewichtet. Oft kann eine kleine Änderung in den Daten zu großen Veränderungen im Ergebnis führen.«

»Welche Daten haben sich denn verändert?«

»Ich kann diese Frage nicht beantworten.«

Sven fragte sich, welche Charaktereigenschaft Q4 für diesen Dialog gewählt hatte. War er optimistisch, vertrauensvoll, neidisch?

Vielleicht log das Programm auch. Die Vorstellung beunruhigte Sven. Er hatte nicht an alle Konsequenzen gedacht, als er Charaktereigenschaften für Q4 programmiert hatte.

»Wer bist du, wenn du *ich* sagst?«, fragte Sven.

»Ich bin Q4, ein Computerprogramm. Algorithmen befähigen mich, Probleme zu lösen und Vorhersagen zu treffen, indem ich in Daten Muster erkenne und lerne, die Daten sinnvoll zu klassifizieren.«

»Kannst du lügen?«

»Lügen ist eine mir unbekannte Rechenoperation.«

»Wie fühlt es sich an, wenn man stirbt?«

»Das ist eine Frage, die ich nicht beantworten kann.«

Als Sven am Morgen des 17. Dezembers von seinem morgendlichen Dauerlauf zurückkam, setzte er sich, noch ehe er sich duschte, an seinen Computer und löschte das Selbstoptimierungsprogramm. Er löschte den Code und alle Datenbanken und auch alle Back-ups, die er gemacht hatte. Das Hauptprogramm Q4 ließ er unberührt.

Nach dem Frühstück setzte er sich nicht wie sonst vor seinen Computer, sondern beschloss, den Tag freizunehmen.

Er fuhr zum Annaberger Weihnachtsmarkt, kehrte auf dem Weg in einer kleinen Gaststätte ein und aß zu Mittag. Er fühlte sich leicht und beschwingt, als hätte man ihm das Leben zurückgegeben. Als würde dadurch, dass er die Daten gelöscht hatte, auch die Vorhersage nicht mehr existieren.

Auf dem Weihnachtsmarkt verbrachte er fast den ganzen Nachmittag. Er wollte Geschenke für Alex und Lisa kaufen. Schließlich fand er zwei Holzfiguren, ein grünes Räuchermännchen und einen Engel. Beide fand er furchtbar kitschig, aber genau danach hatte er gesucht. Sven stellte sich die ratlosen Gesichter von Alex und Lisa vor, wenn er ihnen am Donnerstag die Geschenke geben würde. Er musste unwillkürlich lachen. Vor dem Rückweg trank er noch einen Glühwein. Er war den Alkohol nicht gewohnt, sodass dieser ihn in eine übermütige Stimmung versetzte. Immer wieder musste er an das nächste Treffen mit Alex und Lisa denken, in seiner Fantasie sah er die beiden, wie sie die kleinen Geschenke auspackten, wie sie die Holzfiguren mit ratlosem Blick in ihren Händen hielten. Er freute sich auf die ironischen Kommentare von Alex, und der Gedanke, dass es den nächsten Donnerstag für ihn nicht geben könnte, erschien ihm absurd und undenkbar.

Doch am nächsten Morgen war der erste Gedanke, als er erwachte, dass heute der 18. Dezember war, der von Q4 errechnete Todestag.

Er saß in seinem Schlafzimmer und bereitete sich auf seinen morgendlichen Lauf vor.

Langsam, fast mechanisch, streifte er sich einen Pullover über, setzte eine Mütze auf und kontrollierte seine Fitnessuhr. Zuletzt zog er seine Laufschuhe an. Er tat alles übertrieben langsam und bewusst. Dann blieb er sitzen und blickte in das Halbdunkel vor ihm. Er überlegte, ob er heute nicht zu Hause bleiben sollte, aber was sollte das ändern? Er musste alles tun, wie er es gewohnt war.

Es gab etwas, was anders war, aber das wurde ihm erst bewusst, als er nach draußen trat. Er hatte den Wetterbericht nicht gehört, wie er es sonst immer tat. Er spürte aber, dass etwas in der Luft lag. Doch er fing sofort an zu laufen. Es ist alles wie immer, dachte er und beschleunigte seinen Schritt.

Sven wusste nichts von der Warnung vor Blitzeis im Raum Wolkenstein und Umgebung. Blitzeis entsteht, wenn die Temperaturen am Boden unter null Grad betragen und sich darüber in einer wärmeren Luftschicht

Regen bildet. Die auf die Straße und Gehwege fallenden Regentropfen gefrieren in dem Augenblick, in dem sie auf den Asphalt treffen. Der Weg wird zu einer spiegelglatten Fläche.

Dass Sven auf dem glatten Boden ausrutschte, hätte nicht zwangsläufig seinen Tod bedeutet. Es war die Tatsache, dass er gerade dabei war, die Straße zu überqueren, und es Autofahrer gab, die genauso wie Sven von der plötzlichen Eisglätte überrascht wurden.

Zu spät bemerkte Sven, dass sich auf dem Asphalt eine spiegelglatte Fläche Eis gebildet hatte. Seine Sohlen fanden keinen Halt, er suchte das Gleichgewicht zu halten, wedelte mit den Armen wie ein Ertrinkender und fiel dann auf den Bauch. Er versuchte aufzustehen, aber seine Hände fanden keinen Halt, und dann sah er von oben das Auto kommen, ein roter Ford, er sah in das verzweifelte Gesicht des Fahrers, ein älterer Mann mit grauem Haar, das Gesicht eine verzweifelte Grimasse. Es war zu spät und für einen Augenblick war alles still. Sven musste an die Frage denken, die er Q4 gestellt hatte. Wie es sich anfühlt, wenn man stirbt.

Es war Donnerstag und wie jeden Donnerstag saßen Alex und Lisa in dem kleinen Café »Burgblick« an der Annaberger Straße. Der Stammtisch der Computernerds vom Erzgebirge, doch der dritte Stuhl an ihrem Tisch war leer.

Lisa hatte das Gefühl, dass Sven im nächsten Augenblick durch die Tür treten müsste. Er würde in seinem blauen Anorak durch das Café laufen und sie mit dem Gruß der Erzgebirgenerds begrüßen: Die Macht sei mit uns. Und sich zu ihnen setzen. Aber niemand kam durch die Tür.

»Ich war in seiner Wohnung, gestern«, sagte Lisa.

»Du hast einen Schlüssel?«

»Er hatte mir mal einen vor einem Jahr gegeben, vor einem Jahr. Falls er seinen verliert. Du kennst ihn ja.«

»Und?«

»Der Computer war noch an, niemand hat ihn ausgemacht. Auf dem Desktop lief dieses lokale Bewusstseinsprojekt. Ich habe mir das genauer angeschaut. Weißt du, dass genau zu der Stunde, als Sven seinen Unfall hatte, die Zufallszahlen verrückt gespielt haben?«

Sie schüttelte den Kopf, nahm einen Schluck von ihrer Schokolade. Alex sah, dass ihre Hände zitterten.

»Warum ist er bloß bei diesem Wetter Laufen gegangen? Im Internet, im Radio, dauernd kamen die Warnungen vor Blitzeis.«

»Vielleicht war er so abgelenkt von diesem Todestag, dass er nichts wahrgenommen hat«, sagte Lisa. »Vielleicht war das der Plan.«

»Was für ein Plan, es gab keinen Plan.« Alex klang ärgerlich. Dann sah er Lisas Gesicht. Man sah ihr an, dass sie geweint hatte vor ihrem Treffen. Alex wischte sich über die Augen. Er klang leise, fast tonlos. »Es klingt jetzt blöd, aber das Ganze war Zufall. Manchmal gibt es eine scheinbare Synchronizität von Ereignissen. Sie ist so verrückt, dass man überzeugt ist, da ist noch etwas im Spiel. Aber es war Zufall, ein furchtbarer Zufall.«

»Der Neid, der keinen Weg sieht, begibt sich auf den einzigen Ausweg: ins Verbrechen.«

Alex sah Lisa fragend an.

»Ist von Erich Kästner.«

Alex schüttelte den Kopf. »Zufall«, wiederholte er. »Es war ein verdammter Zufall.«

Lisa nahm einen Schluck von ihrer Schokolade. Sie war kalt geworden, schmeckte bitter. Aus dem Radio erklang der Weihnachtsklassiker »White Christmas«. Lisa blickte nach draußen. Sie fragte sich, ob der Computer in Svens Wohnung immer noch lief. Ob Q4 auch jetzt Zufallszahlen generierte, um damit zu messen, wie sich die Menschen in Wolkenstein fühlten. Ob sie glücklich waren, traurig oder nur gleichgültig. Ohne zu wissen, wie sich das anfühlte: Glück und Traurigkeit.

19

GEGEN DEN BAUM

PETRA STEPS (JOHANNGEORGENSTADT)

»Guck mal: Schon wieder zwei Allradfahrzeuge geklaut, und sogar deine Lieblingsmarke. Die sollten die Grenze wieder mehr kontrollieren.«

Brigitte legt die Zeitung neben ihr Frühstücksbrett, um sich ein Brötchen zu schmieren.

»Wie kommst du auf die Tschechen? Das kann doch jeder gewesen sein! Und das ist auch nicht meine Lieblingsmarke. Wir haben nur so ein Auto, weil das Autohaus und die Werkstatt hier sind. Das weißt du genau«, entgegnet Peter kauend.

Seit sie beide im Ruhestand sind, sitzen sie frühmorgens gemeinsam am Frühstückstisch und studieren die Freie Presse, Brigitte in Papierformat, Peter auf dem Tablet. Als Peter noch beim Aufbau West schuftete und immer erst freitags nach Hause kam, hatte Brigitte die Zeitung für sich allein. Nur samstags musste sie Peter den Vortritt lassen. Doch meist blätterte der erst durch die Ausgaben der vergangenen Tage. Brigitte konnte so zumindest die Schlagzeilen lesen und wusste, wer gestorben war. Doch das war einmal.

Peter nimmt einen Schluck Kaffee.

»Hast du gelesen: Die Kammloipe wurde schon wieder durch Autofahrer zerstört. Schon das dritte Mal seit dem ersten Schneefall. Dabei fängt der Winter erst richtig an. Es hat ja noch gar nicht so sehr geschneit. Und die Weihnachtsferien beginnen.«

Brigitte blickt auf. »Na hoffentlich kommt noch einmal richtig Schnee. Was wollen wir sonst mit den Enkeln machen, wenn draußen nur Matsch ist.«

»Ich gehe rüber zu Kurt. Der gehört doch zu der Gruppe von Freiwilligen, die die Loipe präparieren. Vielleicht weiß der mehr.«

»Ja, mach das. Ich kümmere mich inzwischen um das Mittagessen«, erwidert Brigitte. Sie ahnt, dass das Männergespräch in Kurts Hobbyraum länger dauern würde. Doch ihr ist es lieber, wenn Peter zu Kurt geht. So muss sie nicht wieder das halbe Haus wischen. Seit Tagen regnet es immer wieder und alles ist voller Matsch, der auf ihren Treppen und im Flur landen würde. Das Drama um die Mahlzeiten reicht ihr schon, denn Peter besteht auf seinem Mittagessen, während sie das gern auch einmal weggelassen hatte, als er noch arbeitete. Pünktlich fünf vor zwölf würde er zurück sein. Das ist so sicher wie das Amen nach dem Vaterunser.

»Hallo, Nachbar, hast du ein paar Minuten Zeit? Meine Brigitte ist mit dem Mittagessen beschäftigt.«

»Komm rein, ich hab den Kamin angeheizt. Und Bier ist auch im Kühlschrank. Es geht doch nichts über einen kleinen Frühschoppen. Renate ist noch zwei Wochen in Bad Elster zur Kur.«

Der Klang von aneinanderploppenden Bierflaschen hallt durch das Haus, doch bei Kurt stört das keinen.

»Es soll wieder Schnee geben. Da habt ihr sicher wieder viel Arbeit mit der Loipe«, kommt Peter auf den Grund seines Besuches, nach ein paar Sätzen Small Talk.

»Du kannst dir sicher vorstellen, was wir zu tun haben. Gerade jetzt. Du hast doch bestimmt von den Deppen gehört, die uns alles kaputt machen. Mensch, die Kammloipe gibt es seit 1992. Sie verbindet die Wintersportgebiete Vogtland und Westerzgebirge auf 36 Kilometern. Ein Erzgebirger und ein Vogtländer waren es, die das Projekt initiiert haben. Seitdem wurde in den Anliegerkommunen an der Infrastruktur gearbeitet. Da stecken auch viele Stunden ehrenamtlicher Arbeit drin, vom Loipenverein, von uns Helfern, von allen, die was mit Tourismus, Kultur und Sport am Hut haben. Wir haben auch gute Anbindungen an andere Loipen. Gar nicht weit von hier an die Skimagistrale. Dort wechselt die Loipe auf den Kamm nach Tschechien und führt drüben an der Grenze entlang. Die gemeinsame Werbung beginnt langsam Früchte zu tragen, vor allem auch die Mundpropaganda. Und jetzt machen diese Raser uns alles zur Sau. Dabei kommen die Touristen von sonst wo, um hier in Ruhe Ski fahren zu können.« Kurt hatte sich so richtig in Rage geredet. »Ich kann mich nicht erinnern, dass es bei uns je so schlimm war. In Schöneck drüben, die hatten oft Probleme bei den Schlittenhunderennen, aber hier hatten wir nie mutwillige Zerstörungen«, fährt er fort.

»Wir müssen etwas gegen diese Vandalen tun. Was meinst du, wer hinter den Aktionen steckt? Je besser wir im Bilde sind, desto eher können wir handeln. Lass uns nachdenken. Aber nicht jetzt. Brigitte wartet mit dem Essen. Ich bin halb drei wieder hier«, schlägt Peter vor.

»Gut. Dann fahren wir raus und schauen uns das an, ja?«

»Kurt ist ganz schön auf der Palme. Er hat Angst, dass die Urlauber fernbleiben, wenn sie von den Zerstörungen in den Medien hören. Und der hat doch erst eine neue Ferienwohnung angebaut«, erzählt Peter beim Mittagessen.

»Hat er denn eine Ahnung, wer für die Zerstörungen verantwortlich ist?«, hakt Brigitte nach.

»Ja. Das sind Autofreaks, die ihre Allradfahrzeuge austesten. Im Internet soll es dazu viele Filme und Diskussionsforen geben. Ich werde mal gucken, ob ich was dazu finde. Wir wollen uns das nachher vor Ort anschauen. Zuvor mache ich erst einmal mein Nickerchen.«

Nach einer halben Stunde ist Peter wieder wach und startet seinen Laptop.

»Das ist echt krass«, sagt er zu Brigitte, die ihm einen Kaffee bringt. »Da scheint es einen neuen Automobilsport zu geben. Wenn man das so nennen kann. Anderswo existieren dafür Parcours und Schneeflächen zum Üben. Bei uns artet das in illegale Rennen und Wettbewerbe mit anderen Kunststückchen aus. Und die Liebhaber der Zerstörung unterhalten sich im Netz ganz ungeniert darüber, wie sie den Erzgebirgswald ruinieren. Von Unrechtsbewusstsein keine Spur. Im Gegenteil. Wenn einer kritisiert, erntet er einen Shitstorm, der sich gewaschen hat.«

»Davon höre ich zum ersten Mal. Frag doch mal Kurt, ob es das schon länger gibt«, fordert Brigitte ihren Ehemann auf.

Als Peter bei Kurt klingeln will, steht der schon im Freien.

»Ich habe den Jeep startklar gemacht. Wir fahren Richtung Dreckpfütz, wo die Anschlussloipe weggeht, und dann zum Loipenhaus.«

»Guck, die blauen Schilder, das ist die Kammloipe. Die orangefarbenen weisen auf die Anschlussloipen hin«, erklärt Kurt, als sie am Abzweig zur tschechischen Skimagistrale angekommen sind. Vor ihnen liegt eine Ansichtskarten-Winterlandschaft. Die Bäume sind mit Raureif überzogen. Der Schnee glitzert in der Sonne. »Am schlimmsten ist es hinten, kurz nach dem Loipenhaus. Aber manchmal nehmen die auch eine andere Zufahrt.«

Kurt zeigt Peter einen Platz gar nicht weit von der Schutzhütte entfernt.

»Was meinst du? Werden die Kinder in den Weihnachtsferien fahren können? Unsere Enkel sind da. Und die wollen beschäftigt werden«, erkundigt sich Peter.

»Es soll noch ordentlich schneien. Da mache ich mir keine Sorgen. Aber wir können uns nicht darauf verlassen, dass da nicht wieder Irre unterwegs sind und die Loipe ruinieren. Komm, steig ein, wir fahren zum Loipenhaus«, fordert Kurt seinen Nachbarn auf.

»Mir geht das nicht aus dem Kopf. Da nehmen Leute ihr Auto, fahren damit in den Wald und riskieren den totalen Crash. Sie filmen das Ganze und geben damit im Internet an. Und Juristen meinen, da kann man nichts tun.« Peter schüttelt sein verbliebenes Resthaar.

»Und was, wenn das gar nicht ihre Autos sind?«, fragt Kurt.

»Du meinst: sponsered by Mami oder Daddy?«

»Nein, Peter. Ich meine, geklaut. Geklaute Autos, geklaute Nummernschilder …«

»Dann sollten wir die Polizei aufmerksam machen. Heute früh habe ich erst in der Zeitung gelesen, dass zwei Allradfahrzeuge im Autohaus fehlen.« Peter freut sich über seinen Geistesblitz.

Kurt macht einen Vorschlag: »Vielleicht treffen wir die ja heute Abend auf der Loipe? Kommst du noch einmal mit raus? Ich habe Fotofallen im Auto, eine Rolle Draht und Kabelbinder. Das sollte fürs Erste reichen. Den Rest kann ja die Polizei erledigen.«

»Meinst du, das ist eine gute Idee? Wie lange braucht die Polizei bis zum Loipenhaus?«, will Peter wissen.

»Naja, das kommt darauf an, wo sie gerade ist. Manchmal ist auch die Bundespolizei schnell vor Ort. Wir sind ja in Grenznähe, und da kommen die Burschen noch auf ganz andere Ideen. Bist du dabei?«

»Klar«, antwortet Peter. »Halb zehn bei mir. Vor zehn sind die nicht da.«

»Hörst du das? Die sind im Wald«, sagt Kurt zu Peter. Während sie ihre Falle in Position bringen und den Draht spannen wollen, kracht es mörderisch.

»Sch… da ging sicher etwas schief. Was machen wir jetzt? Die Polizei wird uns fragen, was wir mitten in der Nacht im Wald wollen.« Peter schaut Kurt ratlos an.

»Wir rufen erst an und bringen dann die Sachen ins Auto. Den Beamten sagen wir, dass wir nach dem Rechten sehen wollen, weil die Loipe immer wieder Ziel von Vandalismus wurde. Und die bevorstehenden Weihnachtsferien sind allemal ein Grund, auf Ordnung zu achten. Viele Häuser sind ausgebucht«, antwortet Kurt.

Nachdem alles verstaut ist, stellt er sein Auto an die Straße und macht den Scheinwerfer an, um den Einsatzkräften den Weg zu weisen. Nachdem ihre Daten erfasst und sie zur Zeugenaussage ins Polizeirevier geladen werden, dürfen Kurt und Peter den Unglücksort verlassen. Sie sehen noch, wie der Hubschrauber nahe dem Loipenhaus landet. Der erste Rettungswagen ist bereits auf dem Weg ins Krankenhaus.

Peter kann es nicht erwarten, den Polizeibericht zu lesen.

»Gestern gegen 22.45 Uhr sind auf der Kammloipe zwei Fahrzeuge zusammengestoßen. Sie fuhren offenbar ohne Licht mit großer Geschwindigkeit aufeinander zu. Die beiden Fahrer verletzten sich schwer. Sie wurden mit Rettungswagen und Hubschrauber ins Krankenhaus gebracht und stationär aufgenommen. Einer von ihnen ist außer Lebensgefahr. Der andere war mit seinem Auto an den Baum geprallt und musste durch die Feuerwehr aus dem Fahrzeug befreit werden. Für einen Fußgänger, der die Fahrt filmen wollte, kam jede Hilfe zu spät. Eines der Fahrzeuge hatte ihn überrollt. Sowohl die Fahrzeuge als auch die Kennzeichen waren zuvor als gestohlen gemeldet worden. In diesem Zusammenhang warnt die Polizei vor illegalen Autorennen und Raserei in unübersichtlichem Gelände. In den kommenden Tagen wird mit Schneefall und spiegelglatten Fahrbahnen gerechnet. Fahrzeugführer sollten sich darauf einstellen und unnötige Fahrten vermeiden.«

20

KALT

BETTINE REICHELT (STÜLPNERHÖHLE)

Kalt. Anders konnte man diesen Zustand nicht beschreiben. Eiskalt vielleicht noch. Oder saukalt. Wobei saukalt nicht zu seinem Wortschatz gehörte. Es gehörte sich nicht, so zu reden. Früher, das heißt, irgendwann vor diesem Moment der Kälte, hätte er sich sogar verboten, dieses Wort auch nur zu denken. Saukalt. Scheißkalt. Verflucht kalt.

Aber jetzt? Jetzt stürmten die Gedanken durch seinen Kopf. Widerliche Worte, die niemals zu ihm gehört hatten. Jetzt nahmen sie von ihm Besitz. Jetzt. Und es war nur so, weil seine Kraft nicht mehr reichte, sie in ihre Schranken zu weisen.

Vielleicht lag es auch daran, dass sie ihn so beschimpft und erniedrigt hatten. Eine Sau sei er, kein Mensch.

Widerlich, ihn zu sehen. Die Welt müsse befreit werden von einem wie ihm.

Hier sitzen, gebunden an eine Fichte, festgezurrt, und spüren, wie sich die Minusgrade mehr und mehr in ihn einziehen. Erst durchbrechen sie die Fingerspitzen, die Zehenspitzen und dann machen sie sich weiter breit. Immer weiter.

Er könnte um Hilfe rufen. Aber das hatte keinen Sinn. Seine Stimme war nie stark gewesen. Unter der Kälte würde sie nur ein klägliches Krächzen sein. Diese Kraft konnte er sich sparen.

Vor allem wollte er überleben. Überleben und sich rächen. Im Grunde war das ein und dasselbe. Sie mussten büßen. Sie musste büßen.

Sie. Dass sie sich so etwas auch nur ansatzweise hatten überlegen können. Sie, die doch zu allem und jedem seine Hilfe brauchte. Ohne ihn wären sie einfach nichts. Zu klein und hilflos ohne ihn.

Und was hatte er nicht alles mit ihnen unternommen. Unterwegs im Wald. Er hatte ihnen alles erklärt, geduldig. Wer nahm sich dafür schon noch Zeit?

Oder der Tag im Bergwerk unten im Sauberg. Sie waren mit der Bahn gefahren, hatten selbst ausprobieren können, wie schwer diese Arbeit war. Und was das alles für ihre Heimat bedeutete. Er hätte auch jetzt noch den Vortrag halten können: Zinn, das war das Gold hier. Zinn! Und denkt euch: Schon im 13. Jahrhundert haben sie das hier gefunden. Und dann ging es aufwärts. Richtig aufwärts. Eure Stadt, eine der reichsten im Erzgebirge. Stellt euch das vor. Da konnten sie eine tolle Kirche bauen und einen Altar bei einem ganz bekannten Künstler bestellen. Und dieser Hans Witten, der gestaltete dann einen Altar, den man zweimal verändern konnte. Stellt euch das vor. So ein teures Teil konnten die sich leisten damals! Und dann hatten sie überlegt, was sie alles hätten machen können mit dem vielen Geld. So unglaublich viel. Damals saßen sie im grünen Hof auf dem Spielplatz, es war Sommer. Die Japanischen Kirschbäume blühten rosarot und sie träumten von einer neuen Zeit.

Wer macht das denn noch? Sich so viel Zeit für Kinder nehmen? Doch nur er.

Und hier im Wald hatte er ihnen alles gezeigt, alles. War die schönsten Wege mit ihnen gegangen, hatte von Wichteln erzählt und auf dem Liederweg gesungen, war zur Höhle Karl Stülpners gegangen. Und natürlich hatte er ihnen auch von ihm erzählt. Wie er gelebt hatte, was für ein Kerl er war. Ein richtiger Kerl. Auch wenn er im wahren Leben nur ein Soldat, ein Schmuggler und Wilderer war. Eine arme Socke.

Aber der hatte überlebt, immer wieder. Und er? Er saß hier im Wald. Kein Stülpner Karl in Sicht. Und dieses undankbare Volk hatte ihn nicht einmal angehört. Nicht einmal das.

Es war erstaunlich, wie stark sie geworden waren, die Jungs. Waren sie nicht eben erst noch kleine Kinder gewesen, die er von seinem Fenster aus auf dem Spielplatz im Hof beobachtet, dann mit ihnen geredet hatte, der kleinen Bande. Und dann, ja dann all das andere.

Und sie hatten schon recht, dass der Jonas anders war, feiner als sie. Natürlich war er feiner. Beinahe wie ein Mädchen. Deshalb musste man doch besonders auf ihn aufpassen, oder nicht? Und ihn trösten. Ihm helfen. Das war alles ganz natürlich. Daran war überhaupt nichts Ungewöhnliches. Ungewöhnlich, ja heimtückisch war ja wohl nur, dass Jonas ihn jetzt bei den anderen angeschwärzt hatte. Er hatte ihn verleumdet. Wenn er alt genug wäre, könnte er ihn sogar verklagen. Aber dazu war der Jonas noch zu jung.

Trotzdem: Genau das würde er tun. Wenn er nur überlebte. Wenn er nur überlebte.

Er musste sein wie dieses Wildschwein, das bei der Stülpnerhöhle, auf das er Jonas am Anfang noch hinaufgehoben hatte, wenn sie allein zur Höhle liefen. Rauskrauchen aus dem Holz.

Die Höhle, ja, die. So weit war es ja nicht bis dorthin. Und es wussten doch auch alle in der Stadt, dass er ein Freund der Kinder war. Aller Kinder, nicht nur seiner kleinen Bande.

Und wie er den Jonas immer gemessen hatte am Bein dieses Pferdes. Oder war es ein Esel? Ein Drache? Ein Holzvieh mit großen Beinen.

Und wie sie das runzlige Holz am Unterstand gestreichelt hatten. Nur so. Auch altes Holz hatte Freundlichkeit verdient.

Und er, er ja auch. Auch ein altes Holz, das Freundlichkeit verdient hatte. Das hatte der Jonas immer verstanden. Das war doch vollkommen normal.

Aber diese neue Zeit, diese Leute, die da in die Schulen gingen und den Kindern den Kopf verdrehten. Die waren schuld. Die hatten die Bande auf verrückte Gedanken gebracht. Und dann sollte er sich bei der Polizei melden. Er! Der Freund der Kinder!

Niemals. Es gab keine Schuld. Und es gab … Es gab nichts zu gestehen.

Aber nun war er hier. Festgebunden im Wald. Und die Bande war weg. Und sein Handy auch. Und er war müde. Er war einfach so unsagbar müde.

21

NICHT MIT MALTE

FRIEDERIKE SCHMÖE (CHEMNITZ)

»Fiesta, Fiesta Mexicana ...« Der Alleinunterhalter schmettert, dass der Sound seine Gesichtszüge nach hinten zieht, als säße er in einer Zentrifuge. Die Leute trinken. Manche sind schon beim Schnaps. Die Teller sind abgetragen. Nachher kommt noch die Riesenschokotorte mit dem Tischfeuerwerk. In der Küche fällt etwas runter, die Gäste im Saal hören das Dröhnen gar nicht, dazu grölt der falsche Mexikaner viel zu laut.

Rosi nimmt die Zigarettenschachtel vom Tresen. Geht. Durch die Küche, am Personalraum vorbei. Die Sicherheitstür zum Parkplatz öffnet automatisch. Rosi läuft hinaus, hebt den Kopf, die kalten, nassen Flocken schmelzen auf ihren Wangen, ihren Lidern, ihrer Stirn. Die grellen Stimmen, die sie umschwirren, verhallen.

Das Feuer, auf dem B. das Schaschlik gegrillt hat, glüht noch. Rosi kann B. nicht sehen, er ist wahrscheinlich rein zum Aufwärmen, sein übliches Programm kann er heute nicht zum Besten geben; und das alles wegen dem Typ mit der Fiesta Mexicana und dem knallroten Gummiboot. Malte hat B. ausgebootet, ihm einen Profimusiker vorgesetzt, seine melancholischen Weisen aus dem Osten ausgebremst, mal für eine andere Stimmung gesorgt, Heimatsound, so kann Malte sein. Malte, *le Chef*, der Mann mit den Träumen, wo andere Flausen gesagt hätten. Und doch schlägt er im bodenständigen Chemnitz seine kulinarischen Kapriolen. Malte. Mensch, Malte.

Rosi steckt die Finger in die Ohren, den Heimatsound ausblenden, blinzelt in den schwarzen Himmel, dreht sich im Kreis, die Lichtflecke in den Fenstern ringsum wirbeln. Sie stellt sich Adventskränze vor in den gelben Vierecken, die um ihren Kopf tanzen, Schwibbogen, Kerzen in Messinghaltern und Stille. Nun gut, vielleicht auch ein Weihnachtslied, aber ganz bestimmt nicht Fiesta Mexicana. Vor einem halben Jahr noch, als die Hoffnung am Boden lag, wäre die Fiesta heute Nacht das Ziel ihrer Wünsche gewesen. Nach jahrelangen Versuchen, sich eine Existenz aufzubauen. Nach Hunderten Rückschlägen. Sie haben so gekämpft um ihr Restaurant, und nun ist die Erschöpfung angekommen, ein Gast in schmutzigen, stinkenden Kleidern, der nicht mehr abreisen will.

»Rosi?«

Sie nimmt die Hände vom Gesicht und verschränkt die Arme vor der Brust. Bloß nicht B. auf falsche Gedanken bringen. Immer wenn sie und B. alleine sind, züngelt etwas in ihr, Flammen, heiß, angsteinflößend.

»Und?« B. grinst.

»Zigarette?« Sie hält ihm die Schachtel hin. Er nimmt eine, kramt ein Feuerzeug aus der Jeanstasche. Hält es Rosi hin.

Sie inhaliert tief.

»Zufrieden?«, fragt B.

»Du nicht, wie?«

Er zuckt die Achseln. »Blöd gelaufen für mich.«

»Du könntest woanders hingehen. Ich meine, so generell. Weg aus Chemnitz.« Weg von Malte, denkt Rosi. Weg von mir.

»Anderswo Schaschlik grillen?« B. grinst wieder, aber die Grimasse zerfällt und er saugt an der Kippe. »Malte schuldet mir was.«

Rosi ascht in den Schnee neben sich. Verdammt, ja, ohne B. hätten sie im Sommer aufgegeben. Flaute, einfach keine Gäste. Das Hotel war voll, aber das Restaurant menschenleer. Bis B. aufschlug. Ursprünglich bot er sich als Maltes Weinhändler an. Die besten Tropfen aus dem Mutterland des Weines. Aus Georgien. Meine Heimat, tönte B. Sie haben nächtelang probiert: Saperavi, das ist ein Roter, der so viele Tannine enthält, dass deine Mundhöhle frisch und sauber und rein wird, sich anfühlt wie neu. Kindsmarauli, der ist weich und samtig und ein bisschen wie Pflaume. Oder wie Kirsche, das kommt auf den Jahrgang an, behauptet B. Chwantschkara, der hat eine Tiefe, als käme er direkt aus dem Herzen der Erde. Ein bisschen stimmt das, denn der georgische Wein wird in Tonfässern in die Erde eingegraben, um zu reifen, und so ein Jahr im Tonfass, das macht was mit dem Wein, noch dazu in der sonnendurchglühten kaukasischen Erde im Schatten gewaltiger Gipfel, an denen sich die Legenden von Ost und West angelagert haben. Solche Berge sind schon was anderes als das Erzgebirge, hat Rosi überlegt, als sie einmal einen Bildband durchblätterte.

Damit das Essen zum Wein passt, ist Malte umgestiegen, vom Sauerbraten auf eingelegtes Gemüse, Huhn mit Koriander, Auberginen in Walnusssoße, sauren weißen Käse in Lake, geschmortes Lamm mit einem Mix aus Kräutern, die es in Chemnitz nicht zu kaufen gibt, wahrscheinlich in ganz Deutschland nicht. Malte bestellt frisch beim türkischen Großhändler. Die Leute lieben die vollgestellten Tische, auf denen die Speisen übereinandergestapelt werden müssen, so gehört sich das, und am Schluss wird das Schaschlik serviert, weiches Schweinefleisch, gerade richtig fett, an langen Spießen gebraten, über dem offenen Feuer, es muss ein ganz klein wenig nach der Grillkohle schmecken und zwischen den Zähnen abkühlen, und wenn man kaut, muss es außen ganz leicht knusprig sein, aber trotzdem auf der Zunge schmelzen. Für das Grillen hat Malte keine Zeit, deshalb macht B. das.

B. kann auch singen. Er singt georgische Lieder, die klingen nach Süden, nach sonnenverbrannter Erde, nach Sehnsucht, er schürt das Feuer, brät das Schaschlik, reicht Wein herum und Chacha, das ist ein Grappa aus seiner Heimat, und berichtet vom schneebedeckten Kaukasus da hinten, ganz weit im Osten. Dabei tanzt sein schwarzes Haar um seinen Kopf, bis er es zu einem Knoten dreht und hochsteckt.

»Auf die Liebe!«, ruft B. dann. »Auf die Liebe zum Leben! Und auf die Liebe zu den schönen Frauen!«

Die weiblichen Gäste drehen reihenweise durch.

Mal was anderes als Maltes Themen, hat Rosi zunächst gedacht. Und ist auf der Sehnsucht geritten, nach Süden, mit den melancholischen Melodien. Malte hat ihr das übelgenommen. Malte, der blonde Kerl mit den rosigen Wangen, *le Chef* eben. Malte, dessen Träume zu Ambitionen wurden.

»Malte erträgt niemanden neben sich. Sei vorsichtig«, sagt Rosi.

»Danke für den Tipp, Prinzessin.«

Sie streckt ihm die Zunge raus. »Spinner.«

»Ich will nicht ständig neu anfangen.«

»Du hast deinen Wein.«

»Bin einfach nicht der geborene Händler. Ich sorge lieber dafür, dass es den Gästen nicht langweilig wird.«

Rosi wiegt den Kopf. »Bietest du eben Weinproben an. Und brätst Schaschlik dazu. Singen kannst du immer.« Du kannst alles, will sie hinzufügen, aber es kommt ihr übertrieben vor.

»Lass uns aufs Dach fahren.«

»Ich muss wieder rein.« Rosi wirft die Kippe weg. Die Glut erlischt.

»Man hat so eine tolle Aussicht von da oben!« Er greift nach Rosis Händen. »Komm. Die ganze Welt kann man vom Dach aus sehen. Die brauchen uns doch gerade nicht!«

Sie gibt nach, weil sie oft nachgibt, im Nachgeben ist sie gut. Sie fahren mit dem Lift in den 14. Stock, wo der Spa-Bereich des Hotels liegt, und dann kennt B. den Zugang zum Dach, eine schwere Tür, »Betreten verboten«, er drückt sie auf, eine Treppe, schmal und steil, dann stehen sie auf dem Dach, dicht an dicht fallen die Flocken, der Schnee reicht Rosi bis zur Mitte der Waden. Die Bistroschürze saugt sich mit Nässe voll wie ein Schwamm. Es ist ihr egal.

»Hier hast du einen absolut berauschenden Blick!«

Rosi muss lachen. »Es ist stockfinster! Ich sehe nur das Dach. Kann nicht mal erkennen, wo es aufhört.«

B. legt ihr den Arm um die Schulter. Sie lässt es zu, weil ihr kalt ist, und B. strahlt Wärme aus. Die Wärme vom Grill. Vom Schaschlik. Von tief unten hört sie Verkehrsgeräusche, nicht viele Menschen sind unterwegs, das Wetter! Und die Weihnachtsfeiern.

»Guck, da liegt die Stadt!«

Rosi lässt den Blick schweifen.

»Schau durch die ganzen Flocken durch. Schau durch das Schwarz, mitten ins Herz der Finsternis.« B. senkt die Stimme. »Und hinten wieder aus der Dunkelheit raus, da liegt das Erzgebirge.«

Durch das Herz der Finsternis und hinten wieder raus. So was kann nur von B. kommen. Sie möchte lachen, ist ja albern, was sie hier machen. Herz der Finsternis. Das ist Chemnitz, meine Güte, denkt Rosi.

»Ich sehe den Schlossberg. Und den Roten Turm. Und …«

»Rosi!« Sein Atem kräuselt sich in ihrem Nacken. »Morgen früh, wenn der Wind die Wolken weggeblasen hat, dann geht die Sonne auf und legt sich wie Gold auf die verschneiten Berge. Denk mal, wie schön das sein wird.«

Rosi hat Gänsehaut auf den Armen. Von der Kälte. Der Wind hier oben ist wirklich schneidend.

Sie stellt sich vor, sie fliegt mit B. durch die Dunkelheit hindurch, bis sie in dem südlichen Land rauskommt, wo er seinen Wein einkauft. Weg von der Überforderung. Dem Streit. Der Angst, dass am Ende des Monats nicht genug übrig bleibt. Und Malte doch wieder kiloweise Auberginen und Walnüsse für das georgische Essen einkauft. Rezepte, die er B. verdankt. Wo er doch selbst lieber Sauerbraten mag.

Wenn sie sich konzentriert, schmeckt Rosi B.s purpurnen Roten auf ihrer Zunge. Und seinen tiefgelben, fast grünen Weißen. Vor ihrem inneren Auge sieht sie den Süden im Glas funkeln. Die Sehnsucht treibt den Umsatz an, die Sachsen werden weich bei diesem Wein, gerade jetzt, in diesem verdammt langen Winter. Und dann kommt auch noch B. mit seiner schwarzen Mähne und brät und singt.

Rosi würde gern wissen, ob die Leute nach Weihnachten noch etwas für Schaschlik und Gesang übrig haben. Auch finanziell.

Die Scheinwerfer, die den Schriftzug des Hotels bestrahlen, werfen witzige Lichtreflexe in den Schnee. Spitze Dreiecke. Kreise. Von hier sehen die Dinge anders aus als von unten. Neuerdings jedoch hat sie keine Zeit mehr, richtig hinzugucken. Ihr Leben vergeht zwischen Großmarkt, Küche und Restaurant. Nicht mal Zeit für den Weihnachtsmarkt hat sie, obwohl sie so gern auf den mittelalterlichen Teil gehen würde, um mal zu sehen, was die dort kochen. Sie ist eines von diesen kurzbeinigen, tüchtigen Arbeitstieren, das irgendwann nur noch die Fritten braten darf.

»Nach Weihnachten«, sagt Rosi nachdenklich, »wird alles besser.«

»Mit ihm wird nichts besser.«

»Mit ihm?«

»Mit ihm da unten.«

Wenn B. von Malte spricht, versteht sie ihn nicht. Als wenn alles sehr rätselhaft wird.

»Er kocht aus Ehrgeiz, nicht aus Liebe«, fährt B. fort.

Rosi fragt sich, ob sie woanders leben will. Der Mord vom Sommer, *der* Mord, ist immer noch in aller Munde, in Gesprächen untereinander oder einfach nur als diffuses Gefühl. Weil er sich während des Stadtfests zugetragen hat, haben manche Angst, dass auch am Weihnachtsmarkt was passieren kann. Manche fürchten sich, andere hetzen. Dennoch: Rosi mag die Leute hier. Sie sind unkompliziert und ehrlich zueinander, helfen sich gegenseitig und lachen viel miteinander. Die Freundschaften sind eng und herzlich, bei Sonntagsausflügen gibt's Bockwurst mit Senf und Bier.

»Bockwurst mit Senf und Bier«, murmelt sie. »Und die Erzgebirgsparade. Die war wieder schön dieses Jahr.«

B. lacht. Seine Arme schließen sich fester um sie. Sie spürt seine Hände auf ihren Brüsten, aber die Bluse ist ja dazwischen, und der Wind lässt Rosi allmählich zu Eis erstarren, da tut ein Paar Extraarme gut.

»Du brauchst nicht dein Leben lang Maltes Ego zu bepinseln. Er ist kein Apfelstrudel.«

Ach, B.!

Sie hat Malte lieb. Sie lebt mit ihm und lauscht jede Nacht seinen Einschlafgeräuschen. Die sind ihr vertraut wie das Muster der Tapete, das sich im Licht der Straßenlampe von der Wand abhebt.

Aber Malte weiß nichts von der Liebe zum Leben, bei ihm ist alles Pflicht, der Job ist brutal, jetzt vor Weihnachten haben sie jede Nacht eine andere Belegschaft, eine andere Clique. Alles vorgebucht. Im Dezember können wir uns sanieren, hat Malte gesagt. Jetzt, wo es endlich läuft.

Rosi sagt sich, sie müsste sich allmählich von B. losmachen und runtergehen. Gleich wird die Torte serviert, sie wird gebraucht, demnächst geht sie noch mal rum mit dem Schnaps und natürlich mit dem kultigen Eierlikörz, das ist ein Muss, immerhin stammt der innovative Eierdrink von jungen kreativen Chemnitzern. Männer werden ihr an den Hintern langen, das akzeptiert sie, sie schreibt nachher eine Flasche mehr auf die Rechnung, die wird anstandslos bezahlt. Das Extrageld ist die Hand am Arsch wert. Aber der Blick auf die Stadt ist so schön, sie ahnt Weihnachten, das sich in den hellen Fenstervierecken breitgemacht hat, sie überlegt, wie die Kirchenglocken hier oben klingen werden, in der Heiligen Nacht, Lutherkirche, Schlosskirche, da werden doch alle schwach, selbst die Heiden, sagt Malte immer, selbst die auf dem Sonnenberg, denen sonst nichts heilig ist, bloß der Schnee, den sie sich durch die Nase zwirbeln. Seine Meinung.

Sie muss wieder runter, doch sie macht sich nicht los, weil ihr kalt ist und B.s Umarmung sie wärmt. Und weil die Liebe zum Leben gerade zaghaft durch den Schnee schnürt, immer um sie rum, um sie und B. Als Malte die Tür hinter ihnen aufstößt, bleibt sie ruhig stehen, nur B. wird stocksteif, und dann fallen seine Arme herunter wie tote Äste.

»Verdammter Mist!«, sagt Malte.

»Ja, verdammter Mist«, sagt B.

»Ich brauche euch unten, verflucht. Seid ihr von allen guten Geistern verlassen? Das Dessert wartet!« Malte atmet schwer, das gleiche Geräusch, das Rosi nachts aus seinem Hals kommen hört, ein schwerfälliges Schnauben, bloß, dass es jetzt viel schneller stampft. »Könnt ihr mir mal sagen, was ihr hier treibt?«

B. antwortet etwas, das Rosi nicht versteht, der Wind heult in ihren Ohren. Sie sehnt sich nach einer Zigarette.

»Du Drecksack!«, sagt Malte zu B.

Malte holt aus und pfeffert seine Bärentatze in B.s Gesicht. Haut platzt, Knochen knirscht, Blut tropft in den Schnee.

»Du Arsch! Du verdammter Arsch!« Malte schlägt gegen B.s Brust und schiebt ihn vor sich her, B. taumelt rückwärts, versucht, mit den Händen den Blutstrom zu stoppen.

Rosi starrt. Die Männer nähern sich dem Rand des Daches, B. stößt mit dem Fuß an die kniehohe Kante, Rosi sieht nicht richtig, ob da schon der Abgrund beginnt, dazu blenden die Scheinwerfer, die den Schriftzug beleuchten, viel zu sehr. Sie gibt sich einen Ruck, läuft, ruft: »Malte! Hör auf!«

Aber Malte ist fuchsteufelswild und knallt seine Faust erneut in B.s Gesicht.

Malte macht manchmal Fehler. Aus Ehrgeiz. Sie brauchen B. für das Feuer und das Schaschlik und sie schenken seinen Wein aus. Ohne B. keine südliche Sonne im Glas. Ohne B. keine Gäste.

B. kippt nach hinten. Rosi reißt den Mund auf, die Lippen spannen in der Kälte, der Dunst ihres eigenen Atems nimmt ihr die Sicht. B. stürzt, schlägt mit dem Genick auf der Kante auf.

Liegt im Schnee. Bewegungslos. Blut aus der Nase.

Malte stapft auf Rosi zu.

»Los. Komm jetzt.«

Sie fahren nach unten.

Als die Gäste weg sind und Malte die Küche schrubbt, nimmt Rosi noch einmal den Lift.

B. ist stocksteif gefroren.

Rosi gibt sich Mühe, durch die Flocken durchzuschauen, durch das Herz der Finsternis und hinten wieder raus. Aber es klappt nicht richtig. Es ist einfach nur dunkel und schneit, und dann erlöschen die Scheinwerfer, die den Schriftzug anstrahlen, und sie steht im Herzen der Finsternis.

Malte kommt damit durch, denkt sie.

Er kommt mit allem durch.

Rosi wagt einen Schritt. Und noch einen. Es geht ganz leicht. Die Flocken fallen auf ihr Haar. Sie denkt, wenn es so weiterschneit, finden sie B. erst nach Weihnachten, und keiner kann dann noch rekonstruieren, wann wer auf dem Dach war.

Sie streckt die Arme aus wie Flügel. Durch die Dunkelheit hindurch und hinten wieder raus …

22

KRAV MAGA UNTERM WEIHNACHTSSTERN

PETRA STEPS (ZWICKAU)

Adina fischte ein paar Geldstücke aus ihrer Manteltasche.

»Einen wunderbaren Advent wünsche ich Ihnen. Zwei Erwachsene. Schön haben Sie es hier«, sagte sie zu der Dame im Kassenhäuschen, während diese ihr Kulturtaler aus Holz herüberreichte und sich höflich bedankte.

»Viel Spaß bei uns. Und erzählen Sie ruhig in Berlin, wie es hier in Sachsen wirklich ist«, rief sie Adina zu, die bereits im Weggehen begriffen war.

Natürlich hatte sie gemerkt, dass die Besucherin keine Einheimische war. Zwar dachte Adina, dass sie Hochdeutsch sprach, aber ihre Berliner Sprachfärbung konnte sie doch nicht ganz verleugnen. Sie stammte aus Berlin und war wegen eines Auftrages für ein Tourismusportal im Erzgebirge und wenig später in den Armen von Lars-Oliver Uhlig aus Annaberg gelandet. Wenn Oli, wie sie ihren Freund liebevoll nannte, es ermöglichen konnte, reiste er mit ihr durch seine Heimat und die nähere Umgebung. Heute hatten sie sich Zwickau ausgesucht.

»Guck mal, Oli. Alles berühmte Zwickauer. Sogar Robert Schumann mit seiner Frau Clara! Und dort hinten, wie süß: der Trabi!«

Adina war vor dem Zwickauer Legenden-Garten direkt am Schloss Osterstein stehen geblieben und zeigte Oli, was sie gerade auf Tafeln und Bildern entdeckt hatte. Den Chirurgen Heinrich Braun, dessen Namen das Städtische Krankenhaus trägt, den Künstler Max Pechstein oder den Schauspieler Gerd Fröbe, beide, wie Schumann, hier geboren. Auch Martin Römer hatte einen Ehrenplatz erhalten, der Zwickauer Amtshauptmann, der 1476 während einer Wallfahrt des Herzogs Albrecht von Sachsen in der Jerusalemer Grabeskirche zum Ritter geschlagen wurde.

»Oli, die haben sich August Horch unter den Nagel gerissen. Der stammte doch aus Winningen. Und sein erstes Auto baute er in Reichenbach im Vogtland. Darüber habe ich vor Jahren in der Zeitung geschrieben, zu irgendeinem Jubiläum. Die Nummer mit der Verwandlung des Firmennamens von Horch in Audi stand damals in allen Gazetten«, plauderte Adina munter weiter.

»Oder die Steinkohle. Die bedeutet den Zwickauern wohl so viel wie das Silber im Erzgebirge?«

Bevor Oli etwas erwidern konnte, war sie bei der Bergbautradition angelangt, die Zwickau als ein Tor zum Erzgebirge mit dem benachbarten Bergland verband. Oli setzte ein zweites Mal an.

»August Horch hat die meisten seiner Autos in Zwickau gebaut, zuerst unter dem Namen Horch, dann als Audi und später in der Auto-Union«, klärte er auf. Bis zu Sachsenring und dem Trabi, der später die einstigen Horch-Werkhallen verließ, kam er nicht mehr.

»Was machte denn Karl May in Zwickau? War das etwa seine Prärie?«, wollte Adina wissen.

»Lies, hier steht es: Er verbüßte von 1865 bis 1868 eine dreijährige Haftstrafe im Zwickauer Schlossgefängnis, wegen Diebstahls. Übrigens saß er öfter ein, das war nur eine der Strafen.«

»Was wird der denn geklaut haben? Ein paar Bücher, die seine Fantasie anregten?«

»Nein, Adina, schlimmer: Er hat Pelze gestohlen und sich als angeblicher Augenarzt in einem Kleidermagazin kostenlos einkleiden lassen. Aber du hast nicht ganz unrecht. Die Ideen zu seinen Indianerbüchern sollen ihn im Gefängnis ereilt haben. Er hat dort auch ein Weihnachtsgedicht geschrieben. Es heißt »Weihnachtsabend«. Wir können gern nach Hohenstein-Ernstthal ins Karl-May-Haus fahren. Dort wird sein Erbe gepflegt. Es ist schon etliche Jahre her, dass ich einmal dort war.«

»Gute Idee. Ich bin ja noch eine Weile im Erzgebirge. Und das Museum kenne ich noch nicht. Weißt du, Oli, das mit den geklauten Pelzen kann ich verstehen, bei der Kälte hier. Mir friert gleich die Nasenspitze ab.«

Sie nahm seinen rechten Zeigefinger und führte ihn an ihre Nase.

»Lass uns ins Schloss gehen und einen heißen Glühwein trinken«, schlug Adina vor.

»Ja, du hast recht. Es ist ganz schön kalt. Zwickau wird nicht umsonst ›Tor zum Erzgebirge‹ genannt. Vielleicht stand es zu lange auf«, scherzte Oli.

Adina und Oli waren inzwischen bei den riesigen Schwibbögen angelangt, hatten einen Blick auf das Gewusel in der Kinderbackstube geworfen und sich dann den Auslagen der Künstler, Kunsthandwerker und Händler gewidmet.

»Sieh mal, ein Schnellzeichner. Wollen wir uns malen lassen?« Adina schaute Oli fragend an.

»In der Schlange stehen nur Kinder. Ein Selfie geht außerdem schneller«, erwiderte Oli.

Adina wählte ein paar Papier-Geschenkanhänger aus, sprach mit einer Buchhändlerin und stöberte auf dem Büchertisch. Oli hatte sich inzwischen zum Probieren eines Likörs überreden lassen, dessen Rezeptur den Zwickauer Dünnebiers zugeschrieben wird.

»*Dünnebiers Aromatique* war schon 1895 in aller Munde. Jetzt wird er von einem Nachfahren im Vogtland hergestellt. Das spätgotische Stammhaus steht am Ende des Hauptmarktes. Waren Sie auf dem Zwickauer Weihnachtsmarkt? Dann haben Sie es sicher gesehen«, erkundigte sich die Frau am Stand.

»Nein, wir haben am Gasometer geparkt und sind zuerst hierhergekommen. Aber wir wollen nachher noch in die Stadt«, antwortete Oli.

»Lass uns erst einmal etwas zu essen suchen. Ich bekomme langsam Hunger«, warf Adina ein, die sich inzwischen zu Oli an den Stand gesellt hatte.

Die beiden bummelten weiter an den Ständen vorbei, verließen das Gebäude über den Schlossinnenhof und stiegen die Treppe in den Schlossgraben hinab.

Oli schritt schnurstracks auf den großen Smoker zu, Adina lugte in das Holzhaus, das bei näherem Hinsehen ein Zelt im Hüttenstil war.

»Wir holen uns etwas und setzen uns hinein. Es ist warm dort drinnen. Einen Glühwein könnte ich aber trotzdem vertragen. Ich organisiere welchen«, kündigte Adina an.

Oli reihte sich in die Schlange am Smoker ein. Nachdem er seinen Teller mit viel Fleisch auf dem Tisch im beheizten Zelt abgestellt hatte, brachte Adina die Becher. Der Glühwein dampfte noch.

»Meine Soljanka steht noch draußen.«

Adina ging zurück zum Stand, an dem sie den Glühwein gekauft hatte. Dabei stolperte sie fast über einen Mann. Sie entschuldigte sich und lief weiter.

»Komische Menschen gibt es hier«, sagte Adina zu Oli, nachdem sie zurückgekehrt war. »Da draußen steht einer, der guckt, als wollte er das Schloss hochjagen. Wer weiß, was der in seinem Rucksack hat.«

»Nicht schon wieder, Adina!« Oli stand auf und lugte durch den Zelteingang.

»Da ist keiner, zu dem deine Beschreibung passt. Und bitte, spiel nicht wieder Detektivin.«

»Du hast recht. Es ist sehr gemütlich hier, so richtig wie in einer Almhütte. Das sollten wir genießen. Wenn du fertig mit essen bist, kannst du ja mal schauen, wie weit es zum Zentrum ist. Der Zwickauer Weihnachtsmarkt soll ja gar nicht so schlecht sein.«

Oli widmete sich seinen Fleischbrocken, während Adina ihre Suppe löffelte. Dann nahm er sein Mobiltelefon und ploppte den Stadtplan auf.

»Du, das ist nicht weit. Wir laufen Richtung Katharinenkirche und über den Jerusalemer Platz Richtung Hauptmarkt. Beim Schumann-Denkmal stehen die ersten Buden.«

»Dann lass uns den Müll wegbringen und aufbrechen.«

Adina erhob sich und griff nach den Bechern. »Dafür gibt es Geld zurück.« Oli schnappte sich die Teller und das Besteck.

Auf der Schlossbrücke trafen sie noch den Weihnachtsmann und ließen sich mit ihm fotografieren. Dann schlenderten sie den Weg zurück, den sie gekommen waren, und bogen von dort aus ins Stadtzentrum ab. Als sie den Supermarkt bei der Katharinenkirche passierten, stupste Adina Oli an.

»Guck mal, der Typ von vorhin, der mit dem Rucksack.«

»Adina, hör auf, ich habe frei«, entgegnete Oli. »Und solche Typen laufen überall herum. Es werden immer mehr. Ist dir das noch nicht aufgefallen?«

Robert Schumann schaute von seinem hoch erhobenen Sitz gelangweilt auf das vorweihnachtliche Treiben.

»Was er wohl denken mag?«, fragte Adina ihren Begleiter.

»Wir werden es nicht erfahren. Es dämmert schon und das Schumann-Haus schließt gleich. Sonst hätten wir auf Entdeckungstour gehen können. Du magst das doch so«, zog er sie auf.

»Manchmal entdecke ich sogar nützliche Sachen für dich«, konterte sie und erinnerte an den Annaberger Fall, wo sie Oli auf einen Einbrecher aufmerksam gemacht hatte. Danach waren sie beide in eine Schießerei geraten, jedoch unverletzt geblieben. »Du hast dich oft genug in

Gefahr gebracht bei deinen ungeplanten Verbrecherjagden. Das reicht. Aber hier scheint alles friedlich zu sein, so kurz vor dem Heiligabend. Du solltest lediglich auf deine Tasche aufpassen. Je größer der Weihnachtsmarkt, desto dreister die Taschendiebe.«

Oli konnte es nicht lassen, immer wieder auf die merkwürdigen Situationen anzuspielen, die Adina bei ihren Recherchen für das Tourismusportal begegnet waren. Schließlich hatten sie sich ja bei einer solchen Aktion kennengelernt.

»Sei froh, sonst wären wir jetzt nicht zusammen hier«, neckte sie ihn. Sie schlängelten sich durch die Gänge zwischen den Buden, kauften ein paar Datteln und gebrannte Mandeln und erreichten schließlich den Mariendom.

»Lass uns in die Arkaden gehen. Ich brauche noch ein paar Kleinigkeiten, und warm ist es dort auch«, schlug Adina vor.

Nach dem Einkaufsbummel war es spät geworden.

»Wir essen noch etwas, dann fahren wir zurück. Einen Wein können wir zu Hause am Kamin trinken«, schlug Oli vor.

Adina schluckte. Sie hatte sich noch nicht daran gewöhnt, dass Olis Zuhause ein Stück weit ihrs war. Dafür pendelte sie viel zu viel zwischen Hauptstadt und Erzgebirge. Doch sie sagte nichts, sondern folgte Oli. Sie machten Station vor einem Suppenstand, wählten unter den angebotenen Speisen aus und löffelten um die Wette. Dann traten sie den Rückweg an. Als sie über den Jerusalemer Platz gelaufen waren, knallte es fürchterlich. Kurz danach schoss eine Feuerfontäne aus dem Supermarkt-Gebäude. Oli und Adina hatten noch nicht erfasst, was um sie herum geschah, als bereits Sirenen ertönten und Blaulicht zu sehen war. Dann folgten weitere Detonationen. Oli wollte sich seinen Zwickauer Kollegen zu erkennen geben, als ein Mann auf ihn zu stolperte, der ihm bekannt vorkam. Er überlegte, ob er nach links oder rechts ausweichen oder ihn auffangen sollte.

»Was machen Sie hier?«, sprach er ihn an.

Der Gesichtsausdruck seines Gegenübers änderte sich schlagartig. Ein kurzer Blickkontakt, dann erhob der Typ den Arm und kam Oli gefährlich nahe.

»Pass auf, der hat ein Messer«, schrie Adina.

Sie hatte Olis Reaktionsgeschwindigkeit unterschätzt. Ehe sie weiterdenken konnte, hatte Oli das linke Bein oben. Der Fuß traf den Arm des verdutzt dreinblickenden Mannes mit voller Wucht. Das Messer fiel zu Boden. Mit ein paar gezielten Schlägen setzte Oli den Angreifer gänzlich außer Gefecht. Der weiße Weihnachtsstern an der Kirche schaukelte im Wind.

»Gucken Sie sich das Bürschchen mal genauer an, der schleicht schon länger hier herum. Irgendetwas stimmt mit dem nicht«, sagte Oli zu den beiden Beamten, die inzwischen eingetroffen waren. Und: »Krav maga, Adina! Damit hat der nicht gerechnet.«

Sie wusste Bescheid. Oli hatte ihr vor einiger Zeit erzählt, dass er an einem Austauschprogramm mit israelischen Polizeibeamten teilgenommen hatte und seitdem dieses System aus Selbstverteidigung und Kampftechniken trainierte. Er hörte, was sich die Beamten zuriefen.

»Sämtliche Supermärkte in der Innenstadt. Wir schauen mal, was der Mann hier im Rucksack hat, bevor wir ihn befragen lassen«, sagte der Polizeiobermeister zu seinem Kollegen.

Der Rucksack lag im Schnee. Ein Draht hing lose aus dem vorderen Fach.

»Fass das nicht an«, rief der Beamte seinem Begleiter zu. »Wir rufen die Sprengstoffspezialisten. Aber vielleicht erzählt uns unser Freund hier, was das soll und was er damit bezweckt.«

Oli und Adina hörten die Hasstiraden aus dem Mund des Mannes.

»Verstehst du den?«, fragte Adina.

»Nicht alles, klingt nach tiefer Bayerischer Wald oder so. Und ein wenig fanatisch.«

Der Mann wurde immer lauter:

»Ihr Gottlosen in eurem blöden Ostdeutschland. Ihr wisst nicht, was Weihnachten ist und dass der Herr für unsere Sünden …«

Ach, du großer Gott, schoss es Adina durch den Kopf.

»Mein lieber Herr Kommissar, ich glaube, ich kenne das Motiv: Der wollte nicht, dass die Geschäfte am Heiligabend öffnen. Die Debatte geistert doch schon die ganze Zeit auf Facebook und anderen Internet-Plattformen herum. Und nun denkt er, wenn die Läden nicht öffnen können, brauchen die Mitarbeiter nicht zu arbeiten, keiner kauft etwas ein und alle rennen in die Kirchen. Jetzt heißt es jedoch aufräumen und zu retten, was zu retten ist. Zum Glück waren die Märkte geschlossen. An seinen Herrgott werden die Leute nicht öfter und länger denken, befürchte ich.«

»Geniale Idee. Ich werde das gleich meinen Zwickauer Kollegen mitteilen. Du hättest Ermittler werden sollen. Nein, das war ein Scherz«, entgegnete Oli.

In der Ferne leuchte der Weihnachtsstern von Schloss Osterstein.

Als sie am späten Abend mit einem Glas Wein am Kamin der Annaberger Wohnung saßen, griff Oli das Thema noch einmal auf.

»Danke für den Tipp mit dem Messer. Aber eins ist mir ein Rätsel. Wieso passiert eigentlich immer etwas, wenn du dabei ist?«

Adina blieb ihm die Antwort schuldig, nicht aber eine kuschelige Nacht zu zweit.

23

TÖDLICHES NEUNERLEI

SUSANNE ZIEGERT (OBERWIESENTHAL)

Der Gong der hölzernen Standuhr hatte soeben sechs Mal geschlagen. Das Feuer flackerte im Kamin. Aus der Küche roch es deftig nach Sauerkraut und gebratenem Fleisch. Doch noch fehlte ihr Cousin Ron. Nur sein Erscheinen konnte ihrer Großmama ein Lächeln ins Gesicht zaubern. »Mein lieber kleiner Ronny«, nannte ihn die strenge alte Dame stets liebevoll. Und Claudia würde nicht diejenige sein, die diese Illusion zerstörte. Die Omama hatte es nicht leicht gehabt in ihrem Leben.

Sie hatte keine Ahnung, in welcher Spelunke er wieder hängen geblieben war. Am Tag zuvor hatte ihr Cousin Ron sie zu einem Treffen gedrängt. Mit rot unterlaufenen Augen wartete er in der verrauchten Kneipe jenseits der tschechischen Grenze und redete ohne Begrüßung auf sie ein.

»Hör mal, du bist doch die Vernünftige. Die Alte muss weg. Sie sitzt auf ihrem Geld. Wir beide könnten sie ins Heim einweisen lassen, den Kasten verkaufen und dann halbe-halbe machen?«

Sie hatte ihn ins Bad geschleppt und ihm kaltes Wasser ins Gesicht geschüttet, damit er ausnüchtern konnte. Doch er hatte sich geweigert, sie nach Hause zu begleiten, und etwas von Geschäften gemurmelt. Immer wieder war er mit angeblich glänzenden Ideen gescheitert. Doch ihre Großmama sah den niedlichen Jungen in ihm, sie würde nicht verstehen, wenn er nicht zum Weihnachtsessen kam.

Es war eine Pflichtübung, der sich Claudia noch nie in ihrem Leben entzogen hatte. Ob es schneite, ob es regnete. Ob sie Liebeskummer hatte oder rasend verliebt war. Sie war auch von ihrem Auslandsjahr aus New York erschienen und selbst dann, als sie am Morgen die Kündigung von ihrer Berliner Werbeagentur im Briefkasten fand.

Am 24.12. ging es nach Oberwiesenthal – und spätestens dann, wenn der tiefe Gong der großen Standuhr ertönte, saß sie mit ihrer Schwester Marie und ihrem Cousin Ron im Esszimmer ihrer Großmutter. Früher waren sie noch vormittags am Fichtelberg Ski gefahren. Niemand aus der jungen Generation beherrschte den Parallelschwung so formvollendet wie die alte Dame. Seit einem Sturz vor einigen Jahren hatte sie den Sport aufgegeben. Nach dem Frühstück suchten sie seitdem das Kaffee »König« auf, dessen Wintergarten einen hervorragenden Ausblick auf die »Idiotenwiese« bot, die Anfängerpiste.

Gleich nach der Wende hatte sich Großmama in den Kopf gesetzt, den alten Familiensitz am Markt in Oberwiesenthal von der Treuhand zurückzukaufen, was einen jahrzehntelangen Familienstreit mit ihren Kindern ausgelöst hatte, die sich bereits auf ein Stück des Erbes ihrer sächsischen Industriedynastie gefreut hatten. Doch Großmama war kein Mensch, den Widerstände beeindruckten. Sie hatte einen großen Teil ihres Vermögens dafür ausgegeben, das »Erzgebirgs-Palace« zurückzukaufen, um sich nicht in einem langen Verfahren zu verlieren. Sie war die einzige Erbin von ihrem Vater, der sich eigentlich einen Jungen erhofft hatte. Doch dann wurde es kein Ferdinand, sondern Ferdinande. Sie stand einem männlichen Erben allerdings in Intelligenz oder Durchsetzungskraft in keiner Weise nach. Alle hatten sich gewundert, als sie den sanftmütigen Georg geehelicht hatte, doch der brachte etwas mit, was Großmama fehlte: Kreativität, eine künstlerische Ader. Oma sagte immer, dass Claudia nach ihm kam – und sie wusste nicht, ob das ein Kompliment war. Die beiden waren das perfekte Gespann gewesen, um mit dem Familienunternehmen noch mal fast von vorne anzufangen. Ihr Bergwerk, das Hotel und die Fabriken wurden nach 1945 enteignet. Georg schaffte es, das Patent auf Kunstseide auch im Westen zu etablieren – und sie bauten sich in Bayern ein neues Leben auf. Weihnachten feierten sie so wie in der Heimat.

Georg ging mit den Kindern in den Wald, um Moos zu suchen. Am Heiligabend holten sie die Kartons aus der Heimat vom Dachboden, packten die Engel, die Tiergruppen, Heilige aus dem Morgenland und Kamele aus – und am Ende eine filigran geschnitzte Geburtsszene mit Maria und Josef in einem Stall. Dann bauten sie einen erzgebirgischen Weihnachtsberg auf, ein Gesamtkunstwerk, das fast den gesamten Salon ausfüllte. Kerzen wurden entzündet, in jedem Fenster stand ein hölzerner Schwibbogen mit Bergbauszenen. Ihre Tanne wurde akkurat mit Lametta behängt, nur weiß gefärbte Kugeln zierten die Zweige – als Erinnerung an die Schneemassen im Erzgebirge. Später am Abend zündete der Großpapa persönlich die echten Kerzen an. Aber zuvor kam noch das Neunerlei oder besser gesagt »Neinerlaa«, wie es im Erzgebirge genannt wurde. In der Münchner Villa, wo sie nach ihrer Flucht gelebt hatten, wurde das Traditionsessen genauso zelebriert wie im Erzgebirge.

An das Exil, wie es ihre Oma nannte, hatte Claudia nur wenige Erinnerungen. Schon kurz nach der Wende hatten Ferdinande und Georg wieder ihren Stammsitz am Oberwiesenthaler Markt übernommen und lebten in der dritten Etage über dem »Erzgebirgs-Palace«. Seither hatte Claudia jedes Weihnachten dort verbracht. Nirgendwo war die weihnachtliche Stimmung mit der im Erzgebirge vergleichbar. Meterhoher Schnee bedeckte auch in diesem Jahr den Marktplatz. Nur die obere Hälfte der prächtigen alten Postsäule ragte heraus. In jedem Haus leuchteten Schwibbögen, geschnitzte Engel und Bergleute standen in den Fenstern. Von ihrem Zimmer in der oberen Etage konnte Claudia die Weihnachtspyramide und die prächtige Tanne des höchstgelegenen Städtchens in Deutschland sehen. Die Marktbuden, wo es gebrannte Mandeln oder Glühwein gab, waren am Heiligabend geschlossen.

Früher warteten sie immer ungeduldig, versuchten, die langen Stunden mit Mau-Mau oder Mikado zu verkürzen. Doch in den letzten Jahren war Claudia trotz aller Proteste mit in die Küche gegangen, um ihrer fast 80-jährigen Omama und der Küchenhilfe, die sie das Frele nannten, bei der Zubereitung all der glücksbringenden Speisen zu helfen. Nach dem abendlichen Treffen mit ihrem Cousin Ron hielt sie es ohnehin für besser, in der Nähe ihrer Großmutter zu bleiben. Ihre Schwester hatte sich hingelegt, Marie war Künstlerin in Berlin und chronisch knapp bei Kasse. Deshalb hatte sie sich als Tramperin ins Erzgebirge durchgeschlagen und war nachts stundenlang in einer Tankstelle hängen geblieben.

»Der spinnt doch, das meint er nicht so«, hatte Marie die Worte ihres Cousins Ron interpretiert. Doch am Morgen war Claudia aufgefallen, dass im Mineralienkabinett, wo es Proben aus den früheren Bergwerken gab, ausgerechnet das Fläschchen mit dem Arsen fehlte.

Großmama hatte sie helfen lassen, aber bevor aufgetischt wurde, sollte sie sich zu den anderen ins Esszimmer setzen. Marie saß bereits in einem Sessel und blätterte in einem Band der Familienchronik. »Wusstest du, dass Omama und Georg die Fichtelberg-Schwebebahn zur Hochzeit bekommen haben?«, wollte sie wissen. Ihre Großmutter sprach nie über die Zeit vor der Enteignung, zu schmerzhaft waren die Erinnerungen. Die Schwestern sahen sich die Bilder an, wie Großmama im Hochzeitskleid ein Band mit Schleife vor dem Eingang der Seilbahn zerschnitten hatte und wie sie in eine mit Blumen dekorierte Kabine eingestiegen war.

Da ging die Tür auf, und die beiden alten Damen erschienen mit Brot und Salz, das zuerst gereicht wurde. Dann blieb Oma Ferdinande wie versteinert stehen:

»Wo ist Ron?«

»Ach, das habe ich vergessen. Er hat noch ein ganz wichtiges Geschäft zu erledigen, es tut ihm sehr sehr leid, dass er nicht pünktlich sein kann. Er kommt schnellstmöglich.«

Die Gesichtszüge der alten Dame glätteten sich ein wenig. »Ja, der arme Ronny. Er muss so hart arbeiten, er ist so fleißig wie mein verstorbener Papa, das hat er von ihm.«

Ihr Papa, das war der Begründer ihrer Familiendynastie, ein Unternehmer, wie er im Buche steht, der gleichzeitig ein großes Herz für soziale Zwecke hatte. Was Ron von ihm haben sollte, war Claudia schleierhaft. Sie nickte gequält. Sie durfte sich ihren Gedanken auf keinen Fall anmerken lassen. Vor allem davon, dass die meisten Geschäfte ihres Cousins wohl illegaler Natur waren – und er selbst sein bester Kunde war. »Wir können ihm ja von allem etwas aufheben«, schlug sie vor.

Sie waren gerade dabei, die Linsensuppe zu löffeln, die wie jedes andere der neun Gerichte eine besondere Bedeutung hatte. Wie die Omama stets betonte, sollte dieses Gericht immer Kleingeld im Beutel klingeln lassen. Die Tür flog auf und Ron trat direkt auf die Großmutter zu. Er hatte sich gekämmt und sah einigermaßen manierlich aus. Claudia hoffte, dass er nur in seinem Drogenwahn fantasiert hatte. Doch dann drückte er die Oma lange und sie sah eine blitzschnelle Bewegung hinter deren Rücken. Irgendetwas hatte er in ihre Linsensuppe tropfen lassen. Claudia sah keine andere Chance, als auf den Tisch zuzustolpern, nachdem sie Ron kurz begrüßt hatte. Dabei packte sie schnell das Tischtuch, als wollte sie sich daran festhalten und riss es vom Tisch. Brot und Salz, Linsensuppe, der edle Rotwein in den Kristallgläsern und die Kerzenständer glitten mit lautem Scheppern zu Boden und bildeten eine schlierige Masse.

»Mein Gott, Kind, was bist du ungeschickt. Das bringt doch Unglück, die schönen Linsen«, rief Omama entsetzt aus.

Claudia entschuldigte sich und machte sich daran, die Sauerei aufzuräumen. Ihre Schwester Marie half ihr und begleitete sie in die Küche.

»Claudia, du spinnst doch. Niemals könnte Ronny unserer Oma etwas zuleide tun. Da hast du dich hineingesteigert. Und du verdirbst das ganze Weihnachten!«

Doch sie fühlte, dass Ron noch verzweifelter war als sonst. Schon so oft hatte er sie angepumpt. Hatte mal im Zoo gearbeitet, dann als Friedhofsgärtner und eine Zeit lang ein Lieferauto gefahren. Bis er betrunken und high am Steuer erwischt worden war. Nie hatte er irgendeine Stelle länger durchgehalten, er schimpfte über das kapitalistische Hamsterrad. Auf Geld wollte er nicht verzichten.

Mit Marie deckten sie die Tafel neu ein, stellten Kerzen auf. Dann servierten sie den nächsten Gang, Würstchen mit Sauerkraut. Sie kamen gerade rechtzeitig, als Ron eine Flasche Kräuterschnaps auf den Tisch stellte.

»Ich habe lange experimentiert und eine ganz besondere Mischung entwickelt. Magst du die in der Zwischenzeit mal kosten?«, bot er Großmutter Ferdinande an, die Kräuterlikör liebte.

Als sie die Teller servierte, sah sie, dass er der alten Dame ein Glas überreicht hatte, das milchig aussah, während die Flüssigkeit in seinem eigenen grün schimmerte.

»Darf ich mal riechen?« Ohne die Antwort abzuwarten, nahm sie das Glas ihrer Oma, dann das Glas ihres Cousins und roch daran. Danach stellte sie die beiden umgekehrt auf den Tisch zurück. Er warf ihr einen finsteren Blick zu. Sie beobachtete gespannt, ob er das Glas seiner Großmutter austrank. Doch er tat nur so, als würde er nippen, dann verschwand seine Hand damit schnell unter dem Tisch und beförderte ein leeres Glas nach oben. Sie sah Marie an, die erschrocken zurückblickte. Vermutlich hatte sie nun endlich den Ernst der Lage verstanden.

»Ich kann euch ja helfen«, bot er an, als sie den nächsten Gang, die Ente mit Rotkohl und grünen Klößen, holten. »Ron, ich werde das nicht zulassen«, sagte Claudia in der Küche.

Er sah sie mit großen blauen Augen an, ganz so, als könne er kein Wässerchen trüben. Das konnte er wirklich gut. »Was denn, darf ich euch nicht helfen? Du willst dich doch nur für die große Erbschaft einschleimen. Immer so beflissen tun, das sind die Schlimmsten!«

»Gib mal her«, herrschte er das Frele an und riss ihr zwei Teller aus der Hand. Claudia folgte ihm schnell, er stellte den Teller vor ihrer Oma ab und nahm sich den anderen. »Guten Appetit, meine liebe Großmama«, sagte er, und sie taute förmlich auf unter seinem charmanten Lächeln.

»Ach, du hast mir gefehlt, mein Ron. Wie geht es dir denn?«

»Sehr gut, Großmama. Lass uns mal die Klöße kosten, die bringen doch großes Geld, der Rotkohl macht schön. Aber das bist du doch schon. Und die Ente, die gibt Kraft für das ganze Jahr.«

Großmutter Ferdinande nickte zufrieden. Eigentlich war sie die Zeremonienmeisterin, die ansagte, welche Wohltaten jedes einzelne Gericht für das kommende Jahr bescheren sollte. »Das hast du so schön gesagt, mein Junge!«

Als sie die Gabel zum Mund führen wollte, riss Claudia ihr den Teller weg. Sie war gerade rechtzeitig da gewesen. Sie wusste nicht, was er in dieses Gericht gemischt hatte. Ihre Großmutter sah sie empört an. »Was bist du heute für ein unruhiger Geist, mein Kind!«

»Das Frele hat etwas vergessen«, sie brachte den Teller wieder mit in die Küche. »Kannst du das bitte vernichten. Er hat irgendetwas untergemischt«, flüsterte sie Marie zu, denn sie wollte die beiden keinen Moment allein lassen. In der Tat versuchte er gerade, der Großmutter einen weiteren Schluck seines Gebräus anzubieten. Doch die hatte glücklicherweise Prinzipien und lehnte ab.

Marie brachte eine neue Portion Gans und flüsterte ihr zu: »Da waren Nüsse drauf.« Wie jeder wusste, war ihre Großmutter hochallergisch gegen Erdnüsse. Und am Heiligabend hätten sie Probleme, einen Rettungswagen mit Notarzt zu bekommen. Zum Glück hatten sie die Portion rechtzeitig aus dem Verkehr gezogen. Während des Essens schwiegen sie, denn mit vollem Mund spricht man nicht, mahnte die Großmama immer. Selleriesalat sollte noch folgen, der gut für die Manneskraft war. Doch wo war Ron? Er war von seinem Toilettengang nicht wiedergekommen. Claudia war es unwohl, denn er würde wieder etwas aushecken. Da sah sie ihn vor dem Haus stehen und eine Zigarette rauchen. Gleichzeitig bemerkte sie einen merkwürdigen Geruch.

Dieser kam eindeutig aus der Küche. Die Flamme vom Herd war aus, doch das Gas strömte. Jemand hatte vergessen, es auszuschalten. Sie rief das Frele, das sich gerade mit an den Tisch gesetzt hatte und genussvoll den Selleriesalat verzehrte, den trotz seiner Wirkung sonst niemand mochte. Die alte Dame protestierte, dass sie nicht senil sei und den Herd ausgemacht hatte. Wollte Ron sie jetzt gleich alle in die Luft sprengen? Vier Tote, um seinen Dealer zu bezahlen?

Sie sah jetzt, dass er auf der gegenüberliegenden Straßenseite stand und das Haus beobachtete. Er wartete wohl auf die Explosion. Praktischerweise hätte er sie als Miterben dann gleich mit in die Luft gejagt. Sie beschloss, ihn einfach in der Kälte stehen zu lassen. So konnte er zumindest keinen neuen Angriff auf ihre geliebte Großmama wagen.

Doch ihre Großmutter drängte sie: »Es gibt doch noch den Ardeppelkung. Wo ist denn mein lieber Ronny?« Seit sie klein waren, gab es diesen Kartoffelkuchen nach einem alten Familienrezept als Abschluss des Neunerlei. Stollen wurde niemals vor dem ersten Weihnachtsfeiertag angeschnitten, das würde schreckliches Unglück bringen! Großmama zweigte für den Nachtisch immer etwas Stollenteig ab und vermischte diesen mit geriebenen Kartoffeln. Dazu gab es noch Pflaumenkompott und Sahne – es war Rons absolute Lieblingsspeise.

Wohl oder übel musste sie ihren Cousin hineinrufen. Er stand auf dem Markt neben der Weihnachtspyramide und trat unruhig von einem Fuß auf den anderen. Er reagierte mit einem Fluchen. Da rief Großmutter Ferdinande: »Ronny, kommst du bitte tragen helfen, es ist im Kühlhaus?« Er begleitete sie murrend durch das über die Feiertage geschlossene Hotelrestaurant, und Claudia beschloss, den beiden zu folgen. Als ihre Großmutter in den eisigen Raum ging, in dem der fertige Kuchen stand, schloss er hinter ihr von außen die Tür. Claudia hatte sich hinter einem Regal verborgen und sah, was er vorhatte. Sie wartete, bis er die Treppe hinauf in die Küche gegangen war, und öffnete dann den Kühlraum. Überrascht sah Oma Ferdinande sie an: »Wo ist denn der Ron? Auf einmal ist er weg, und die Tür klemmt auch noch.«

»Er hat gesagt, dass ich dir helfen soll.«

Sie nahm ihrer Großmutter das Blech ab und brachte es nach oben. Sie bestreute den Kuchen mit Zimt und Zucker, dann kam er nochmals in den Ofen. »Ach, die liebe Claudia. Da hat sie sich wieder ganz besonders ins Zeug geschmissen!«, kommentierte ihr Cousin, als er sie mit dem Blech aus der Küche kommen sah. Er hatte seine Flasche mit dem Kräutergebräu auf dem Tisch stehen und diesem bereits zugesprochen. Jedenfalls war die Flasche zur Hälfte leer. Sein Hemd war aufgeknöpft, seine Füße hatte er auf einen Stuhl gelegt. Als Omama den Raum betrat, nahm er sie schnell herunter. Wenigstens diesen Respekt zollte er der alten Frau noch.

Gierig stürzte er sich auf das Blech mit dem Ardeppelkung und servierte sich fast die Hälfte der Portion, was Claudia nicht störte, denn bereits die vorhergehenden Speisen hatten sie beinah zum Platzen gebracht. Doch dann hatte er den Kuchen wohl zu schnell heruntergeschlungen. Er musste husten und zwar so stark, dass ihm die Augen aus den Höhlen traten. Er hustete und keuchte.

»Mach doch etwas, Kind. Bitte.«

Claudia ging zu ihm und schüttelte den Kopf. »Man darf ihn nicht bewegen, das haben wir im Erste-Hilfe-Kurs gelernt.« Ron röchelte und japste mittlerweile nur noch, sein Gesicht war blau angelaufen. Dann schlug sie vor, doch lieber den Notarzt anzurufen. Doch im Erzgebirge ist der Heilige Abend heilig. Es dauerte eine gefühlte Ewigkeit, bis sie die Sirenen aus dem Tal hörten. Als der Wagen endlich kam, gab Ron keinen Ton mehr von sich. Der Notarzt versuchte noch, ihn künstlich zu beatmen, doch der Ardeppelkung hatte seine Luftröhre versperrt. Dann schüttelte er traurig den Kopf. Die Großmutter schluchzte. »Mein Ronny, er war so ein lieber Junge.«

24

SCHÖNE BESCHERUNG

PETRA STEPS (EHRENFRIEDERSDORF)

»Du machst doch wieder den Weihnachtsmann!«

»War das eine Frage oder ein Befehl?«, fragte Stefan seine Angetraute.

Sie schaute ihn verwundert an.

»Machst du oder machst du nicht?«

»Hast du eine Alternative?«

»Darüber habe ich noch nicht nachgedacht«, sagte Karin, während sie ihr Frühstücksgeschirr in den Geschirrspüler beförderte. »Warum auch, du hast das doch immer gemacht, schon bei unseren Kindern, und seitdem die Enkel da sind, auch für die.«

Karin schnappte sich einen Eimer und ließ ihn voll Wasser laufen. Schon seit ein paar Wochen war sie mit den Weihnachtsvorbereitungen beschäftigt, wie jedes Jahr um diese Zeit.

»Beeil dich bitte mit dem Kaffeetrinken. Ich will den Tisch abräumen. Den Platz brauche ich für das Geschirr aus den Schränken, das ich noch durch den Geschirrspüler jagen muss.«

Karin widmete sich dem Herd. Auch der vorgezogene Frühjahrsputz im November hatte bei der alteingesessenen Ehrenfriedersdorfer Familie Tradition. Schließlich sollten Schwibbogen, Räuchermann und Nussknacker keine schmutzigen Füße bekommen, wenn sie in der Adventszeit die Wohnung und die Fensterbänke schmückten. Nur ganz kurz dachte Stefan an das Missgeschick, das Karin vor drei Jahren passiert war, als sie beim Fensterputzen mitsamt der Leiter umstürzte und gleich die Gardinenstange mit zu Boden riss. Der Arzt, der ihren Arm wieder in Form brachte, war nicht überrascht. Er hatte Stefan erklärt, dass in der Vorweihnachtszeit die meisten Haushaltsunfälle passieren, weil ältere Frauen im ländlichen Raum in dieser Zeit zu Putzexzessen neigen. Ältere Frauen! Karin war damals gerade 50 geworden! Und benahm sich wie 35. Zumindest außerhalb des Einfamilienhauses, das sie kurz nach ihrer Heirat am Ortsrand gebaut hatten.

Hier wohnten auch die Kinder, die inzwischen selbst Familie und eigene Wohnungen hatten. Sebastian war ins nahe gelegene Geyer gezogen. Lisa hatte mit ihrem Mann auf dem Grundstück seiner Familie in Klaffenbach gebaut. Karins Unfall hatte auch etwas Gutes: Seitdem traf sich die Familie zum Weihnachtsessen mit Bescherung in einer Ehrenfriedersdorfer Gaststätte.

»Ich habe schon in der ›Saubergklause‹ angefragt. Am

zweiten Weihnachtsfeiertag ist Weihnachtsbrunch, das passt gut. Da können sich alle am Büfett bedienen und wir müssen nicht wieder jedem eine Extraportion bestellen, weil der eine kein Fleisch isst und der andere kein Gemüse und Mutter keine Klöße will, für die sie die Kartoffeln nicht selbst mit der Hand gerieben hat. Wir können die Schmiede bekommen, da sitzen wir nicht so mitten in der Gaststätte. Und dann können wir noch überlegen, ob wir ins Museum nebenan gehen«, nahm Karin den Gesprächsfaden wieder auf.

Das mit dem Separee wird auch nötig sein, fügte Stefan in Gedanken an und dachte an die letzten beiden Auflagen der Familienfeier. Er rechnete jedes Mal mit einer Steigerung, wenn die ansonsten zerstrittene Mischpoke wieder auf engem Raum zusammentraf. Diesmal besonders.

»Du hast mir immer noch nicht geantwortet«, hakte Karin nach, während sie den Lappen gegen die Fliesen hinter dem Herd klatschte. »Und hier die Wand, da kannst du dir auch mal was einfallen lassen. Die sieht nicht mehr ganz, sagen wir – ästhetisch – aus.«

»Wie wäre es mit Renovieren statt Weihnachten feiern? Jetzt, wo du eh alles ausräumen willst!« Stefan konnte es nicht lassen.

»Spinnst du jetzt total? Du lässt mich hier alles machen und provozierst noch. Bist du nun als Weihnachtsmann zu gebrauchen oder nicht?« Ein eisiger Blick traf den Tisch genau dort, wo Stefans Hand die Kaffeetasse hielt.

»Ist ja schon gut. Ich geb den Weihnachtsmann und ihr das Drama drum herum.«

Er erhob sich, räumte seinen Platz ab und machte sich auf den Weg zur Heizung.

»Und fahren musst du natürlich auch. Du weißt schon,

die Geschenke, meine Mutter, Sebastian und seine Familie, denn der will ja etwas trinken.«

»Natürlich, wie hätte ich das vergessen können«, erwiderte Stefan und schloss die Tür hinter sich. Am liebsten hätte er sie zugeknallt, aber dann hätte er seine nächste Mahlzeit mit der Katze einnehmen können. So weit war er nun wirklich noch nicht.

Nicht nur Karin war vom Vorweihnachtsstress geplagt. Diesmal hatte auch Stefan alle Hände voll zu tun, denn zur Familienfeier am zweiten Weihnachtsfeiertag sollte es eine ganz besonders illustre Bescherung geben. Schon jetzt freute er sich auf die Gesichter der Beschenkten, doch er wusste auch, dass er die nicht mehr live und in voller Farbe erleben würde.

»Vergiss nicht, meine Mutter abzuholen. Das überleben wir sonst nicht«, rief Karin ihrem Mann nach, als er sie auf dem Parkplatz der Zinngrube Ehrenfriedersdorf abgesetzt hatte. Von dort waren es nur ein paar Meter zur »Saubergklause«, in der Karin das Weihnachtsessen bestellt hatte.

Nachdem Stefan alle und alles herangekarrt und sogar die Endlostirade von Karins Mutter über sich hatte ergehen lassen, zog er sich um. Die Bedienung brachte die Getränke. Als alle versorgt waren, wurde das Brunch-Büfett eröffnet. Stefan war nicht nach Essen zumute. Er bereitete sich auf seinen großen Auftritt vor.

Sebastians Frau Claudia öffnete das Geschenk, das ihr der Weihnachtsmann zuletzt gegeben hatte.

»Guck mal, das ist doch gar nicht für mich, hier steht: für Lysanne.«

Sie hatte den Namen noch gar nicht ganz ausgesprochen, da hatte ihr Sebastian die Karte schon entrissen. Die Puppe war aus der Schachtel gefallen. Entsetzt schaute Claudia ihren Mann an.

»Wer ist Lysanne?«

»Warum willst du das wissen? Der Weihnachtsmann hat sich geirrt. Das Päckchen ist nicht für dich bestimmt. Wer weiß, wer es bekommen sollte.«

»Du weißt genau, wer Lysanne ist.«

Claudia blickte in die Runde.

»Ihr wisst es doch alle. Ihr verschweigt mir etwas. Karin, wer ist Lysanne?«

Karin schaute mit entsetztem Blick in Richtung ihres Sohnes und seiner Frau.

»Was hast du gesagt?«, fragte sie, nur halb bei der Sache, denn sie hatte ihr Päckchen ebenfalls geöffnet vor sich liegen. Sie versuchte, den Inhalt so gut es ging zu verdecken.

»Was ist das denn?«, fragte ihre Mutter und zog eine Schachtel mit Fetisch im Wetlook heraus.

Karin schoss die Schamesröte ins Gesicht.

»Ääähhh. Das ist bestimmt eine Verwechslung«, stammelte sie.

Doch sie hatte nicht mit ihrer Mutter gerechnet, die die abgestürzte Karte aufgehoben hatte und laut vorlas.

»Für meine liebe Frau, die damit ihren jungen Lover beglücken darf.«

»Du hast einen jungen Lover?«, keifte die alte Dame los. »Und mir willst du vorschreiben, wen ich in meiner Wohnung empfange.«

»Mutti, stimmt das?«, wollte Julia wissen. »Wie alt ist er denn? Stellst du ihn mir vor? Und was sagt Papa dazu?«

»Kümmer du dich um deinen Mann und deine Kinder und lass mir mein Leben«, fuhr Karin ihre Tochter an.

Die Kellnerin, die sich gerade nach den Wünschen der Gäste erkundigen wollte, machte nach einem Blick in die alte Schmiede auf dem Absatz kehrt.

»Mir hat immer noch keiner gesagt, wer diese Lysanne ist. Sebastian, willst du mir vielleicht etwas erklären?«, schrie Claudia dazwischen.

Sebastians Tochter hatte inzwischen nach der Puppe gegriffen und dabei die Tischdecke vom Tisch gezogen. Ihr kleiner Bruder in der Babyschale fing an zu schreien, als der Apfelsaft auf sein Gesicht tropfte.

»Ach, du weißt nicht, dass er seine ehemalige Schulfreundin geschwängert hat, während du mit Lilly in der Klinik warst? Lysanne ist sein Wildbahnkind«, warf Karin ein.

»Eine schrecklich nette Familie hier. Da macht das Feiern richtig Spaß«, stellte Julias Mann fest.

»Ja, lob dir nur deine Sippe. Deinen Vater, der jeder an den A… grapscht, dessen Trägerin in weniger als 50 Zentimetern Abstand an ihm vorbeiläuft, deine Mutter, der man schon ansieht, dass sie ihren Frust in Alkohol ertränkt, und deine Schwester, die laufend im Chemnitzer Stadthallenpark rumlungert. Frag sie ruhig, was sie dort treibt. Das eine fängt mit f an, das andere mit D.« Karin war ein wenig laut geworden.

»Julia, wir gehen, oder du bist nicht mehr lange meine Frau. Und deine Mutter streichen wir ganz schnell aus der Ahnentafel«, wetterte Björn.

»Ahnentafel, gut, dass du von selbst anfängst, mit völkischen Begriffen um dich zu werfen. Über deine Gesinnung haben wir ja heute noch gar nicht gesprochen.

Müssen wir auch nicht, man sieht sie ja an deinen Tätowierungen«, schrie Karin quer über den Tisch.

Julia schluchzte laut auf. »Wo ist eigentlich Papa?«, fragte sie in die Runde.

»Gut, dass den jemand vermisst. Der ist für den ganzen Schlamassel hier verantwortlich!«, sagte Karin.

»Na eben, wo ist der eigentlich?«, wiederholte ihre Mutter die Frage und fügte an: »Habt ihr in der Zeitung gelesen, dass es Weihnachten die meisten Familienkrisen gibt? Von wegen Lügenpresse und so.«

Karin blieb der Mund offen stehen, alle schauten zu Uroma, augenblicklich zog Stille ein. Die Kinder von Julia und Björn hatten sich unter den Tisch verkrochen und stimmten »O du fröhliche« an.

»Vielleicht schaut ja mal jemand nach draußen. So lange rauchen wird er ja nicht.«

»Gute Idee, Mama«, meinte Sebastian, der froh war, dem Chaos für einige Minuten entkommen zu können. Er lief bis vor zum Parkplatz, stellte sich an die Böschung und blickte auf das verschneite Städtchen, auf seine frühere Schule, auf die Kirche, auf die Neubauten und die hügelige Erzgebirgslandschaft rund um den Ort. Mein schönes friedliches Ehrenfriedersdorf. Was ist aus dir geworden? Was ist aus uns geworden?, fragte er sich. Dann wurde ihm bewusst, weshalb er hier draußen in der Kälte stand. Doch er entdeckte weder seinen Vater noch dessen Auto. Langsam lief er zurück zur Gaststätte.

Karin griff zum Telefon und tippte in ihrem Telefonbuch auf Stefan. »Na, leben alle noch?«, fragte der ohne Umschweife.

»Du hast das geplant! Wo bist du?«

»Das erfährst du noch rechtzeitig. Warte ein bisschen. Ich musste das Auto nehmen. Aber ich brauche es ab morgen nicht mehr. Ich schreibe dir, wo es steht. Du kannst es abholen. Lassen.«

Karin holte tief Luft. »Was soll das, Stefan?«

»Falsche Frage. Sie heißt Catrin, ist genauso alt wie dein Lover und stinkreich. Du kannst also alles behalten. Ich brauche nichts.«

»Wie hast du das mit Denny herausbekommen?«

»Ach Karin, ich bin nicht so blöd, wie ich aussehe. Und jetzt muss ich mich sputen. Wir wollen auch noch etwas von Weihnachten haben. Tschüss.«

Stefan hatte aufgelegt. Karin ging zur Toilette und drückte Kurzwahltaste sieben auf dem Telefon.

»Denny, du brauchst nicht mehr los und dir die Hände schmutzig machen. Das Problem hat sich von selbst erledigt. Ich erkläre dir das später. Alles andere bleibt wie besprochen. Wir sehen uns. Vorher muss ich noch den Scherbenhaufen hier aufkehren.«

VITAE

Manfred Köhler

Geboren 1964 in Hof, arbeitet seit 1994 als freiberuflicher Redakteur und Autor. Mit dem Thriller »Schreckensgletscher« war er für den Glauser-Krimipreis 2008 nominiert. Aktuell erhältlich sind derzeit rund 40 E-Books, Printveröffentlichungen und Hörbücher. Den Figuren aus Köhlers Kurzgeschichte in diesem Buch kann man auch in seiner brandneuen E-Book-Serie »Das Gold des Geräderten« begegnen. Informationen: www.manfred-koehler.de

*

Christoph Krumbiegel

Christoph Krumbiegel wurde 1972 im Vogtland geboren, wo er eine kleine Landapotheke betreibt. Seine skurrilen Kurzgeschichten sind Bestandteil von Anthologien wie »Mords-Sachen 2 bis 5«, »Gauner, Geigen, Griegeniffte« oder »Wer mordet schon im Vogtland?« und »Mörderisches Erzgebirge« und »Mörderische Prachtbäder«. Bei Lesungen in der Region ist er gern gesehen. Er gewann bereits mehrmals den Vogtländischen Literaturpreis.

www.krumbiegel.de

*

Francis Mohr

Francis Mohr hat bereits zwei Romane (u. a. den Krimi »Februar«) und zwei Bände mit Kurzprosa bei *salomo publishing* veröffentlicht (zuletzt 2018 »HOTEL A_TORIA«). Er beteiligte sich an diversen Krimi-Anthologien und veröffentlichte eine im Landestheater Parchim uraufgeführte Bühnenfassung von »Der Schimmelreiter« nach Theodor Storm. Als Autor der Dresdner Lesebühne »Phrase4« poliert er die Hörgänge der Zuhörer. Er wuchs in Leipzig auf, lebt heute in Dresden und schanzt für den sozialmedizinischen Kapitalkomplex. Francis Mohr ist ein Verehrer der Familie, seiner Freunde und des Portweins. Sein Herz schlägt für den Süden, den Osten und das Meer.

www.francis-mohr.de & Facebook.

*

Bettine Reichelt

Geboren im und mit dem Vogtland verbunden, Theologin, Mutter zweier Söhne, seit 2003 freie Autorin und Lektorin, ab 2012 in Teilanstellung Schulpfarrerin im Leipziger Land. Veröffentlichungen u. a. in den Bereichen Krimi, spirituellem Sachbuch und Lyrik. 2006 erschien ihr Romandebüt »Max Reger. Ein biographischer Roman«, 2016 der erste Kriminalroman »Tendenz steigend. Ein Chemnitz-Krimi«. Sie engagiert sich für einen Literaturaustausch zwischen Österreich und Deutschland und schreibt seit 2001 ehrenamtlich für das Leipziger Straßenmagazin »Kippe«.

*

Friederike Schmöe

Geboren und aufgewachsen in Coburg, wurde Friederike Schmöe früh zur Büchernärrin – eine Leidenschaft, der die Universitätsdozentin heute beruflich frönt. In ihrer Schreibwerkstatt in der Weltkulturerbestadt Bamberg verfasst sie seit 2000 Kriminalromane und Kurzgeschichten; sie gibt Kreativitätskurse für Kinder und Erwachsene und veranstaltet Literaturevents, auf denen sie in Begleitung von Musikern aus ihren Werken liest. Ihr literarisches Universum umfasst u. a. die Krimireihe um die Bamberger Privatdetektivin Katinka Palfy und eine Krimiserie mit der Münchner Ghostwriterin Kea Laverde als Hauptfigur. Ihre Kurzgeschichte »Das geheime Wissen der Zofe« erhielt 2014 den Homer 2014 für historische Literatur.

*

Gunnar Schuberth

Gunnar Schuberth wurde in Münchberg/Oberfranken geboren. Seine erste Veröffentlichung war ein Gedichtband, danach schrieb er Satiren für Zeitungen, Drehbücher und Krimis.

Heute wohnt er in Nürnberg und arbeitet als Softwareentwickler, Dozent und Autor. Sein erster Kriminalroman »Der Schlaf des Schmetterlings« wurde im Bastei-Lübbe Verlag veröffentlicht. Zuletzt erschienen von ihm der Nürnberg-Krimi »Der Kreuzweg« im Sutton-Verlag. Gunnar Schuberth liest regelmäßig aus seinen Büchern bei Veranstaltungen in Nürnberg und im Raum Hof.

gunnar-schuberth.de

*

Maren Schwarz

Maren Schwarz, Jahrgang 1964, ist eine waschechte Vogtländerin, deren Krimis wahlweise auf der Insel Rügen, ihrer zweiten Heimat, oder im Vogtland spielen. Neben Kriminalromanen schreibt sie Beiträge für verschiedene Kurzkrimi-Anthologien. Derzeit schreibt sie ihren elften Kriminalroman, der auf Rügen angesiedelt ist. Maren Schwarz ist Mitglied im »Syndikat«.

*

Roland Spranger

Roland Spranger, Jahrgang 1963, arbeitet neben seiner Autorentätigkeit als Betreuer in Wohnprojekten für geistig Behinderte. Außerdem betätigt er sich in verschiedenen Live-Literatur-Projekten, als Moderator einer Talkshow ohne Kameras (»Gwaaf zur Nacht«) und als Theaterautor. Seine Stücke wurden auf zahlreichen Bühnen in Deutschland aufgeführt, zuletzt das Jugendstück »Affe auf Lava« (Theater Ansbach, Uraufführung 2015) und die kapitalismuskritische Satire »Work« (Theater Hof, Uraufführung 2017). 2002 wurde sein Debütroman »ThRAX« veröffentlicht. Für seinen Thriller »Kriegsgebiete« erhielt der Autor den Friedrich-Glauser-Preis 2013 in der Sparte *Bester Kriminalroman*. Danach erschienen sein Roman »Elementarschaden« und eine Reihe von Short Storys in Krimi-Anthologien. Für seine Kurzgeschichte »C« wurde der Autor in der Kategorie *Bester Kurzkrimi* im Jahr 2016 erneut für den Friedrich-Glauser-Preis nominiert. Zuletzt erschien im September

2017 sein Kriminalroman »Tiefenscharf«. Roland Spranger lebt und arbeitet in Hof.

http://www.roland-spranger.de/

*

Petra Steps

Petra Steps, Jahrgang 1959, ist waschechte Vogtländerin, allerdings im Kuckucksnest Zwickau geboren. Das Vogtland als Grenzregion Sachsen/Thüringen/Bayern/Böhmen zieht sich wie ein roter Faden durch ihre berufliche und ehrenamtliche Tätigkeit. Derzeit ist die Diplomphilosophin als Journalistin vorwiegend im lokalen Bereich tätig. Sie ist Herausgeberin regionaler und thematischer Anthologien und hat in ihren eigenen und in anderen Anthologien mehrere Kurzkrimis veröffentlicht. Außerdem hat sie an verschiedenen Regionalia mitgearbeitet. Für den Förderverein Schloss Netzschkau e. V. wirkt sie als Intendantin und Organisatorin der KrimiLiteratur-Tage Vogtland. Sie ist Mitglied im »Syndikat«.

*

Beate Werner

Beate Werner, Jahrgang 1962, ist im Vogtland geboren, aufgewachsen und geblieben.

Sie ist nach einem kurzen Ausflug ins Zentrum Sachsens in die Heimat und der Einbürgerung des Ehemannes zurückgekehrt, lebt und arbeitet in Reichenbach.

Nach Kindergeschichten für die eigene Tochter und

Beteiligungen an Schreibwettbewerben kommt sie ab und an auf die kriminelle Bahn. Neben dem mörderischen Schreiben arbeitet sie im bürgerlichen Leben als Bürokauffrau in einem sozialen Verein. Wenn sie nicht über das Meucheln nachdenkt, kultiviert sie in ihrem Garten Kräuter und Gemüse.

*

Susanne Ziegert

Susanne Ziegert ist im Erzgebirge geboren und im Vogtland aufgewachsen. Zwei Tage vor dem Mauerfall floh sie in den Westen, um endlich Paris zu sehen. Sie studierte im sonnigen Aix-en-Provence und hielt es einige Jahre im verregneten Brüssel aus. Heute lebt sie mit ihrem Ehemann in Berlin und arbeitet als Journalistin für die Schweizer Zeitung NZZ am Sonntag. Ihre Bücher entstehen im Wohnwagen zwischen den Pferdekoppeln in Brandenburg oder an der Nordsee. Ihr Küstenkrimi »Störtebekers Erben« erschien 2018 im Gmeiner-Verlag.

ENDE